TOCCATA DALLA LUNA

I LUPI DELLO ZODIACO
LIBRO 1

ELIZABETH BRIGGS

Copyright © 2023 by Elizabeth Briggs

Titolo originale: Moon Touched (Zodiac Wolves #1)

Tutti i diritti riservati. Nessuna parte di questo libro può essere riprodotta o trasmessa in nessuna forma e con nessun mezzo elettronico o meccanico senza il permesso scritto dell'autore, eccetto per l'uso di brevi citazioni in una recensione del libro.

Questo libro è un'opera di fantasia. I nomi, i personaggi, le attività, i luoghi e gli eventi descritti sono frutto dell'immaginazione dell'autrice oppure sono usati in modo fittizio. Qualsiasi somiglianza con persone, viventi o defunte, luoghi o fatti reali è puramente casuale.

Design di copertina: Natasha Snow

Foto di copertina: Wander Aguiar

Traduzione italiana: Giorgia Lagattolla

A cura di: Luigia Uliveto

www.elizabethbriggs.com

CAPITOLO UNO

Come lupa dello Zodiaco, il mio destino era legato alle stelle. Se c'era una cosa che avevo imparato, però, in quanto emarginata del branco del Cancro, era che le mie stelle non volevano saperne di allinearsi.

Le onde s'infrangevano sulla riva, lambendo i miei piedi nudi come un cucciolo che cerca di conquistare l'affetto del suo padrone. Affondai le dita nella sabbia fresca e guardai l'acqua. La vista era maestosa, non potevo negarlo, ma non suscitava in me le emozioni che provava il mio branco al suo cospetto. I lupi del Cancro parlavano di un richiamo, di una risposta a qualcosa di profondo dentro di loro. Per me era una bella immagine, niente di più. Potevo sforzarmi per ore, ma non riuscivo a cogliere l'essenza che tanto celebravano.

La mia unica speranza era l'imminente Convergenza, che avrebbe liberato la mia forma di lupo. Se fossi riuscita a sentire quello stesso legame con il mare, forse mi avrebbero finalmente vista come una di loro. Fino ad allora, non erano che estranei. Talvolta nemici.

Ignorai il vuoto della solitudine. Avrebbe potuto consumarmi, se solo glielo avessi permesso. Invece, tornai a concentrarmi sull'oscurità dell'oceano. La luna sfiorava appena l'orizzonte, proiettando sull'acqua riflessi che mutavano a ogni respiro del mare. Era davvero una visione pacifica e, anche se il mare non aveva alcun effetto su di me, sentivo la luna chiamare il mio nome. Era questa l'unica conferma che avevo di appartenere al branco del Cancro, nonostante gli altri lupi non la pensassero allo stesso modo.

Sollevai la macchina fotografica, decisa a scattare qualche foto prima che la luna si levasse più in alto. Avrei dovuto essere a casa a preparare i bagagli per la Convergenza, e invece ero lì a collezionare scatti. Ogni scusa era buona per uscire un po' di casa.

Trattenni il respiro e scattai la foto, cercando di ottenere un'immagine nitida. Ne feci un'altra in rapida successione, per sicurezza, poi spostai lo sguardo sul piccolo schermo. D'un tratto, prima ancora di riuscire a scegliere lo scatto migliore, un fruscio mi avvertì che non ero sola. Mi voltai e scrutai i cespugli intorno a me. Per un attimo, non ci fu il minimo movimento, neanche un alito di vento. Pensai che si fosse trattato di un animale.

Qualcosa di scuro sbucò dalla boscaglia, facendomi indietreggiare d'istinto. Un grosso lupo grigio si diresse verso di me seguito da altre tre sagome, in un turbinio di pellicce e artigli. *Dannazione.* Era troppo tardi per scappare e, per di più, non avevo le scarpe. Correre sulla sabbia a piedi nudi non sarebbe stato un problema, ma le rocce taglienti lì in alto erano un'altra storia. Per mettermi in salvo, avrei dovuto arrampicarmi.

I quattro lupi mi circondarono come se fossi una preda, prima di tornare nella loro forma umana. Il capo, Brad, era muscoloso e intimidatorio anche senza il folto manto e i denti aguzzi. Aveva capelli biondi e occhi azzurri, e sarebbe persino stato affascinante se non avesse avuto l'aria di essere costantemente sul punto di aggredirti. Gli altri due uomini, molto meno attraenti, erano i suoi scagnozzi: Owen e Chase. Mi fissavano con un ghigno raccapricciante. Lori, la compagna di Brad, era il quarto membro del gruppo. Se ne stava sempre avvinghiata al suo mutaforma come un cirripede. Dopo la trasformazione restavano tutti completamente nudi, ma nessuno di loro se ne preoccupava. Al contrario, mostravano con orgoglio il simbolo del Cancro, marchio del loro branco. Brad lo sfoggiava sul petto, gli altri sulle braccia. E poi c'ero io, che non lo avevo affatto.

"Ayla." Brad ringhiò il mio nome. "Cosa ci fai qui fuori tutta sola?"

Una fitta d'ansia mi attanagliò. Brad non era mai amichevole e mi rivolgeva la parola solo quando voleva qualcosa. Essendo il figlio del beta del Cancro, mi guardava dall'alto in basso. Tecnicamente il mio grado era superiore al suo, ma a nessuno importava.

Lori ridacchiò, scuotendo i suoi impeccabili capelli biondo fragola. Era in piedi alle spalle di Brad, con una mano possessiva sul suo braccio. Mentre valutavo le mie possibilità di uscirne indenne, Owen e Chase continuavano a fissarmi. Correvano tutti nella stessa cerchia, i figli e le figlie dei membri più influenti del branco del Cancro. Io, figlia dell'alfa, ero l'unica reietta. Sarei dovuta essere in prima linea, ma nelle mie vene scorreva sangue umano.

"Ti ho fatto una domanda, bastardina," m'incalzò Brad con un latrato, calciando la sabbia nella mia direzione.

Imprecando sottovoce, sollevai la macchina fotografica per evitare che la sabbia finisse sull'obiettivo. Wesley me l'aveva regalato l'ultima volta che era venuto a trovarmi, e non potevo permettere che questi idioti lo rovinassero.

"Mi dispiace," ribattei. "Non pensavo che la tua stupidità richiedesse una risposta. Chiunque abbia due occhi e le più elementari funzioni cerebrali sarebbe in grado di capire cosa sto facendo. Ma, ovviamente, ti manca una delle due cose. Non so ancora quale."

Troppo rapido perché potessi reagire, Brad mi scaraventò a terra. Caddi inerte, sbattendo con forza il gomito nel tentativo di salvare la fotocamera. *Questo è esattamente il motivo per cui Mira mi dice sempre di tenere la bocca chiusa*, pensai mentre cercavo di rotolare via, finendo però proprio contro il piede di Chase. *Maledizione*. Un bruciore accompagnato da una dolorosa fitta seguì il calcio nello stomaco, mentre istintivamente mi rannicchiai su me stessa.

"Dov'è la tua corazza del Cancro?" Domandò Chase infliggendomi un altro calcio. "Oh, giusto. Non ne hai una."

Inspirai, cercando di riprendere fiato. "Grazie per avermelo ricordato, stronzo," riuscii a borbottare.

Arrivò il terzo calcio e io mi chiusi a riccio intorno alla macchina fotografica, intenta a proteggere lei e i miei organi interni. Non passò molto prima che gli altri si unissero a Brad, mentre stringevo i denti, rassegnandomi alle percosse. Non era la prima volta che mi pestavano e sapevo che non sarebbe stata l'ultima. Chiusi gli occhi e feci del mio meglio per respirare, nonostante il dolore. Presto sarebbe finita. Per quanto mi odiassero, non mi avrebbero uccisa: che gli piacesse o meno, facevo comunque parte del branco.

La mia tattica di sopravvivenza andò in frantumi nell'istante in cui mi strapparono la macchina fotografica dalle mani. Spalancai gli occhi e lottai per alzarmi in piedi, spingendo via Chase e Owen mentre Lori faceva penzolare la fotocamera davanti a me.

"Ti piace scattare foto, non è vero, bastardina?" Chiese lei.

"No!" Urlai, allungando le braccia verso l'unica cosa a cui tenevo davvero, che Lori allontanava sempre di più. "Puoi farmi quello che vuoi, ma devi ridarmi quella."

Per tutta risposta, Lori la lasciò cadere nella sabbia. "Non penso proprio. La bastardina deve imparare qual è il suo posto. Una volta per tutte."

Brad mi sferrò una raffica di colpi sulla schiena, facendomi cadere in ginocchio. Non potei far altro che guardare, mentre Lori calpestava il mio unico tesoro con la sua forza di mutaforma. Il rumore del vetro e della plastica che andavano in frantumi era più amaro di quello delle percosse sulla mia carne.

Qualcosa si ruppe dentro di me. Quella macchina fotografica era l'unica connessione che avevo con il mondo esterno. Un mondo in cui nessuno mi giudicava per il mio retaggio di mezzosangue o per essere nata sotto le stelle sbagliate. Era l'unica cosa che mi regalava gioia e mi dava una minima parvenza di libertà.

Ringhiai, mostrando i denti pronta a combattere. I quattro indietreggiarono, mettendosi in posizione difensiva. Non potevo affrontarli tutti... anzi, senza l'armatura del Cancro che loro indossavano, ne avrei potuto battere a malapena uno. Ma la rabbia che imperversava nelle mie vene m'impedì di accettare ancora i loro soprusi. Qualcosa di oscuro si svegliò dentro di me, salendo con prepotenza in superficie. Un istinto selvaggio e pericoloso, che implorava solo di essere liberato. Un potere che avevo già sentito in passato, ma che era sempre stato fuori dalla mia portata. La tensione fermentava nell'aria, serpeggiando tra tutti noi, in attesa del momento perfetto per esplodere.

"Ehi!" Il grido risuonò lontano, ma abbastanza forte da distrarci.

Lori spostò finalmente il piede dai frammenti e si voltò, ringhiando qualcosa d'incomprensibile. Poi vidi la mia migliore amica, Mira, correre verso di noi. I lunghi capelli neri svolazzavano alle sue spalle come una tenda. Indossava un bikini, il che mi fece pensare che fosse lì per farsi una nuotata. *Sul serio?* Non potei fare a meno di domandarmi. *In un momento come questo?* Sapevo che amava nuotare, ma ci stavamo tutti preparando per la Convergenza.

"Cosa diavolo sta succedendo qui?" Chiese Mira, fermandosi al mio fianco. Il suo sguardo puntava agli altri lupi, ma sapevo che la domanda era rivolta a me.

"Stanne fuori, Aquino," sbraitò Brad. "Va' via, se ci tieni alla pelle. Stiamo solo dando alla bastardina la lezione che si merita dal momento in cui è venuta al mondo."

"Scordatelo," rispose Mira. La mia testarda, leale Mira. Non sapeva mai quando tirarsi fuori da un conflitto, soprattutto quando c'ero di mezzo io. Mi copriva sempre le spalle, anche se non era d'accordo sul motivo per cui stavamo litigando.

D'altro canto, io non ero diversa da lei. Avrei fatto lo stesso per Mira, in qualsiasi circostanza. Eppure, non sarebbe dovuta venire lì. Quella era la mia battaglia, e lei avrebbe potuto finire in guai seri se l'avessero vista opporsi al figlio del beta. Era già stata punita dall'alfa, non aveva bisogno di un altro marchio per ricordarlo a tutti.

"Mira," dissi a denti stretti. La smorfia sul suo viso indicava che mi aveva sentita, ma continuò a far finta di nulla.

"Devi andartene," l'avvertii, pur sapendo che non avrebbe ascoltato una singola parola. "Ti prego."

"Se hai un problema con Ayla, ce l'hai anche con me," aggiunse lei, mettendosi in posizione di difesa. Non aveva intenzione di mollare. Sospirai e feci come lei, sollevando i pugni stretti.

Per un secondo, Brad ci osservò entrambe. Poi scoppiò a ridere. "Nessuna delle due può battermi. Non sapete ancora mutare nella forma di lupo."

"Hai ragione, ma possiamo comunque farti il culo a strisce," sibilai, sforzandomi di alzare la voce e soffocare il dolore ancora pungente. Poi mi cadde l'occhio tra le sue gambe. "Scommetto che una di noi riuscirebbe a darti una ginocchiata ai gioielli, considerato che li lasci penzolare così in bella vista."

Brad mi ringhiò contro e sfoderò gli artigli. Mira mi fulminò con lo sguardo, come per dire: "Sul serio?"

Risposi facendo spallucce. Non poteva certo farmi la predica per essere sfacciata, dato che la sua lingua era più lunga della mia.

Alzò gli occhi al cielo e poi si rivolse di nuovo a Brad. "Davvero vuoi rischiare di essere castrato prima della Convergenza?"

A quel punto, Lori calpestò altre due volte la mia fotocamera, per poi avvicinarsi a Brad. "Non ne vale la pena," mormorò in modo che potessi sentirla anch'io. "Penso che abbia recepito il messaggio."

Il mutaforma lanciò a me e Mira un'altra occhiataccia. "Hai ragione, non vale un secondo del nostro tempo. E, con un po' di fortuna, presto sarà il problema di un altro branco."

Detto questo, si trasformò di nuovo in lupo e gli altri lo imitarono, correndo verso le rocce e i cespugli. In un attimo, la tensione si dissolse nell'aria, lasciando come unica prova della mia insolenza fitte in tutto il corpo e una macchina fotografica rotta.

Mi sentii di colpo inerme e, prima di rendermene conto, mi accasciai di nuovo sulla sabbia. Cercai i pezzi della mia macchina fotografica tra i granelli e i detriti del mare, ma non c'era nulla di recuperabile. Me li lasciai scivolare tra le dita, reprimendo un fiume di lacrime di rabbia.

Mira si accovacciò accanto a me, posandomi una mano sulla schiena. "Santo cielo," mormorò osservando i lividi scurirsi sulle mie braccia. "Cos'hai detto questa volta?"

"Sono saltati fuori all'improvviso," risposi. "Non sarebbe cambiato nulla neanche se avessi tenuto la bocca chiusa."

"Sai, se non li tormentassi, probabilmente ti lascerebbero in pace e basta," mi redarguì Mira. "Te l'ho detto centinaia di volte." Poi mi aiutò ad alzarmi, sorreggendomi mentre cercavo di riprendere fiato e trovare l'equilibrio.

"Non posso farci nulla."

Tentai di raccogliere tutti i frammenti della macchina fotografica, ma cosa pensavo di fare? Lori l'aveva distrutta in modo irreparabile. "Dicono delle cose talmente stupide. È come se m'implorassero di controbattere."

"Non dovrebbero parlarti in quel modo. Sei la figlia dell'alfa. Devono rispondere delle loro azioni."

"Sì, certo. Sai bene che mio padre è anche peggio," borbottai studiando la pelle violacea delle mie braccia. I nuovi lividi coprivano a malapena quelli sbiaditi che mi aveva lasciato l'alfa. Per quanto mi ricordassi, il mio corpo era sempre stato deturpato dai segni del dissenso di mio padre. Con la rigorosa eccezione del viso, però. C'erano delle apparenze da mantenere, e picchiare la propria figlia non si prestava bene all'immagine di alfa gentile che mio padre proteggeva con gli artigli e con i denti. Ma tutti sapevano che mi trattava come un'emarginata, e che non gli importava che persone come Brad facessero lo stesso. La cosa faceva infuriare Mira, ma io avevo accettato da tempo il fatto che non sarei mai stata la figlia che desiderava. Era quella la mia sorte, e sapevo che avrei fatto meglio a farmene una ragione.

Sapevo perché mi picchiava, sebbene non avesse alcun senso logico. Non avevo chiesto io di nascere semi umana, eppure mio padre si divertiva a punirmi per la relazione che aveva avuto con mia madre. Tutto ciò che mi riguardava gli ricordava costantemente il suo errore. La mia nascita al di fuori delle date del segno del Cancro, il fatto che non avessi il simbolo del segno zodiacale sulla pelle e le mie inesistenti abilità di branco non facevano che nutrire il suo odio nei miei confronti.

Alla sua compagna, Jackie, persino i miei capelli rossi sembravano un'offesa. Me ne attorcigliai una ciocca attorno al dito, godendo della brezza fresca sulla pelle rovente. Mi distingueva da tutti gli altri membri della famiglia, e mi ricordava costantemente che papà aveva fatto un casino e messo incinta un'umana. Una volta l'avevo anche detto ad alta voce, presa dalla rabbia e cedendo alla mia insolenza. L'unica cosa che ottenni fu uno schiaffo da parte di Jackie.

Mira era ancora intenta a studiare i miei lividi, sfiorandoli e soffiandoci sopra come la madre che non avevo mai avuto. "Dovrebbero migliorare in tempo per la Convergenza," concluse. "Sei fortunata che abbia deciso di venire a fare una nuotata prima della partenza di domani. Chissà cosa ti avrebbero fatto, altrimenti."

"Non ha importanza," risposi scrollando le spalle. Poi m'incamminai verso la giacca e le scarpe che avevo abbandonato sulla sabbia. "I lividi dimostrano solo che non faccio parte del branco del Cancro. Altrimenti potrei evocare la corazza." Tutti i lupi del Cancro nascevano con l'abilità di evocare la corazza, fondamentale per proteggersi. *Tutti tranne me.* Lasciai andare un lungo sospiro. "Almeno, una volta ottenuta la mia lupa, potrò guarire più in fretta."

"Tante cose cambieranno dopo la Convergenza," mi consolò Mira.

La Convergenza si svolgeva due volte all'anno, in occasione del solstizio d'estate e di quello d'inverno. Tutti i dodici branchi dello Zodiaco si riunivano per cose come risolvere questioni in sospeso, riconoscere i nuovi capibranco e benedire i neonati. La prossima era la Convergenza del solstizio d'estate, il giorno prima dell'inizio della stagione del Cancro, e si sarebbe svolta in Montana, nel territorio delle Streghe del Sole.

Io e Mira avremmo finalmente ottenuto i nostri lupi, ora che entrambe avevamo ventidue anni ed eravamo considerate maggiorenni. Eravamo le uniche del branco del Cancro a dover ricevere i lupi a questa Convergenza: tutti gli altri ricevevano i loro al solstizio d'inverno. Tranne me, ovviamente: ero nata a marzo, un altro segno del fatto che non appartenevo a questo branco.

Quanto a Mira, anche lei avrebbe dovuto ricevere il suo lupo al solstizio d'inverno, ma era stata costretta ad aspettare altri sei mesi, tutto perché suo padre aveva osato sfidare l'opinione dell'alfa. Mira non c'entrava proprio nulla, ma mio padre sapeva che punendo lei avrebbe colpito tutta la sua famiglia. Non era giusto, ma erano queste le regole del nostro capobranco. E quando lui dava un comando alfa, dovevamo obbedire.

Durante la Convergenza, si teneva anche un altro evento: il rituale di accoppiamento, in cui chiunque avesse ottenuto il lupo poteva provare a trovare il proprio compagno predestinato. La mia più grande speranza era che il mio compagno, se ne avessi avuto uno, fosse stato di un altro branco. Avrei fatto di tutto per allontanarmi da mio padre e dal resto dei mutaforma del Cancro.

"Spero che i nostri compagni siano dello stesso branco," disse Mira, come leggendomi nel pensiero. Lo diceva così spesso che quasi me lo aspettavo. Feci un verso di assenso, ma non dissi nulla. Volevo restare con lei, naturalmente, ma se alla fine lei avesse trovato un compagno nel branco del Cancro e io no, non mi sarebbe dispiaciuto troppo. La mia unica priorità era andarmene.

Era l'unica cosa su cui io e mio padre eravamo d'accordo. Voleva che sparissi tanto quanto io volevo allontanarmi. "Spero che finirai per essere il problema di qualche altro branco," aveva iniziato a dirmi dal giorno in cui avevo compiuto ventidue anni.

Al pensiero di mio padre, mi si strinse lo stomaco. Dovevo tornare prima che mandasse qualcuno a prendermi. Mi voltai verso Mira e le rivolsi quello che speravo sembrasse un sorriso convincente. "Qualsiasi cosa accada alla Convergenza, rimarremo amiche per sempre e non ci perderemo mai di vista."

Mira annuì felice, prendendo la mia mano nella sua e camminando sulla spiaggia. Sapevo che le sue intenzioni erano buone, ma una volta trovato il suo compagno, le cose sarebbero cambiate. Succedeva sempre. Ci saremmo allontanate, persino se fossimo finite nello stesso branco. Quel pensiero mi fece rabbrividire.

Mi guardai indietro, verso l'oceano e la sabbia smossa nel punto in cui Brad e i suoi scagnozzi mi avevano attaccata. *Mi sentirò mai davvero a casa?*

CAPITOLO DUE

Sistemai nel borsone gli ultimi vestiti che mi sarebbero serviti per la Convergenza e chiusi la cerniera. Poi mi guardai attorno per assicurarmi di non aver dimenticato nulla. Il fatto che tutte le mie cose entrassero in quella borsa mi rattristava. Non avevo mai avuto molti effetti personali: ero troppo preoccupata che mio padre li potesse distruggere in un impeto di rabbia. Tutto ciò che mi stava a cuore era custodito in forma digitale sul mio telefono o nel cloud. Le mie fotografie erano al sicuro lì, ed era l'unica cosa che m'importava.

Dei colpi sulla porta mi distolsero dai miei pensieri. Venni immediatamente assalita dal panico, quindi raccolsi il borsone e mi preparai a correre non appena si fosse aperta.

"Ayla?"

Sentendo quella voce, mi rilassai immediatamente. Un sorriso prese forma sul mio viso. Mio fratello, Wesley, era l'unica persona della famiglia che non mi avrebbe mai fatto del male. "Entra," gli dissi.

Entrò sorridendo, rievocando subito uno dei ricordi più

cari della mia infanzia. Aveva quattro anni più di me, ma mi era sempre sembrato molto più grande, anche prima che la pubertà lo trasformasse e mettesse su tutti quei muscoli. Da qualche mese si era trasferito in un appartamento tutto suo e, anche se tornava a trovarmi abbastanza spesso, mi sembrava di non vederlo più. Per tutta la mia vita era stato l'unico alleato nella mia stessa casa e, a parte Mira, era l'unica persona del branco del Cancro a cui importava qualcosa di me.

"Wesley!" esclamai lanciandomi tra le sue braccia. Lui mi strinse forte, un po' troppo forte, tanto che trattenni di colpo il fiato.

Si fece subito indietro, accigliandosi. "Ti hanno picchiata di nuovo."

Poi lanciò un'occhiataccia verso la porta. Detestava il trattamento che mi riservava nostro padre, e cercava sempre di essere gentile con me per rimediare. Quasi ci riusciva.

"Non è niente di che," risposi mentre aprivo una tasca del borsone. I miei libri di viaggio e fotografia erano ancora sul letto, in attesa della mia decisione. Non sapevo se lasciarmeli alle spalle o meno: se avessi dovuto camminare molto, il peso in eccesso sarebbe diventato un problema, ma adesso che c'era Wesley era chiaro che non avessi altra scelta. Dovevo portarli con me.

La fotografia era stata la mia prima e unica passione, e Wesley si era sempre assicurato di nutrirla. Adoravo poter catturare la bellezza in uno scatto eterno, presentarla al mondo attraverso i miei occhi. Mio padre aveva sempre messo in chiaro che ero un'emarginata, soprattutto in casa mia. Mi comprava vestiti nuovi solo quando si sentiva costretto a farlo. Dopo che smisi di crescere, a volte passavano anni senza che ricevessi qualcosa di nuovo. Anche quando le cuciture si allentavano e il tessuto si lacerava, continuava a costringermi a indossarli. Il cibo, per me, era ridotto al minimo. Quanto a tutti gli altri lussi di cui avrei dovuto godere, mi erano sempre stati negati: niente telefono e niente computer, nemmeno quando ne avevo bisogno per la scuola.

Non appena compii sedici anni, mi mandò a lavorare nel negozio di alimentari della città. L'intero stipendio finiva nelle sue mani: era il "pagamento per avermi sopportata", diceva sempre. Essendo mio padre *e* l'alfa del branco, mi teneva completamente in pugno. Non potevo cavarmela da sola o agire alle sue spalle, perché lui era l'autorità suprema. Bastava che usasse il suo comando alfa, un potere unico conferito a ogni capobranco, e tutti dovevano fare esattamente ciò che diceva. Compresa me.

Wesley era stato l'unico a farmi dei regali. Quando da piccola mostrai interesse per la fotografia, mi portò di nascosto dei libri sulla materia. Passavo ore a sfogliarli, divorando ogni parola e immagine con voracità. Spesso sostituiva quelli che avevo già letto con nuovi volumi, perché tenere troppi libri in camera mia avrebbe insospettito papà. Ma quelli che mi piacevano davvero me li lasciava tenere. Una volta, aveva persino finto di rompere il suo telefono per darlo a me, e quando gli dissi che volevo andare all'università, mi comprò una macchina fotografica e rispose: "Fallo."

Non sarei mai riuscita a laurearmi senza il suo aiuto. Fu lui a convincere nostro padre che non era opportuno che la figlia dell'alfa non andasse a scuola. Nonostante mi venisse ricordato quotidianamente che la mia istruzione era uno spreco di denaro, alla lunga ne valse la pena.

Passai una mano sui libri, notando il sorriso che suscitavano sul volto di Wesley.

"Hai preso la macchina fotografica?" domandò.

"Si è rotta." Abbassai lo sguardo, travolta da una profonda angoscia. Se solo avessi tenuto la bocca chiusa, probabilmente ora sarebbe tutta intera tra le mie mani. Scacciai l'imminente tempesta di emozioni: nessuno doveva sapere quanto mi turbassero Brad e gli altri bulli. Neanche Wesley.

"Almeno non mi serve più per l'università. Posso usare la fotocamera del telefono, anche se è un po' antiquata," mi sforzai di sorridere e sembrare convincente.

"Non l'avresti mai fatta cadere," rispose Wesley con un broncio. "Chi è stato? Chi l'ha rotta?"

"Nessuno," dissi scrollando le spalle. Tentai di comportarmi normalmente, forse con eccessiva disinvoltura, ma Wesley non si era mai bevuto nessuna delle mie bugie.

"Non me lo dirai mai, lo so." Sospirammo entrambi. Ero sollevata di non dover eludere altre domande; dopotutto, non ero nemmeno del tutto sveglia, dato che erano le prime ore del mattino. "Quando diventerò l'alfa del branco del Cancro, le cose cambieranno. Cambieranno in meglio, te lo prometto."

Sbuffai e scossi la testa. "Mi piacerebbe crederci," ribattei mentre infilavo i libri nel borsone. "Ma non sappiamo neanche quando accadrà."

Ormai, la mia unica speranza era quella di trovare un compagno alla Convergenza: se fosse stato un mutaforma di un altro branco, avrei potuto lasciare il territorio del Cancro; se il prescelto avesse fatto parte del nostro gruppo, almeno non sarei mai dovuta tornare in questa casa dove, a ogni modo, non mi ero mai *sentita* a casa.

Sollevai lo sguardo verso Wesley e gli feci un sorriso sbilenco. "Ehi, se vengo accoppiata a qualcuno di un altro branco, possiamo sempre restare in contatto. Magari potrei comprarmi un telefono nuovo, con lo schermo intatto, stavolta."

Wesley ridacchiò, ma era tutt'altro che divertito. Sapevo che desiderava che restassi lì con lui, ma non capiva. Per quanta gentilezza potesse dimostrarmi, non sarebbe mai stata sufficiente a eclissare le angherie del resto del branco.

"Già, dovresti proprio farlo." Si fermò per un attimo, passandosi una mano tra i lucidi capelli castani. "Comunque, sono venuto a prenderti. Mamma e papà sono già in macchina, e sai che odiano aspettare."

Ma certo. Probabilmente erano già infastiditi dal fatto di essersi dovuti alzare prima che il sole sorgesse. Annuii e lasciai la mia stanza senza voltarmi indietro. Negli ultimi ventidue anni era stato un posto dove dormire e nascondersi, niente di più. Non avevo una casa, non ancora. Speravo di trovarne presto una. Naturalmente, con la mia fortuna, di sicuro sarei finita col tornare lì al termine della Convergenza.

Chiusi la porta d'ingresso dietro di me mentre Wesley si dirigeva verso i nostri genitori, che stavano parlando tra di loro. Scendendo dal portico mi sembrò di sentire un sipario chiudersi alle mie spalle, anche se non sapevo con certezza se avrei trovato un compagno, una volta ottenuto il mio lupo. Alcune persone dovevano aspettare anni prima che il loro compagno diventasse maggiorenne, e c'era addirittura chi non si accoppiava affatto. Pregavo di non far parte dell'ultima categoria, ma la cosa non mi avrebbe sorpreso più di tanto.

Quando raggiunsi il SUV, mio padre mi lanciò un'occhiata minacciosa, con la bocca serrata in un broncio. Potevo quasi sentirlo dire: "Sbrigati, razza di meticcia buona a nulla." Gli occhi di Jackie erano puntati su di me, pieni d'odio, mentre aspettava che salissi in macchina. Sospirai. Sarebbe stato un lungo viaggio.

Avrei voluto andarci con Mira, ma quando la sera prima avevo osato chiederlo, l'alfa aveva ringhiato e sottolineato che non avrei dovuto frequentarla affatto. A causa delle azioni di suo padre, la sua famiglia era finita in fondo alla gerarchia del branco. Inoltre, per salvare le apparenze, dovevo per forza arrivare alla Convergenza accompagnata dal capofamiglia.

Il nostro lungo vialetto era affollato da altri veicoli, tutti pronti a partire al primo segnale. Era proprio me che aspettavano. Fino a quel momento, non avevo capito che questa volta sarebbero venuti insieme a noi tutti questi membri del branco del Cancro. Il beta e la sua famiglia sarebbero rimasti nel nostro territorio, quindi non dovevo preoccuparmi di Brad, ma c'erano molte altre persone che sarebbero state ostili. Almeno avrei avuto Wesley e Mira al mio fianco, e la possibilità di incontrare altri lupi.

"Ci metteremo più o meno quindici ore per arrivare," disse Wesley mentre prendevo posto sul sedile posteriore accanto a lui. Quando ricevetti il messaggio in cui mi diceva che sarebbe venuto con noi, provai un'immensa sensazione di gioia. Anche se aveva ricevuto il suo lupo quattro anni prima, voleva essere lì per me.

"Hai il borsone?" mi chiese l'alfa. I suoi occhi blu incontrarono i miei nello specchietto retrovisore. Nonostante fossero la copia esatta dei suoi, sapevo che tutto ciò che vedeva quando mi guardava era il suo più grande errore, non sua figlia.

"Sì," risposi.

"E sei sicura di aver preso tutto?" m'incalzò con una smorfia. Sembrava che rivolgermi la parola gli facesse venire la nausea.

"Sì," ripetei.

"Bene. Se siamo fortunati, non tornerai più qui. Non vedo l'ora di consegnarti a qualche povero disgraziato. Finalmente non sarai più un mio problema."

"Amen," mormorò Jackie, alzando la voce affinché potessi sentirla. Non potevo vederla, perché era seduta proprio di fronte a me, ma non osai alzare lo sguardo. Le piaceva sferrare pugni, e uno dei suoi bersagli preferiti era la mia faccia.

Wesley mi rivolse un sorriso teso, ma io mi girai e, per una volta, tenni a freno la lingua. Non ero mai stata a una Convergenza – mio padre non me l'aveva mai permesso, nemmeno quando Wesley era diventato maggiorenne – e decisi che sopportare la loro agghiacciante compagnia per qualche ora era un sacrificio accettabile. Con un po' di fortuna, sarebbe stato l'ultimo lungo viaggio con loro.

Durante il tragitto, quasi involontariamente, non facevo che allungare la mano come per prendere la macchina fotografica. E poi mi ricordavo che non ce l'avevo più. Avrei voluto poter immortalare la bellezza della natura che scorreva fuori dal finestrino, invece non potei far altro che godermi la vista, cercando di non perderne nemmeno un secondo. Quando arrivammo a Seattle, dovetti aggrapparmi al sedile per evitare di saltellare per l'emozione. Non ero mai stata al di fuori del territorio del branco del Cancro, sulla costa a nord di Vancouver, e sicuramente non avevo mai toccato il suolo degli Stati Uniti. Avevo trascorso ore e ore a leggere di città come Seattle, e avrei voluto custodire quel momento in uno scatto. Feci qualche foto con il telefono, anche se la qualità non si avvicinava neanche un po' a quella della mia macchina fotografica.

Avevo sempre sognato di scappare in una grande città

americana per dimenticarmi della mia vita. Non era altro che un miraggio, la bozza di un piano di fuga, ma sarebbe stata l'unica chance che avevo di rendere la mia esistenza sopportabile. Sognavo a occhi aperti di andare negli Stati Uniti, e di nascondermi per sempre dal branco del Cancro in una delle zone in cui non c'erano lupi. Ora, sapevo che era solo una fantasia senza fondamento logico. Il massimo che potevo sperare era di trovare un compagno in un altro branco. Anche in quel caso, tra l'altro, avrei dovuto vedere i mutaforma del Cancro per molto tempo. Non potevo sfuggirgli del tutto.

Presto, ci lasciammo alle spalle le città per inoltrarci nelle zone più impervie del Montana. Il sole stava tramontando, e Wesley si era addormentato accanto a me. Volevo dargli una gomitata per svegliarlo e condividere con lui quelle emozioni, mentre percorrevamo una piccola strada inghiottita dalla fitta foresta. Le fronde degli alberi accarezzavano il SUV, finché non sbucammo in un'enorme radura disseminata di tende. Restai senza fiato alla vista di tutti i mutaforma presenti.

Eravamo arrivati alla Convergenza.

CAPITOLO TRE

Quando parcheggiammo, allungai il collo per guardare oltre le decine di auto. Avevo le gambe intorpidite per il lungo viaggio ed ero impaziente di lasciare il SUV e sottrarmi al peso opprimente che lo riempiva. Fuori c'erano tende dappertutto: coprivano ogni centimetro di terreno, e non avevo mai visto così tante persone in un solo posto al di fuori di una città. L'emozione mi faceva praticamente tremare, mescolandosi all'ansia che avevo accumulato per settimane. Il mio destino dipendeva da ciò che sarebbe accaduto alla Convergenza.

Scesi dall'auto e mi stiracchiai per scaricare la tensione del viaggio, ammirando i panorami e inalando i profumi della foresta del Montana. Mi ricordava un po' il territorio del Cancro, anche se qui gli alberi erano diversi e nell'aria non c'era l'odore del mare. Un paio di lupi mi passarono davanti nella foresta e, prima che si allontanassero, intravidi il marchio del branco dell'Acquario sulla loro pelle.

Decisi di lasciare il pesante borsone in macchina e tornare a prenderlo più tardi, e seguii mio padre e Jackie attraverso il parcheggio. Wesley camminava al mio fianco mentre ci muovevamo tra le auto. Incrociai il suo sguardo e lui mi sorrise, in preda all'euforia. Il suo buon umore era abbastanza contagioso da scacciare gran parte delle mie preoccupazioni.

"Rilassati, Ayla," disse. "Siamo arrivati."

Annuii e distesi un po' le spalle. Se mio fratello non era nervoso, non avrei dovuto esserlo nemmeno io. Lui ci era già passato e mi avrebbe riferito tutte le informazioni importanti. E poi, l'indomani avrei finalmente ottenuto il mio lupo, avrei trovato la vera me. Non c'era motivo di preoccuparsi. Giusto?

"Non fare niente di stupido," borbottò Jackie da sopra la spalla. "Tutti gli occhi saranno puntati sugli alfa e sulle loro famiglie. Soprattutto su Wesley, in quanto erede."

"Sì, non vogliamo mica lasciargli credere che non siamo una famiglia perfetta," risposi con sarcasmo.

Mio padre si girò e alzò la mano come se stesse per colpirmi, ma poi si fermò. Si guardò attorno per assicurarsi che tutte quelle persone non avessero notato nulla. "Sta' al tuo posto, Ayla," mi ammonì ringhiando. Le sue parole erano intrise di potere: era un comando alfa e mi stringeva la gola come una morsa, costringendomi a obbedire. "O te ne pentirai."

"Papà, smettila," disse Wesley spostandosi accanto a me. Non poteva sfidare ufficialmente nostro padre, a meno che non volesse lottare per il ruolo di alfa – finendo per ucciderlo o per morire. Lo presi per il braccio per fargli capire che era tutto a posto: non potevo sopportare il pensiero di perderlo. Un giorno sarebbe diventato alfa, ma fino ad allora potevo sopportare quel trattamento.

Continuammo a camminare, facendo finta che andasse tutto bene, ma non sarei riuscita a rilassarmi finché fossi rimasta vicino ai miei genitori. Non vedevo l'ora di allontanarmi da loro. Era uno dei vantaggi della Convergenza: non dovevo stare sempre intorno al mio branco. Avrei avuto un assaggio di come sarebbe stato vivere tra persone che non mi odiavano. Non era possibile che tutti i branchi avessero la stessa visione tossica dei mutaforma mezzi umani. Sapevo che non potevo essere l'unica: col passare degli anni la distanza dal mondo degli umani si accorciava, aumentando le probabilità che ci accoppiassimo con loro.

Più ci addentravamo nella radura, meno le tende sembravano disposte a caso: cominciavo a distinguere uno schema. Nel terreno erano stati piantati degli striscioni con i simboli dello Zodiaco, per rappresentare i diversi branchi. Il campeggio era stato diviso in quattro quadranti, ognuno per un elemento. Noi ci dirigemmo verso il simbolo dell'acqua.

Tra le tende si aggiravano centinaia di mutaforma, sia in fattezze umane che di lupo, tutti venuti a rappresentare il proprio gruppo. Individui di tutte le età si mescolavano con altri branchi, condividendo i pasti, ridendo insieme e ballando sotto il sole come se fossero a un festival musicale. Non avevo mai percepito un tale cameratismo tra membri di branchi diversi, neanche tra coloro che erano in buoni rapporti. Quello della Convergenza era un terreno neutrale, e nessuno doveva preoccuparsi di potenziali complotti o attacchi. Lì, i combattimenti erano proibiti e le streghe del Sole si assicuravano che tutti rispettassero le regole.

Mio padre prese da parte un mutaforma dei Pesci per chiedergli dove avremmo dovuto sistemarci, ma io ero troppo concentrata sullo spettacolo che si estendeva davanti ai miei occhi per ascoltare i dettagli della loro conversazione. L'uomo indicò il lato nord della radura, fino al punto più esterno. L'alfa annuì e cominciammo a farci strada tra le tende dei Pesci e degli Scorpioni, fino all'area del Cancro.

Riconobbi più persone di quanto avrei pensato. Molti degli alfa erano venuti in visita nel nostro territorio: c'erano sempre affari da sbrigare, dispute territoriali da risolvere, alleanze da negoziare e risorse da distribuire. Il branco del Cancro, uno dei più numerosi, era alleato con quello dei Pesci, del Capricorno e dell'Acquario. Avevamo una rivalità di lunga data con l'altro branco più esteso, quello del Leone, e di conseguenza con tutti i loro alleati: Ariete, Toro e Scorpione. I restanti lupi dello Zodiaco – Gemelli, Vergine, Bilancia e Sagittario – fino a quel momento erano rimasti neutrali. Si sa, però, che le alleanze sono in continuo mutamento. Persino alla fine della Convergenza sarebbe potuto cambiare tutto.

Passammo accanto agli alfa dell'Acquario e dei Pesci, impegnati a conversare. Prima di riuscire a ricordare l'ultima volta che li avevo visti, Mira mi raggiunse correndo. Mi fermai, lasciando che il resto della mia famiglia continuasse a camminare per darci una parvenza di privacy. Non sarebbe servito a molto, non con tutta quella gente in giro. A ogni modo, non avrei mai rifiutato l'opportunità di allontanarmi dai miei genitori.

"Ayla," disse Mira con gli occhi che le brillavano, ballando e saltellandomi intorno. "Riesci a crederci? Quest'anno ci sono così tanti mutaforma!"

"No," sorrisi. Il suo buon umore era contagioso e, nonostante le travagliate quindici ore che avevo appena trascorso in macchina con mio padre e Jackie, mi rallegrò. "È incredibile. Sapevo che i mutaforma dei dodici branchi erano numerosi, ma vederli tutti insieme mi fa sentire come se potessimo affrontare il mondo intero."

Mira ridusse la sua voce a un sussurro e mi tirò più vicina. "Hai visto quanti bei partiti?" chiese adocchiando un gruppo di giovani maschi del branco dello Scorpione, nessuno dei quali indossava una maglietta. "Mmm, che vista. Loro *sì* che sono allenati."

Mi sforzai di trattenere una risata, quando uno di loro si voltò e scoccò un sorrisetto sgraziato a Mira. Lei abbassò lo sguardo pudicamente, senza però riuscire a nascondere la scintilla nei suoi occhi. Aprii la bocca per dirle che non si stava comportando in maniera poi così discreta, ma cambiai subito idea. Perché rovinarle il divertimento? Quasi tutti i presenti avevano già i loro lupi e avrebbero sentito anche il più piccolo sussurro.

Come per dimostrare la mia tesi, Wesley si guardò indietro per rivolgerci un sorriso. Era rimasto al passo con nostro padre e Jackie, ma nessuno di loro era abbastanza lontano da farsi sfuggire il commento di Mira. Per fortuna, i nostri genitori erano impegnati in una conversazione, a differenza di mio fratello. Wesley alzò gli occhi al cielo, ma la sua espressione era innegabilmente divertita. Mira diventò tutta rossa per l'imbarazzo, al che li guardai entrambi inarcando le sopracciglia. Era da un po' che sospettavo avesse una cotta per mio fratello, e lei stessa me ne aveva appena dato conferma.

Scossi la testa. Non stava certo a me metterla in guardia: Wesley era un cascamorto, e lo sapevano tutti. Avrebbe dovuto pensarci bene. Lui non aveva ancora trovato la sua compagna e, ovviamente, ne traeva il massimo vantaggio. Mi chiedevo se lei sperasse segretamente che si sarebbe rivelato il suo compagno predestinato. Naturalmente, metà del divertimento della Convergenza stava nel chiedersi con chi saresti finito alla cerimonia di accoppiamento, sempre che non fossi destinato a restare solo.

"Forza," dissi. "Montiamo le nostre tende."

Prima che potessi muovermi, qualcuno mi passò accanto spintonandomi. Barcollai in avanti, ma l'istinto intervenne appena in tempo per impedirmi di cadere. Quando alzai lo sguardo, vidi un ragazzo alto e muscoloso con i capelli biondi. Stava camminando con i suoi amici, e mi lanciò uno sguardo velenoso da sopra le spalle.

"Sta' attenta a dove metti i piedi," mi avvertì. "Anzi, vedi di toglierti di mezzo e basta."

Ripresi l'equilibrio e poi, come un riflesso incondizionato, la rabbia mi travolse per quel tono grondante d'astio. Ne avevo avuto abbastanza. Era dal giorno in cui ero nata che i lupi del mio branco mi parlavano così. Ero venuta qui per cambiare le cose, per trovare il legame che mi mancava, e la mia prima interazione con il mutaforma di un altro branco non era stata diversa dal resto della mia infelice vita. Al diavolo.

"Sta' attento *tu* a dove metti i piedi," ribattei. Il ragazzo si era già allontanato, come se non si aspettasse che gli rispondessi, ma alle mie parole si fermò. Si voltò di nuovo verso di me, con occhi in fiamme.

Cavolo, se era attraente. Mi ritrovai a fissarlo, anche se dubitavo che saremmo potuti andare d'accordo, visto com'era abituato a rivolgersi agli estranei. Era alto e muscoloso, con la pelle abbronzata e i capelli biondi, a qualche centimetro dal diventare lunghi e selvaggi. Chiaramente, passava molto del suo tempo all'aperto e in movimento.

Mi guardò dall'alto in basso, poi corrugò le labbra in un ringhio. "Sei la reietta del branco del Cancro, vero? Riconoscerei gli occhi di Harrison ovunque. E hai i capelli della tua madre umana." Pronunciò la parola *umana* come se fosse sporca. Ah, sì, fu proprio come tornare a casa. Di qualunque branco facesse parte, mi promisi di non frequentarlo mai.

Sollevai il mento e lo affrontai a testa alta. "E tu sei solo un altro bullo che pensa sia giusto prendersela con chi ritiene inferiore a sé. Non mi serve il tuo nome. Le tue azioni parlano per te."

La mano di Mira afferrò la mia in una stretta. Era un muto avvertimento. *Attenzione*. Ma io non volevo stare attenta: chiunque fosse questo idiota, si meritava una bella strigliata.

Un basso ringhio si propagò tra i maschi riuniti intorno al ragazzo, e la tensione divenne palpabile nell'aria. Alla faccia della pace tra branchi: ero riuscita a romperla un attimo dopo aver messo piede nella radura.

"Ehi," c'interruppe Mira, facendomi da scudo e sollevando la mano libera in segno di supplica. "Niente risse qui, ricordi? Siamo su territorio neutrale."

Il mutaforma scosse la testa, quasi come se volesse scrollarsi di dosso il disgusto. "Sei fortunata che siamo alla Convergenza. Altrimenti, la tua amichetta semi umana avrebbe ricevuto la punizione che merita."

Quelle parole mi schiacciarono come un macigno. Avevo sperato che al di fuori del branco del Cancro il mio corredo genetico non sarebbe stato un problema, ma eccomi qui, a fare i conti con gli stessi pregiudizi che affrontavo quotidianamente. Non sarei mai riuscita a sfuggire a questo schifo, vero?

Il ragazzo mi fulminò con un'altra occhiataccia prima di andarsene. Gli altri maschi lo seguirono in fila, quasi come se fosse il loro capo. Doveva essere molto in alto nei ranghi del suo branco: odiavo il fatto che, nella maggior parte dei casi, erano gli stronzi come lui ad avere il potere. Con un sospiro, scacciai dalla mia mente quell'incontro, sperando di non averci mai più a che fare.

Wesley ci raggiunse a passo svelto, palesemente preoccupato. Con una mano sulla mia spalla, guardò i mutaforma allontanarsi. "Cos'è successo?"

"Niente," borbottai trascinando Mira con me. "Era un cretino e gliene ho dette quattro. Quell'idiota non sa che si dice 'scusami' e non 'togliti di mezzo'."

"Non dovresti metterti contro di lui." Wesley strinse la presa sulla mia spalla, che si trasformò da confortante ad ammonitrice. Quando lo guardai, i suoi occhi erano seri. "Quello è Jordan, del branco del Leone."

A confermare le parole di Wesley, il gruppo si allontanò dal sentiero principale e imboccò la direzione del simbolo del Leone.

"Beh, Jordan del branco dei Leoni deve imparare le buone maniere," mormorai voltandomi dall'altra parte. "Non m'importa cosa pensa di me, sono sempre la figlia di un alfa. Capisco la faida tra Leone e Cancro, ma questa è la Convergenza. Dovremmo andare tutti d'accordo."

"Non capisci," continuò Wesley accigliandosi. "Quello è Jordan *Marsten*. L'erede dell'alfa. Non puoi fare l'insolente con lui. Stagli alla larga."

Questo spiegava come facesse a sapere esattamente chi fossi. Mi scrollai di dosso la mano di Wesley. "Lo farò se lui mi lascerà in pace. Non voglio avere niente a che fare con i Leoni."

Quando ero solo una bambina, il branco del Cancro e quello del Leone erano in guerra. Furono gli altri lupi dello Zodiaco a imporre loro una tregua, motivo per il quale non ci fu un vincitore o una risoluzione concreta. L'astio gravava ancora sui nostri branchi come un'oscura nube.

Avevo trascorso tutta l'infanzia ascoltando le maledizioni che mio padre sputava sul branco dei Leoni e sul suo alfa. A suo dire, Dixon Marsten complottava costantemente per indebolirci o, meglio ancora, per impadronirsi del nostro branco. Non sapevo se fosse vero o frutto delle sue paranoie. Entrambi gli alfa si rifiutavano di dimenticare il passato, dando sempre la colpa di tutto ciò che accadeva al branco rivale, perpetuando così l'antico odio. Mio padre era sempre preso dalle sue strategie: metà delle sue risorse erano dedicate al tentativo di affrontare il branco del Leone, una volta per tutte. Quasi ogni riunione che teneva a casa aveva a che fare con l'acquisizione di alleati contro i Leoni o con il tentativo di convincere i branchi neutrali a unirsi a noi. C'erano altre rivalità tra gli altri dodici branchi dello Zodiaco, ma nessuno aveva altrettanti motivi per odiarsi. Persino i nostri elementi – il fuoco e l'acqua – erano nemici naturali.

Scossi la testa. Non ero abbastanza grande da ricordare il periodo peggiore della guerra, quindi non capivo le dinamiche come gli altri membri del branco. Non avevo mai visto i Leoni farci davvero del male, ma i complotti, le manipolazioni e l'odio erano incessanti. Forse era perché ero l'emarginata del branco, ma non avevo mai capito perché il passato non potesse restare semplicemente nel passato.

Seguii Mira e Wesley fino allo stemma del Cancro. La radura pullulava di mutaforma indaffarati a montare le loro tende. La Convergenza sarebbe iniziata il giorno dopo, durante il solstizio d'estate. La maggior parte della gente era già arrivata, ma durante la notte saremmo diventati ancora di più. Fummo fortunati, perché quell'anno la Convergenza era relativamente vicina al territorio del Cancro. Le streghe del Sole sceglievano sempre una zona diversa, alternando il punto d'incontro tra sei luoghi diversi, in modo da non fare favoritismi tra i branchi. Per il solstizio d'inverno precedente, i lupi del Cancro avevano dovuto guidare tutta la notte per arrivare in tempo, partendo con un giorno di anticipo.

Come evocate dai miei pensieri, ecco che vidi passare le streghe del Sole. I mutaforma fecero largo alle sei donne in abiti svolazzanti, tacendo e chinando il capo in segno di rispetto. Sembrava quasi che l'aria cambiasse al loro cammino. Le osservai discretamente mentre ci superavano, anche se sarebbe stato meglio tenere gli occhi a terra.

Tutti i branchi adoravano il dio del sole, Elio, e la dea della Luna, Selene. Le streghe erano la prova concreta di un legame con il divino. Non ne avevo mai vista una in carne e ossa ma, come tutti, ero cresciuta ascoltando storie sui loro stupefacenti poteri. A differenza delle streghe della Luna, quelle del Sole erano alleate con i lupi dello Zodiaco. Pensare a cosa sarebbe potuto accadere se così non fosse stato era a dir poco terrificante.

D'un tratto, una delle streghe si voltò a guardarmi. I suoi occhi erano di un colore così pallido che sembravano assorbire le sfumature dell'aria intorno a lei. Il respiro mi si bloccò in gola, il cuore mi batteva all'impazzata. Non riuscivo a distogliere lo sguardo. Qualcosa si contorceva dentro di me, cercando disperatamente di liberarsi. Mi sembrava di essere stata colta con le mani nel sacco. Tutto il mio corpo era in allarme.

Poi, quell'attimo giunse al termine. Il suo sguardo mi scivolò addosso quasi come se non ci fossi. Ripresi fiato e quella strana sensazione svanì. Mi voltai verso Mira che, a differenza mia, sembrava essere immune. Forse era perché ero mezza umana? Scossi la testa e cercai di scacciare quei pensieri. Magari ero solo paranoica.

Rivolsi comunque una preghiera silenziosa alle streghe: avevano un legame migliore di quello che avrei mai potuto sognare con gli dèi, quindi potevano stravolgere il destino a loro piacimento. *Qualunque dio mi stia ascoltando, ti prego, affidami a un compagno di un branco che mi tratti bene. Voglio solo che la mia vita sia migliore.* Era una richiesta semplice, così semplice. Non potevo avere un briciolo di fortuna dopo essere stata intrappolata per anni nel mio inferno personale?

E se non avessi trovato un compagno... Beh, almeno avrei avuto il mio lupo e sarei stata in grado di difendermi. Sarei diventata più forte e più veloce e, se fossi rimasta nel territorio del Cancro, avrei potuto superare in astuzia tutti coloro che volevano farmi del male.

Avrebbe dovuto essere abbastanza.

CAPITOLO QUATTRO

Wesley mi svegliò scuotendomi. Non ricordavo nemmeno di essermi addormentata la sera prima. Eravamo rimasti in piedi fino a tardi per montare le tende e sistemarci, e poi io e Mira avevamo osservato gli altri mutaforma per ore, prima d'infilarci nelle nostre tende e crollare.

"Avevi detto di voler vedere le streghe del Sole benedire i bambini," disse Wesley quando gemetti in protesta. "Sta per succedere."

"Non avevo capito che l'avrebbero fatto così presto," borbottai mentre mi trascinavo fuori dal sacco a pelo. Non ero una persona mattiniera: fosse stato per me, sarei rimasta sveglia tutta la notte e avrei dormito di giorno.

Wesley mi convinse informandomi che le tende del cibo erano vicine al luogo in cui le streghe eseguivano i rituali. A ogni modo, ero curiosa di assistere alle benedizioni, dato che non avevo mai visto la magia con i miei occhi prima d'allora. Fuori dalla tenda mi aspettava Mira, che sembrava assonnata quasi quanto me, con gli occhi socchiusi ancora annebbiati e privi della solita scintilla. Nonostante la stanchezza mi sorrise subito, e io non potei fare a meno di ricambiare. Era il giorno della Convergenza e tutto sarebbe cambiato.

Le cose potevano solo migliorare, no? L'odore di uova e pancetta e il basso mormorio di decine di voci ci fecero capire che stavamo andando nella direzione giusta. Afferrai il braccio di Mira, troppo emozionata per sentirmi nervosa, e prima che ce ne rendessimo conto eravamo in fila per fare colazione insieme a dozzine di altri mutaforma.

Non prestai nemmeno attenzione al piatto che stavo prendendo, concentrata com'ero sulla fila di persone con i loro neonati in braccio. Uno alla volta, li portavano al silenzioso gruppo di streghe, tutte vestite con abiti dalle tonalità calde, in piedi alla luce dei primi raggi di sole.

Io e Mira trovammo posto sull'erba lì vicino, mentre una femmina del Toro si faceva avanti. Mi fermai, con un pezzo di pane tostato sollevato a metà strada verso le labbra, mentre la strega del Sole prendeva in braccio il bambino, cullandolo delicatamente. Il piccolo si agitò per qualche istante, ma la strega lo zittì dolcemente, posandogli le prime due dita sulla fronte. Chiuse gli occhi e mormorò delle parole, troppo sottovoce perché qualcuno potesse sentirla. Ci fu un leggero movimento nell'aria, poi qualcosa sembrò muoversi, e un tenue bagliore li circondò entrambi come un raggio di sole.

I bambini privi della benedizione della strega del Sole cadevano vittima della maledizione della strega della Luna. I mutaforma maledetti vivevano tutta la loro vita in agonia, perdendo il controllo a ogni plenilunio e svegliandosi senza ricordare nulla del tempo passato in forma di lupo. Invece, con la protezione delle streghe del Sole siamo in grado di mantenere il controllo, senza che la maledizione della Luna ci trasformi nei mostri rabbiosi che popolano le leggende.

Assistemmo ad altre tre benedizioni, tutte accompagnate da quel movimento nell'aria. Non c'erano le mani infuocate e le scintille che avevo immaginato nei miei sogni a occhi aperti, ma questa sottile magia era quasi altrettanto impressionante. Ogni volta, la mutaforma riprendeva il suo bambino, gli sorrideva e se ne andava con un'espressione beata sul volto.

Mira mi diede un colpetto. "Andiamo, abbiamo visto abbastanza. Credo che una di loro ci stia guardando male."

Mi voltai verso la mia amica e poi seguii il suo cenno del capo. Era la stessa strega che mi aveva osservata il giorno prima. I suoi occhi incolore erano di nuovo puntati su di me. Mandai giù il nodo che avevo in gola e mi alzai, scrollandomi i fili d'erba dai jeans. Lo stesso, travolgente panico s'impossessò di me mentre tornavamo alle tende del cibo per buttare i piatti di carta.

"Che piani hai per oggi?" domandai. Speravo che volesse fare un giro d'esplorazione, ma Mira era più socievole di me. Preferiva passare il tempo in compagnia degli altri mutaforma, piuttosto che girovagare per la foresta. Io diffidavo degli altri lupi, temevo sempre che mi avrebbero attaccata – e quasi sempre avevo ragione. Mira era una mutaforma purosangue, aveva i suoi poteri del Cancro e sapeva dosare le parole, a differenza mia. Con il suo sorriso gentile, riusciva a farsi strada nel cuore di chiunque.

Un'altra opzione era quella di rimanere ad ascoltare le trattative commerciali e guardare i branchi discutere, ma la cosa non interessava né a me né a Mira. La politica del branco non era mai stata una sua priorità, e non mi pareva che avesse d'improvviso deciso che lo fosse. Quanto a me, vivendo nella casa dell'alfa ne sentivo parlare praticamente ogni giorno, e lo detestavo. Ero felice che non mi sarebbe mai toccato il titolo di alfa: non mi si addiceva affatto, e Wesley era un candidato molto più idoneo. Era in grado di mantenere una certa lucidità mentale anche durante le discussioni più accese – capacità essenziale per un capobranco.

"Potremmo fare un giro d'esplorazione," suggerii scrutando la foresta. Settimane prima di arrivare qui, mi ero documentata sul luogo dove si sarebbe tenuta la Convergenza. Avevo pianificato le escursioni nella mia testa: c'era una serie di cascate che morivo dalla voglia di vedere e speravo di avere qualcuno con cui condividere quell'esperienza. "Qui le foreste sono mozzafiato."

Mira aggrottò la fronte. "Ma non c'è l'oceano. Lo sai che stare nella natura mi piace solo se c'è l'acqua. Penso che resterò qui e cercherò di fare amicizia." Poi si chinò verso di me e sussurrò con fare cospiratorio. "Chissà, forse incontrerò il mio compagno."

Non riuscii a trattenermi dal ridere, ma alzai comunque gli occhi al cielo. "Tra tutti i mutaforma che ci sono qui? Buona fortuna."

"Beh, è la Convergenza. Può succedere di tutto."

Detto questo, se ne andò, lasciandomi da sola vicino alle tende del cibo. Mi affrettai per gettare il mio piatto, notando gli sguardi strani di alcuni mutaforma. Non volevo attirare l'attenzione più di quanto non avessi già fatto, e sapevo che se qualcuno mi avesse rivolto parole scortesi, sarebbero stati guai. Mi ricordai le parole che mio padre mi aveva sibilato all'orecchio, qualche giorno prima, stringendomi il braccio fino a farlo diventare viola.

Se causi problemi alla Convergenza, ti esilio io stesso dal branco del Cancro. La cosa peggiore era che aveva il potere di farlo sul serio. Non sapevo se le sue intenzioni fossero concrete o se si trattasse di una vacua minaccia per tenermi in riga, ma non avevo certo voglia di scoprirlo.

Tornai a passo svelto verso la mia tenda, facendo un cenno a tutti quelli di cui incrociavo lo sguardo. Non ne conoscevo la maggior parte, ma l'alfa della Vergine mi rivolse un sorriso che risollevò il mio umore. Forse non tutti mi odiavano. Forse c'era una possibilità di non essere emarginata per il resto della mia vita.

Indossai le scarpe da trekking ormai logore che mi aveva regalato Wesley per il mio ultimo compleanno: il secondo miglior regalo che avessi mai ricevuto. Il primo era stato la mia macchina fotografica. Presi anche il telefono per fare qualche scatto, maledicendo di nuovo Brad e Lori sottovoce, prima di uscire.

Vidi mio padre dirigersi verso la tenda, immerso in una conversazione con l'alfa dei Pesci: gesticolava come se stesse tramando qualcosa. Sgattaiolai via e tornai verso le macchine, guardandomi alle spalle per assicurarmi che non mi avesse vista. Al momento la sua attenzione era altrove, ma con la mia fortuna sicuramente mi avrebbe colta in fallo e costretta a restare al suo fianco. Non volevo che mi chiedesse dove stavo andando, perché avrebbe detto che era più importante rimanere lì, casomai avesse avuto bisogno di me. *Per cosa? Per fargli da sacco da boxe personale?* Pensai scuotendo la testa e continuando a marciare. Se avesse fatto di testa sua, probabilmente mi avrebbe confinato nella tenda. Nessuno avrebbe notato la mia assenza, naturalmente. Questo lo sapevo. Passava così tanto tempo a parlare di Wesley che la maggior parte dei branchi dimenticava che aveva anche una figlia, per di più mezza umana. Era un'impresa impressionante quella che aveva compiuto: aveva quasi cancellato la mia esistenza dalla mente degli altri mutaforma.

Trovai il sentiero senza problemi e, mentre il brusio della Convergenza si faceva sempre più ovattato, sentii i muscoli distendersi. Lì fuori, nella natura, potevo essere me stessa senza temere ripercussioni. Potevo scattare foto e avventurarmi in quella terra, e nessuno mi avrebbe tormentata per il solo fatto di esistere.

Tirai fuori il vecchio telefono rotto di Wesley e scattai una foto alle fronde di un albero, per catturare il modo in cui la luce del sole filtrava attraverso le foglie. Era una giornata bellissima, non si vedeva una sola nuvola nel cielo, e volevo approfittarne. Non c'era nessuno lì fuori, a parte me. Tutti gli altri mutaforma stavano chiacchierando con i loro amici, e gli umani erano tenuti lontani da un incantesimo che le streghe del Sole avevano lanciato nelle loro terre. Finalmente potevo *rilassarmi*.

Più mi addentravo nella strana foresta, più mi sentivo a casa. Mi avvolgeva, confortandomi con il suo abbraccio, tanto che mi ritrovai a sorridere mentre camminavo. Il rumore dell'acqua scrosciante si fece più forte e, prima di rendermene conto, stavo attraversando il torrente. Ero quasi alle cascate.

Pochi minuti dopo, mi ritrovai al loro cospetto: l'acqua si tuffava in una piscina turchese quasi perfettamente rotonda. Quella vista mi strappò il fiato, e sentii ancor di più la mancanza della mia macchina fotografica. Non sarei mai stata in grado di rendere giustizia a questo spettacolo con la fotocamera del telefono, neanche ritoccando esposizione, luci e ombre.

Ero talmente rapita dalla bellezza della cascata, che non notai neanche la figura massiccia e accovacciata sulla riva finché non si mosse. Feci un passo indietro, scioccata: non pensavo che avrei visto un'altra persona così lontana dalla Convergenza. I suoi movimenti aggraziati urlavano *mutaforma*, ma non scorsi alcun marchio sulla sua pelle – nonostante fosse *completamente* esposta. Ai suoi piedi giaceva un mucchio di vestiti. Il corpo statuario e muscoloso dell'uomo era in mostra come in un museo. Era girato di spalle, offrendomi una panoramica della schiena muscolosa e di un sedere così sodo che implorava di essere schiaffeggiato. Per non parlare delle braccia e delle cosce, tanto robuste da far impallidire gli alberi intorno a noi.

Continuai a fissarlo, incapace di distogliere lo sguardo dal modo in cui con le mani si versava l'acqua sul corpo marmoreo. Le gocce scendevano sulle sue spalle larghe come una carezza. Aveva capelli scuri e un'abbronzatura uniforme. Sembrava che passasse la maggior parte del suo tempo lontano dalla civiltà, data la naturalezza con cui si mimetizzava nella foresta. Se l'avessi visto in una città, sarebbe spiccato come un pugno in un occhio.

Rendendomi conto che lo stavo fissando come una specie di maniaca, distolsi lo sguardo con un sussulto. Il più silenziosamente possibile, mi nascosi dietro un albero valutando le mie opzioni. Sarebbe stato difficile tornare indietro senza far rumore: persino il crepitio di una foglia secca o lo scricchiolio di un rametto avrebbero allertato i suoi sensi di lupo. Era un miracolo che non ne avessi calpestato nessuno durante la salita.

Mentre cercavo di defilarmi, sentii un ramoscello spezzarsi sotto il mio piede: la mia teoria fu immediatamente confermata. L'uomo si voltò aguzzando la vista. Era sicuramente un mutaforma, e sapeva che ero lì. Alzò la testa nel tentativo di captare il mio odore. Mi morsi il labbro, riflettendo disperatamente sulla prossima mossa. Per come stavano le cose, sembrava che mi stessi nascondendo o addirittura che lo stessi spiando. Sbuffai per la frustrazione: non c'era modo di uscirne pacificamente.

Prima che potessi trarre conclusioni, si trasformò. Fu così rapido, così naturale, che quasi non me ne accorsi. Un enorme lupo nero con occhi come zaffiri si diresse verso di me. Era impossibile pensare di seminarlo a piedi, non dopo la trasformazione. Uscii allo scoperto, alzando le mani per mostrargli che ero disarmata.

Un ringhio profondo sovrastò il fragore delle cascate. Poi si piazzò davanti a me con i muscoli tesi, come se si stesse preparando ad attaccare.

"Dannazione," borbottai. Senza la corazza del Cancro, non avevo la minima possibilità contro i suoi canini da lupo. E dato che ancora non potevo trasformarmi – *pessimo tempismo, Ayla* – non mi restava che sperare nella sua misericordia. "Non volevo disturbarti. Stavo solo facendo una passeggiata e–"

L'enorme lupo si lanciò verso di me, scaraventandomi al suolo. Gridai per lo sconcerto e cercai di divincolarmi dalle sue zanne e dai suoi artigli affilati, ma lui si fece indietro. Ora, a tenermi bloccata sul terreno, c'era un corpo umano muscoloso e decisamente nudo. Le sue ginocchia mi premevano sulle cosce, mentre con le mani mi catturò i polsi. Il suo viso abbronzato era abbastanza vicino da vedere il mio riflesso terrorizzato nei suoi occhi azzurri, tanto brillanti quanto quelli del suo lupo. La barba ispida sulla mascella lo rendeva ancora più sexy.

Smettila, mi dissi. *Non dovresti pensare a quanto sia attraente. Potrebbe squarciarti la gola in un secondo.*

Ma quando i nostri sguardi si incontrarono, qualcosa si mosse tra di noi. Qualcosa che mi strattonò l'anima, dicendo: "*È lui*". Il cuore mi saltò in gola, soffocandomi; un desiderio e una brama che non avevo mai avvertito prima presero il sopravvento, e mi domandai se anche lui li sentisse.

"Cosa ci fai qui?" I suoi occhi si posarono sulle mie labbra, come se non potesse evitarlo. Poi chinò il viso e mi sfiorò il collo con il naso, facendomi rabbrividire. Pensavo che il prossimo tocco sarebbe stato quello delle sue labbra, ma lui si tirò indietro. "Branco del Cancro?" ringhiò come se fosse un insulto. "Dovresti essere giù con gli altri."

"Sto facendo un'escursione, non mi sono persa," ripetei sperando che la mia voce non tremasse come il resto del mio corpo. Ero fin troppo consapevole della sua nudità, perciò tenni lo sguardo fisso sul suo viso, senza osare abbassarlo: se ne sarebbe accorto subito, e io non ero sicura che sarei riuscita a staccargli gli occhi di dosso. Emanava un calore avvolgente che, dal punto in cui ci toccavamo, mi arrivava fino alle ossa. Anche se ero terrorizzata e il cuore stava per schizzarmi fuori dal petto, non riuscivo a fermare la scarica di desiderio che si accumulava tra le mie cosce al contatto con il suo corpo.

"Un'escursione?" domandò, per niente convinto dalle mie parole.

"Volevo starmene un po' da sola prima del rituale di stasera. È permesso, no?" Ritrovai un po' di coraggio e della mia solita irriverenza. "Siamo su territorio neutrale."

"Sì, ma sono certo che il tuo branco sentirà la tua mancanza."

Sentii l'impulso di alzare gli occhi al cielo. *Come no.*

Mira era troppo occupata a rincorrere chiunque le sorridesse, e Wesley stava sguazzando nelle lodi di nostro padre. "Non manco proprio a nessuno."

"Interessante." Il suo tono era autoritario tanto quanto il leggero sorriso sul suo volto, mentre mi osservava. I suoi occhi indugiarono sul mio corpo e, se non fossi stata più furba, avrei creduto che si stesse godendo la vista. "E io che pensavo che il branco del Cancro fosse tra i più uniti."

Sbuffai, incapace di trattenermi. "Ovviamente non sai chi hai davanti."

Un'ombra annebbiò il viso dell'uomo. "E non voglio saperlo. Se ci tieni alla tua vita, dimentica di avermi visto."

"Altrimenti? Mi ucciderai? Ti prego, fallo. Sarebbe divertente vederti spiegare perché hai ucciso qualcuno sul territorio delle streghe del Sole durante la Convergenza. Riderò di te dall'aldilà."

Gli occhi blu del mutaforma diventarono quasi neri. "Tu hai istinti suicidi, piccola lupa."

Per qualche ragione, quell'appellativo mi infastidì più di *bastardina* o *meticcia*. Non poteva essere tanto più grande di me. "No, semplicemente non ho niente da perdere."

Le labbra gli tremarono in un altro ringhio. Sembrava pronto a dire qualcos'altro, ma la sua attenzione si spostò improvvisamente altrove e gli occhi blu penetranti puntarono alla boscaglia qualche metro più avanti.

In quanto umana, lo sentii un attimo dopo di lui: un fruscio tra la vegetazione. Ogni singolo muscolo del mio corpo si tese. Avevo partecipato a un numero sufficiente di scontri per sapere che l'arrivo di qualcun altro non era sempre una buona cosa. Soprattutto quando ero così lontana dalla mia gente. Molto probabilmente, si trattava di qualcuno del suo branco, qualunque fosse.

"Lasciami andare," dissi contorcendomi sotto di lui, cercando di fuggire dalla pesante gabbia del suo corpo. Non ebbi fortuna: tutto ciò che riuscii a fare fu strusciarmi contro ogni centimetro nudo e duro della sua pelle. E, oh cielo, era decisamente duro. E grosso. La lussuria divampò dentro di me come un falò accarezzato da una folata di vento. Non avevo mai provato nulla di simile prima d'allora. Mi tolse il fiato. Lui riportò lo sguardo su di me con un sorriso tenebroso, come se sapesse esattamente a cosa stavo pensando. Poi si allontanò.

"Va' via, piccola lupa," ordinò. "E dimentica di averci mai visti."

Prima che potessi rispondere, si trasformò di nuovo e raggiunse gli altri due maschi emersi dalla boscaglia. Mi alzai in piedi, facendo un passo indietro verso il sentiero. Un altro cupo ringhio risuonò dalle fauci del lupo, mettendomi in guardia. I due mutaforma lanciarono un'occhiata prima a lui e poi a me, ma non riconobbi nessuno dei due. Probabilmente non li avevo mai visti prima, ma c'era qualcosa in tutta questa situazione che mi metteva a disagio. Cosa ci facevano così lontani dalla Convergenza?

Ora che il suo corpo non era più sopra il mio, un accenno di buon senso tornò nella mia stupida testa. Senza guardarmi indietro, mi voltai e iniziai a correre, ripercorrendo a spron battuto la strada che mi aveva portata lì, cercando di mettere quanta più distanza possibile tra noi. Solo quando rallentai finalmente il passo mi fermai a chiedermi di quale branco facessero parte. L'uomo aveva l'odore inebriante della foresta, ma il mio olfatto non era ancora sviluppato come quello dei mutaforma completi. Per l'ennesima volta, mi ritrovai a maledire l'assenza del mio lupo. Se fossi stata in grado di trasformarmi avrei potuto divincolarmi dalla sua presa, o meglio, i miei sensi più acuti mi avrebbero avvertito della sua presenza ancor prima d'imbattermi in lui.

Quella sensazione indefinibile mi accompagnò per tutta la discesa. C'era qualcosa di strano in quel lupo e nei due maschi che erano con lui.

Il mio istinto non presagiva nulla di buono.

CAPITOLO CINQUE

Era quasi buio quando finalmente emersi dalla foresta. Dovetti rallentare per gran parte del percorso: una volta esaurita l'adrenalina, la stanchezza mi travolse e continuavo a inciampare. Rischiai persino di slogarmi la caviglia un paio di volte. I confini dell'accampamento erano quasi del tutto deserti, e mi affrettai ad attraversarli andando incontro al rumore sordo delle voci. L'area in cui i bambini erano stati benedetti quella mattina era stata allargata: le tende del cibo erano state spostate e i mutaforma affollavano la radura. I dodici branchi erano tutti disposti in cerchio rivolti verso l'interno, dove si sarebbe svolto il rituale.

Cercai la mia famiglia e trovai Wesley seduto accanto a nostro padre. Al mio arrivo, l'alfa alzò lo sguardo torvo, e capii che avevo fatto un errore a presentarmi dopo che tutti si erano già riuniti.

"Dove sei stata?" domandò.

Trattenni il fiato, incapace di respirare. Sicuramente avrebbe abbassato il tono, no? "Stavo facendo un giro nella foresta."

"Non mi hai messo in imbarazzo davanti a tutti, vero?" La sua voce era ancora tonante, abbastanza da far zittire tutti i branchi vicini, che adesso ci stavano fissando. Di solito, s'impegnava a mantenere le apparenze davanti a un pubblico, ma questo era un esercizio di umiliazione. Non avevo seguito gli ordini e meritavo una punizione. Doveva dimostrare di essere un vero alfa.

"No," risposi. "Non ho parlato con nessuno." *A parte quel maschione sexy che non riesco a togliermi dalla testa.*

Mio padre inarcò le sopracciglia. "Allora sei stata asociale. Stasera rappresenti il branco del Cancro, anche se non ne fai davvero parte. Non fai che deludermi, Ayla."

"E di chi è la colpa?" Quelle parole mi sfuggirono senza freni e lo guardai con aria di sfida. Voleva assicurarsi che tutti sapessero che ero un'emarginata. "Se non fossi andato a letto con un'umana, forse ora avresti una figlia di cui essere orgoglioso."

L'alfa spalancò gli occhi e per un attimo pensai che mi avrebbe colpita davanti a tutti. Ma no. Sarebbe stato come ammettere che ero riuscita a dargli sui nervi. Non avrebbe mai mostrato una simile debolezza di fronte a così tanti mutaforma. Si limitò a sogghignare e darmi un altro comando alfa, solo perché gli piaceva vedermi piegata alla sua volontà. "Siediti e smettila di dar fastidio."

Strinsi i denti e presi posto accanto a Wesley. Le sue labbra erano strette in una linea, ma non osava pronunciarsi contro un comando alfa, soprattutto di fronte a tutte quelle persone. Non avrei ricevuto alcun aiuto da lui. Jackie c'ignorava completamente, fissando il falò che illuminava la radura. Probabilmente era meglio così.

Il silenzio continuò ad avvolgerci, mentre la notte calava

e la luna faceva capolino dalle nuvole, e io sentivo tutti gli occhi puntati su di me. Bruciavo di vergogna, anche se in realtà non avevo fatto nulla di male. Avrei voluto sprofondare nel terreno e cessare di esistere. Ma no, questo avrebbe dato loro troppa soddisfazione.

Tenni la testa alta e fissai i mutaforma intorno a me. Non avevo intenzione di lasciarmi intimidire. E poi, probabilmente, quella sarebbe stata l'unica occasione che avrei avuto di vederli tutti riuniti. Vidi i fratelli a capo dei Gemelli, che governavano sempre in due, e l'alfa della Vergine, una femmina senza compagno. A differenza del resto dei branchi, quello della Vergine era matriarcale: erano le donne a prendere tutte le decisioni. Spesso pregavo di finire con un maschio del loro segno.

Dopo quelle che sembrarono ore, finalmente arrivarono le streghe del Sole. Man mano che avanzavano, la folla si apriva al loro passaggio. Tirai un sospiro di sollievo quando mi resi conto che non ero più io al centro dell'attenzione.

Una donna si distingueva dall'ammasso di abiti dai colori caldi. Era l'unica a indossare una tunica color rosso fuoco, ed era praticamente ricoperta di gioielli d'oro. Il suo viso, pallido e bellissimo, era incorniciato da una chioma biondo platino, ma non sembrava umana. Non avevo bisogno dei sensi da lupa per avvertire il potere che irradiava. Mi veniva la pelle d'oca solo a guardarla, finché non mi ritrovai a concentrarmi sulle altre donne intorno a lei, incapace di fissarla troppo a lungo.

"Salve," intonò la donna mentre le altre streghe prendevano posizione. "Per tutti coloro che sono qui per la prima volta, io sono Evanora, l'Alta Sacerdotessa delle streghe del Sole, ed è un onore per me guidare la Convergenza. Questa mattina abbiamo dato il benvenuto ai nuovi arrivati, e stasera aiuteremo coloro che hanno raggiunto la maggiore età a liberare il loro pieno potenziale."

Mentre continuava il suo discorso, soave e armoniosa, mi ritrovai a guardarmi intorno. Sapevo già cosa sarebbe successo: erano anni che leggevo e mi preparavo a quel momento. Gli altri erano tutti rapiti dalla sua voce, ma io avevo la mente altrove. Dov'era l'uomo che avevo visto nella foresta? Non era con nessuno degli alfa, e passando in rassegna i volti dei presenti, non vidi né lui né gli altri maschi che l'avevano seguito. La strana sensazione che mi ribolliva nell'intestino s'intensificò. Qualcosa non andava.

"Una volta compiuta la trasformazione, avrete la possibilità d'incontrare il vostro compagno," aggiunse Evanora. Sentii i suoi occhi su di me, pesanti come macigni: un violento brivido mi scosse quando i nostri sguardi s'incontrarono. Tutto il corpo m'implorava di abbassare la testa, di mostrare la mia sottomissione, ma restai immobile, combattendo quell'impulso. Prima che potessi guardare altrove, lei passò oltre, ispezionando gli altri ragazzi che avrebbero partecipato al rituale di quella sera. Feci un bel respiro, riempiendo completamente i polmoni. Forse non mi aveva presa di mira come avevo pensato all'inizio. Forse stava solo facendo quello che fanno le streghe del Sole per farci sentire il loro potere.

Un sussulto attraversò la folla, e per un attimo pensai che fosse una reazione alle sue parole. Ma non aveva senso: tutti sapevano del rituale e delle sue regole. Era la parte della Convergenza che molti di noi attendevano con più trepidazione, insieme alla liberazione dei propri poteri.

Poi vidi qualcosa muoversi alle spalle delle streghe.

Allungai il collo per capire cosa stesse accadendo. La voce soave di Evanora si smorzò quando se ne accorse, e i sussurri si fecero più frastornanti.

La prima linea si ruppe per far passare quattro persone. La mia mascella toccò quasi terra quando riconobbi l'imponente e muscoloso maschio delle cascate, insieme agli altri che avevo notato poco prima di fuggire. Con lui c'era anche una donna mai vista prima.

Questa volta era vestito, almeno in parte. Indossava solo dei jeans scuri strappati. Alla luce del fuoco, le spalle e il petto sembravano ancora più muscolosi di quanto non lo fossero illuminati dal sole. Ora che non ce l'avevo a un centimetro dal viso, vidi il marchio del suo branco sulla parte superiore dei pettorali. Gli altri tre lupi portavano lo stesso simbolo: una "U" stretta nella morsa di un serpente che l'avvolgeva. Non assomigliava a nessuno dei dodici segni zodiacali da cui ero stata circondata fin dalla nascita, ma era sicuramente il marchio di un branco.

I sussurri diventarono mormorii, sostituendo il silenzio attonito. Sentii la parola "serpente" bisbigliata più e più volte, e mi chiesi se stessero parlando del tatuaggio sulla parte superiore del braccio dell'uomo: si attorcigliava sulla sua pelle come se fosse un vero animale, non solo inchiostro. Ma no, stavano guardando tutti i nuovi arrivati, non solo lui.

Gli altri tre restarono dietro le streghe del Sole, ma l'uomo, che doveva essere il loro alfa, si avvicinò subito a Evanora. Si prese tutto il tempo necessario per osservare i branchi riuniti, finché il suo sguardo non mi trovò. Mi mancò il fiato. Tra tutti i presenti, i suoi occhi indugiarono su di me. Mi aveva cercata? Sentii un fremito di paura attraversarmi, accompagnato da qualcos'altro... un bisogno. Un altro sussurro attraversò la schiera di mutaforma, ma non riuscii a muovermi sotto il suo sguardo penetrante. Ero bloccata, come lo ero stata sotto il suo corpo nella foresta.

Poi, con la stessa rapidità con cui mi aveva trovata, distolse lo sguardo. Evanora sprigionava astio, e sentii la tensione crescere nei mutaforma intorno a me.

"Il branco di Ofiuco chiede di essere riconosciuto." La voce dell'uomo echeggiò tra i presenti.

Lo sgomento sostituì l'attesa dei mutaforma. La parola *ofiuco* riecheggiava nella mia testa, riesumando vecchi ricordi, racconti folcloristici che avevo imparato da bambina e che, crescendo, avevo messo da parte in qualche angolo remoto della memoria. Quello dell'Ofiuco era il tredicesimo branco dello Zodiaco. Erano mutaforma leggendari, conosciuti come i 'portatori di serpenti', e si diceva che fossero traditori spietati, privi di alcun senso del dovere o della lealtà. Vivevano al di fuori della società normale e, se potevano evitarlo, non interagivano con nessuno.

Si supponeva che fossero figure mitologiche. Non ricordavo di aver mai sentito nominare un membro del branco di Ofiuco in vita mia. L'unica volta che ne avevo sentito parlare era stato quando eravamo bambini. *Fate i bravi,* dicevano gli adulti, *o il branco dell'Ofiuco vi porterà via.* Erano i mostri della nostra infanzia: figure oscure, diventate meno minacciose solo con l'avanzare dell'età.

E adesso erano davanti ai miei occhi.

Al cospetto di questi strani mutaforma, la paura viscerale che avevo provato da bambina tornò a travolgermi. E l'alfa che mi aveva immobilizzata nella foresta? Oh, lui era l'uomo nero.

"Seguaci delle streghe della Luna," mormorò qualcuno, ricordandomi l'altra parte della leggenda. I mutaforma dell'Ofiuco erano lupi dello Zodiaco, ma avevano iniziato ad accoppiarsi con le streghe della Luna, che ci avevano maledetto tanti anni prima. Questo costò al loro branco l'esilio dai lupi dello Zodiaco. Da allora, nessuno ebbe più loro notizie.

Fino a quel momento. Erano di fronte a noi, in carne e ossa, faccia a faccia con la più potente delle streghe del Sole. Mi chiesi se le storie fossero vere e se nelle loro vene scorresse la magia delle streghe della Luna. Quell'alfa poteva forse essere in grado di affrontare l'Alta Sacerdotessa?

Evanora ruppe il silenzio attonito che gravava sulla radura. "Non siete i benvenuti qui," affermò rivolgendosi all'alfa. Le sue parole non sembrarono avere l'effetto desiderato, perché lui si limitò ad aspettare, incontrando il suo sguardo con le spalle rilassate. "Se non fossimo nel bel mezzo della Convergenza e fosse consentito lo spargimento di sangue, ti avrei già fatto a brandelli io stessa."

Il mutaforma sfoggiò la parodia di un sorriso, senza ombra di divertimento. "Non sono qui per combattere," ribatté, assumendo una postura neutrale e abbandonando quella minacciosa in un batter d'occhio. Ripensai alla grazia con cui si era trasformato e mosso alla cascata: quest'alfa aveva il controllo assoluto del suo corpo, dal primo all'ultimo muscolo. "Ma è giunta l'ora di essere riaccolti tra i lupi dello Zodiaco."

"Mai," sibilò Evanora a denti stretti.

"Ne parlerò con gli altri alfa, strega del Sole," rispose con un ringhio che gli gorgogliava nel petto. "Saremo anche sul vostro territorio, ma questa è una faccenda tra lupi. Nemmeno voi riuscireste a contrastare la forza di tutti e tredici i branchi, se decidessimo di trasformarci."

"Non sarete mai come noi, serpi," gridò qualcuno dalla folla. Riconobbi subito la voce e, quando mi voltai, vidi l'alfa del branco dei Leoni. Con lunghi capelli biondi e una folta barba, Dixon Marsten aveva l'aspetto di un antico guerriero vichingo. Si era alzato in piedi, e i mutaforma che gli stavano vicino avevano fatto un passo indietro di fronte al timbro intimidatorio della sua voce. Accanto a lui c'era suo figlio, Jordan, che teneva le braccia incrociate sul petto. Mi fulminò con lo sguardo, prima di riportare l'attenzione sugli eventi che si stavano svolgendo davanti a noi.

"Per una volta siamo d'accordo," s'intromise mio padre, alzandosi anche lui in piedi. "Andatevene, prima che cambiamo idea sulla neutralità del territorio." Era una minaccia vana, ma riscosse consenso tra gli altri branchi, che annuirono e mormorarono a suo favore. Sentii alcune esultanze provenire dal branco del Cancro, seguite dalle voci di altri mutaforma.

Lo sguardo che l'alfa dell'Ofiuco rivolse a Dixon bruciava d'odio, tanto che il calore sembrò palpabile. "Se non ci permetterete di essere vostri alleati, allora diventeremo nemici." La sua voce era così profonda che risuonò come un ringhio. Mi si rizzarono i peli sulla nuca per quel tono e per la minaccia che conteneva. "E non vi conviene avermi come nemico."

Dixon scoppiò a ridere, gettando la testa all'indietro e facendo rimbombare la sua voce in tutta la radura. Nessuno si unì a lui. "Cosa può fare un piccolo gruppo di esiliati contro la potenza dei dodici branchi dello Zodiaco? Non siete niente. Lasciate questo accampamento, prima che vi facciamo a pezzi."

Molti degli altri alfa annuirono e qualcuno contribuì con frasi di scherno. Non avevo mai visto così tanti capobranco concordare su qualcosa. Gli unici che non parteciparono erano i mutaforma del Sagittario. Rimasero in silenzio a osservare la scena, alcuni con aria preoccupata.

Anche se quasi tutti sembravano d'accordo, non riuscivo a togliermi di dosso la sensazione che ci fosse qualcosa che l'alfa non stava dicendo. Avevo sentito la sua forza e il suo potere quando mi aveva immobilizzata sul terreno, davanti alla cascata. Se metà del suo branco fosse stata forte come lui, avremmo affrontato una lotta ad armi pari.

La tensione nella mascella dell'alfa confermò le mie sensazioni. Aveva un luccichio malvagio negli occhi che mi fece battere i denti dalla paura. *Dovremmo dargli retta,* pensai. *Non abbiamo bisogno di un'altra guerra.* Ma nessuno mi avrebbe ascoltata, soprattutto dopo l'umiliazione pubblica a cui mi aveva sottoposta mio padre. Mi avrebbero derisa, proprio come avevano appena fatto con quel possente mutaforma.

"Vedo che avete scelto la via del conflitto," tuonò l'alfa, mettendo a tacere il vocio della folla. "Preparatevi alla guerra."

Fece un cenno con la testa ai suoi compagni di branco, poi scomparvero di nuovo tra il mare di persone. La loro uscita fu accompagnata da grida canzonatorie, e io rimasi a guardare fino a quando non si allontanarono dalla luce del fuoco e sparirono nell'oscurità.

Appena lasciarono la radura, l'atmosfera si distese e la gente tornò a sedersi. Evanora sembrava scossa, ma si dipinse subito un'espressione serena in volto. Sembrava quasi che non fosse successo nulla, e che i mutaforma del branco perduto avessero interrotto la cerimonia solo nella mia immaginazione. Evanora richiamò all'ordine i lupi, che tornarono ad ascoltare con attenzione, come se nulla fosse accaduto. Quando mi guardai intorno, nessuno sembrava in ansia come me. Dovetti trattenere un urlo. Ovviamente, non stavano prendendo la cosa sul serio. Perché avrebbero dovuto?

Sembravo l'unica ad aver compreso la minaccia che incombeva su tutti i branchi. Cercai di soffocare l'inquietudine, in attesa di scoprire cosa sarebbe successo.

CAPITOLO SEI

E vanora alzò le mani e tutti si zittirono. "Malgrado la spiacevole interruzione, la cerimonia proseguirà."
Wow, volevano davvero continuare come se non fosse successo nulla. Di sicuro avrebbero dovuto almeno discuterne, rimandare un po' la cerimonia, ma nessuno sembrava pensarla come me. Erano tutti pronti a dimenticare l'incidente e far finta che non fosse mai accaduto.
"Tutti i mutaforma che sono diventati maggiorenni dopo l'ultimo solstizio sono pregati di spogliarsi e farsi avanti," continuò.
La mia ansia impennò. Sapevo che spogliarsi faceva parte della cerimonia, ma questo non rendeva le cose più facili. Per un mutaforma, la nudità era uno stile di vita. La trasformazione non ci permetteva di tenere i vestiti, e si diceva che più ci si trasformava, più era facile sentirsi a proprio agio.
Sarebbe stato diverso se avessi avuto i poteri del Cancro a proteggermi. Mentre mi toglievo con riluttanza i vestiti e li posavo accanto a me, mi sembrava che ogni livido e cicatrice

s'illuminasse: un segnale della mia debolezza e del mio stato di emarginata. *Non sei una di noi*, gridavano. Nessuno stava badando a me, ma non potei fare a meno di sentirmi come un insetto sotto il microscopio.

Il panico che mi attanagliava la gola si placò solo quando Mira si avvicinò a me. L'avremmo superata insieme. Mi sorrise, trasmettendomi la forza che mi mancava.

Una delle streghe, quella che mi aveva fissata con i suoi strani occhi, venne verso di noi e ci fece cenno di avanzare. Mi passò una coperta e io l'accettai con gratitudine, avvolgendomela intorno alle spalle. Ero felice che ci stessero offrendo questa parvenza di pudore.

Un'altra strega raccolse una lampada d'incenso e iniziò a girare intorno ai membri del branco riuniti. L'odore mi solleticava il naso, pesante e stucchevole. Per tre volte ci camminò intorno e poi fece un passo indietro, confondendosi con il resto delle streghe del Sole che si facevano avanti, accerchiandoci.

Evanora era in piedi all'interno del cerchio insieme a noi; il suo sguardo penetrante si spostò su ognuno dei presenti. Quando venne il mio turno, avrei giurato di aver visto del disprezzo nei suoi occhi, ma le lingue di fuoco gettavano strane ombre su tutti. Non poteva odiarmi anche lei, vero?

"La prima trasformazione sarà dolorosa," ci informò Evanora con tono solenne. "Sarà la peggiore, ma dovrete superarla. Se sopravviverete, otterrete i vostri poteri. Non ci deludete."

Tutti annuirono e io inspirai profondamente per prepararmi. Guardai la luna, pregando Selene di concedermi la forza che non sentivo, e poi iniziò il canto. Le streghe del Sole alzarono le braccia all'unisono e l'incantesimo si posò su di me, più pesante della coperta sulle mie spalle.

Per un attimo pensai che quella fosse la parte peggiore, ma presto una scarica di dolore accecante mi fulminò. Barcollai e sentii alcuni respiri affannosi intorno a me. Era ancora sopportabile. Respirai, proprio come mi era stato insegnato.

Evanora si unì al canto, e allora tutto ciò che conobbi era dolore. Non avevo mai provato un'agonia simile, né per i pestaggi subiti, né per le cadute. Una volta mi ero rotta un braccio, e quello era stato il dolore più acuto che avevo provato fino ad allora. Questo era dieci volte peggio. La mia vista divenne rossa per l'intensità di quel supplizio. Ogni singolo osso del mio corpo si ruppe, tutte le articolazioni uscirono dalle loro sedi per poi ricostituirsi come quelle di un animale. Persino *i capelli* mi facevano male, mentre si ritraevano nel cranio.

Come faccio a continuare a respirare? Era l'unico pensiero che mi passava per la testa mentre lottavo per non urlare. Probabilmente non potevo, non con i mutamenti che stavano avvenendo nel mio corpo. Non avevo mai sentito un lupo urlare, ma stavo per cambiare le cose.

Probabilmente ci vollero solo un paio di minuti, ma nella mia mente ogni secondo di agonia si protrasse per un'eternità. Il dolore si attenuò con la stessa rapidità con cui era piombato su di me, e allora guardai il mondo con occhi nuovi. Ero a quattro zampe, più vicina al suolo, e tutto era più nitido di quanto non fosse pochi istanti prima. Riuscivo a scorgere la distante barriera di alberi come se fosse illuminata dalla luce del giorno, ma la vista non era nulla in confronto all'olfatto e all'udito. Quei sensi erano tanto acuti da farmi perdere l'equilibrio. Riuscivo a sentire *tutti* gli odori. L'incenso, che prima mi era sembrato fastidioso, ora mi aveva quasi sopraffatta. Starnutii. Poi c'era l'odore del fuoco, dei lupi che mi circondavano. Riuscivo persino a sentire quello di Mira, accanto a me. Anche i suoni erano amplificati, e mi resi conto di aver passato gli ultimi ventidue anni a parlare a voce troppo alta. Sentivo ogni parola pronunciata dai presenti, i sussurri sommessi che si diffondevano come aveva fatto in precedenza la voce di Evanora.

Abbassai lo sguardo, cercando di elaborare tutto ciò che percepivo. Era quasi troppo, ma ciò che vidi fu sufficiente a distrarmi. Le mie zampe erano di un bianco candido e, con la mia vista da lupa, sembrava che brillassero. *Ma che...?* Mi voltai per guardare il resto del mio corpo. Bianca. Ero tutta bianca. *Beh, questa sì che è una sorpresa.* Avevo sempre pensato che, avendo i capelli rossi, sarei stata come uno di quei lupi con il manto color ruggine. Agitai la coda, incuriosita, e mi sembrò semplicemente un arto come un altro, per nulla strano.

D'un tratto, sentii una leggera spinta e mi voltai verso il lupo accanto a me. Mira aveva mantenuto il suo colore, un familiare marrone scuro, e gli occhi non erano diversi da quelli che conoscevo così bene. Odorava di mare, sale e sabbia, insieme a una nota unica che sapeva di *lei*. Finalmente capii come facevano i lupi a riconoscersi con tanta facilità.

Mira mi sbatté la testa contro il fianco, abbastanza forte da attirare la mia attenzione. Aprii la bocca per ridere, ma ricordai che non potevo farlo quando non ero umana. Mi strusciai contro la sua testa, cercando di trasmetterle l'affetto travolgente che provavo nei suoi confronti. Era sempre stata al mio fianco, e ora che entrambe avevamo i nostri lupi sembrava che tutto fosse andato al suo posto. Qualsiasi cosa ci avrebbe riservato la vita, saremmo state migliori e più forti.

Mira emise un ringhio giocoso e mi fece cadere. La

lasciai fare, compiacendomi della consapevolezza con cui rispondevo agli attacchi amichevoli. Il mio corpo di lupa era più forte di quanto quello umano potesse mai sperare di essere, e per una volta mi sentii alla pari dei purosangue.

Quando ci ricomponemmo, dopo esserci azzuffate per qualche istante, mi presi del tempo per guardarmi intorno e osservare il resto dei mutaforma. La gioia era palpabile e non potevo fare a meno di lasciare che abbracciasse anche me. Mi sentivo come se una parte di me avesse dormito per tutta la vita e si fosse appena svegliata. Certo, l'avevo sentito dire da tutti quelli che avevano vissuto la Convergenza, ma fino a quel momento pensavo che fosse un modo di dire per romanzare il tutto.

Ora sapevo che mi sbagliavo. Non mi ero mai sentita così bene, così *me*. Con il sangue umano che contaminava le mie vene, non ero sicura di come sarebbe andata la mia trasformazione, ma non c'era alcuna differenza tra me e gli altri lupi. Ero persino tentata di ululare alla luna.

Le streghe ricominciarono a cantare e io sentii le mie ossa scricchiolare. Era una sensazione strana, come se fossi strattonata da una corda legata proprio dietro l'ombelico. Con un mugolio sommesso, cercai di aggrapparmi alla mia forma di lupo. Volevo rimanere ancora un po' a crogiolarmi in quel senso di *appartenenza*.

Non ci fu nulla da fare. Per quanto lo volessi, quando le streghe del Sole lanciarono l'incantesimo, non riuscii a trattenere il mio lupo. Il ritorno alla forma umana fu doloroso tanto quanto la trasformazione. Mi bruciava tutto: i muscoli, le ossa, la pelle. Sapevo che sarebbe diventato sempre più facile, ma quando tornai nel mio corpo umano, quasi vomitai per le fitte lancinanti che mi attraversavano dalla testa ai piedi.

"Mi dispiace," disse Evanora. "Avremmo voluto darvi più tempo per farvi scoprire i vostri lupi, ma la notte volge al termine e dobbiamo passare al rituale dell'accoppiamento."

Feci alcuni respiri profondi, cercando di riconciliarmi con la mia forma umana. Non potevo credere a quanto mi sembrasse estranea. Avevo passato forse una decina di minuti nel mio corpo animale, ma ora quello umano non sembrava più *mio*. Allungai una mano per prendere la coperta che mi era caduta mentre mi trasformavo e me l'avvolsi di nuovo intorno alle spalle nude.

"Potete tornare ai vostri branchi e vestirvi," continuò Evanora, allargando le braccia con espressione serena. Feci un bel respiro: avevo superato metà della notte. Ora, almeno, sapevo di potermi trasformare e che la mia forma di lupo era forte quanto quella di un purosangue. Non c'era nulla che facesse sembrare la mia lupa semi umana. Grazie al cielo.

Eppure, la morsa dell'ansia continuava a stritolarmi la bocca dello stomaco. Il rituale successivo avrebbe cambiato il mio destino.

Mi vestii lentamente, cercando di riprendere fiato. Le due trasformazioni forzate mi avevano davvero sfinita e, dopo l'escursione nella foresta, il mio corpo era pronto a spegnersi. Sotto la profonda spossatezza, però, c'era qualcosa di diverso. Strinsi i pugni e poi distesi le dita, testando la mia forza. Avrei dovuto provare a sollevare qualcosa o a fare una corsa per esserne sicura, ma ero quasi certa di essere più forte.

Mentre il mio sguardo vagava sulle mie braccia, mi resi conto di un'altra cosa: i miei lividi stavano rapidamente svanendo. Quelli che prima erano scuri e violacei, adesso erano solo ombre giallastre. Inclinai il braccio in modo che la luce li illuminasse meglio, per essere sicura. *Sì*. Continuai a guardarli finché non sparirono del tutto. Anche quel che restava dei dolori causati da Brad e i suoi amici era ormai solo un ricordo. Mi stiracchiai, godendomi quella sensazione. *Ora sì* che mi sentivo una di loro. Neanche le parole taglienti di mio padre mi avrebbero fatto cambiare idea. Ero una mutaforma, e avevo la mia lupa per provarlo.

"Ayla!" Mira tornò da me, saltando su e giù con l'immancabile scintilla negli occhi, la stessa che avevo visto nel suo sguardo da lupa. Anche lei si era rivestita. "Riesci a crederci? Ci siamo trasformate!" Si lanciò senza esitazione in un racconto dettagliato di ciò che era appena successo. Tipico di Mira.

"Cavolo, a questo punto non c'era bisogno che venissi anch'io," dissi sbuffando, mentre concludeva con il nostro strabiliante ritorno in forma umana. Il mio tono era sarcastico, ma lei alzò comunque gli occhi al cielo.

Wesley trottò verso di noi, sorridendo euforico. "Ti sta facendo la telecronaca?" domandò, e non potei non notare il colore scarlatto sulle guance di Mira. Mi scoccò un sorrisetto d'intesa, poi il suo sguardo si addolcì e mi strinse forte. "La tua lupa è bellissima, Ayla."

"Grazie." Mi abbandonai a una risata di sollievo, rilassandomi un po'. "Non me l'aspettavo bianca."

"È un colore raro, ma considerato di buon auspicio dal branco del Cancro," rispose Wesley.

"Beh, avrò sicuramente bisogno di fortuna per il prossimo rituale." Guardai di nuovo mio padre e Jackie, ma i loro volti erano impassibili. Non mi degnarono nemmeno di un piccolo cenno. Quella mancanza di considerazione fu come una coltellata nel petto. Non so cosa mi aspettassi, ma non potevano provare un briciolo di orgoglio per me? E come poteva farmi ancora così male, quando era la centesima volta che i miei genitori mi dimostravano che non gliene importava nulla di me?

Wesley posò una mano sulla mia spalla. "Qualunque cosa accada durante il rituale di accoppiamento, sarai sempre mia sorella, Ayla. Ti vorrò bene fino alla fine dei miei giorni."

Scacciai le lacrime con un battito di ciglia e lo colpii sul braccio. "Ti voglio bene anch'io, ma adesso smettila di fare lo sdolcinato. Vuoi farmi piangere davanti a tutti?" Mi ci vollero alcuni respiri profondi per evitare di crollare davanti alla folla di mutaforma, assalita da uno stormo di emozioni.

Wesley sembrava sul punto di rispondere, ma la voce di Evanora lo interruppe. "Tutti i mutaforma senza compagno sono pregati di avvicinarsi al cerchio per il rituale d'accoppiamento." Mi allontanai dal resto del branco del Cancro, seguita da Mira, Wesley e gli altri mutaforma che dovevano partecipare alla cerimonia. La maggior parte erano giovani come noi, ma ce n'erano alcuni molto più grandi.

Adesso le file di mutaforma erano due, disposte in cerchi concentrici. Una chioma bionda catturò la mia attenzione, spaventandomi. Jordan, il figlio dell'alfa del Leone, era in cerca della sua compagna. Era improbabile che il destino mi regalasse un compagno così potente, soprattutto perché proveniva da un branco rivale, ma rivolsi comunque un'altra preghiera alla dea della Luna. *Non lui, ti prego. Tutti tranne lui.*

La mia mente tornò all'alfa del branco perduto e al modo in cui il mio corpo aveva risposto alla sua presenza. *No.* Era ancora più inverosimile.

Con un sorriso teso in volto e una pacca sulla spalla, Wesley si allontanò per raggiungere gli altri maschi. Ci sistemammo in due linee parallele, una per gli uomini e una per le donne. Mira mi strinse forte la mano prima di lasciarla andare e prendere posto. Mi chiesi se il suo cuore stesse battendo forte quanto il mio.

La guardai e ci scambiammo un sorriso. Sembrava tesa, proprio come mio fratello. Aveva un aspetto così innocente che mi si strinse il cuore. *Buona fortuna,* mimò con il labiale.

Ne avrei avuto sicuramente bisogno. Raddrizzai la schiena e mi preparai a conoscere il mio compagno.

CAPITOLO SETTE

Evanora chiamò il nome di una mutaforma, invitandola a farsi avanti. Osservai con il fiato sospeso le Streghe del Sole lanciare l'incantesimo di accoppiamento e circondare la donna, cantando parole che non riconobbi. Qualcosa di simile a polvere d'oro sembrò fluttuare dal cielo sulla ragazza, finché le streghe non fecero un passo indietro e tacquero. All'inizio non successe nulla, ma poi la mutaforma incrociò lo sguardo con quello di un maschio di un altro branco. Li guardai avvicinarsi l'uno all'altra, con movimenti quasi robotici, come se non avessero il pieno controllo dei loro corpi. S'incontrarono a metà strada, fissandosi intensamente, con espressioni affamate. Nessuno osava cercare di distrarli, e in ogni caso ogni tentativo sarebbe stato vano. Avevano occhi solo l'uno per l'altra.

Due alfa entrarono nel cerchio per unirsi alla nuova coppia. L'alfa del Capricorno posò la mano sulla spalla della mutaforma con un cenno, mentre quello dell'Acquario si affiancò al maschio. I due capobranco scambiarono qualche parola, troppo silenziosa perché qualcuno al di fuori del piccolo gruppo che avevano formato potesse sentirla, e poi fecero un passo indietro per permettere a Evanora di legare un nastro intorno alle mani dei due giovani. Le streghe del Sole alzarono le braccia e ricominciarono a cantare. Una luce abbagliante circondò la coppia e qualcosa nell'aria cambiò: non potevamo vederla, ma eravamo avvolti da una forte energia. Sussultai quando il marchio del branco del Capricorno sul braccio della mutaforma s'illuminò, per poi fondersi e trasformarsi nel simbolo dell'Acquario. Non avevo mai visto una cosa del genere, ma aveva perfettamente senso. Dato che il suo compagno era un Acquario, da quel momento lo sarebbe stata anche lei, acquisendo pertanto tutti i poteri del loro branco, perdendo i propri. Solo le donne della Vergine rimanevano per sempre nel loro branco, accogliendo al suo interno i loro compagni predestinati.

Quando ero piccola, una volta chiesi a mio padre perché gli dei facessero cambiare branco a così tanti mutaforma. Mi rispose che questo favoriva la pace tra i diversi lupi dello Zodiaco, dato che i mutaforma avevano legami familiari sia nel nuovo che nel vecchio branco, e inoltre impediva la consanguineità. Poi mi disse di non mettere in discussione gli dei e mi diede un ceffone. Fu allora che imparai a non fare più domande.

La coppia appena formata uscì dal cerchio per raggiungere gli altri dell'Acquario, che li lasciarono passare con qualche pacca sulla spalla al maschio e parole di benvenuto rivolte alla nuova femmina. Evanora li osservò per qualche istante, con un vago sorriso sul volto, prima di chiamare un'altra mutaforma.

Avevo la sensazione che sarei stata l'ultima: non era supportata da alcun fondamento logico, ma ne ero sicura. Mi sentii avvolgere da un senso di disagio, mentre guardavo

Evanora eseguire di nuovo il rituale. Conoscendo la mia sfortuna, non avrei mai trovato un compagno, perciò non sarei mai riuscita a sottrarmi alla mia miserabile vita o ad acquisire i poteri di un altro branco.

Nuove coppie nascevano mentre Evanora chiamava un nome dopo l'altro e lanciava il suo incantesimo. Ad alcuni capitarono persino dei compagni all'interno del proprio branco, mentre altri restarono soli. Questi ultimi avrebbero dovuto aspettare il prossimo solstizio per avere un'altra possibilità. Non mi sentivo così sola, sapendo che anche se non avessi trovato il mio compagno quella notte, non sarei stata l'unica. Speravo solo di non dover passare ogni Convergenza nel cerchio, trattenendo il fiato e aspettando di essere legata a qualcuno, solo per essere delusa ogni volta. *Quello sì* che sarebbe stato umiliante e mi avrebbe fatto sentire ancora più emarginata.

Mentre aspettavo, i miei pensieri tornavano al branco dell'Ofiuco. Sembrava che tutti avessero rimosso quell'incontro, e che nessuno si sentisse minacciato dal misterioso alfa o dagli altri mutaforma. Io, al contrario, non ero affatto tranquilla. Avevo guardato l'alfa del branco perduto negli occhi, trovandoci più determinazione e forza che nella maggior parte degli altri capobranco messi insieme. Se anche solo una persona mi avesse dato retta, avrei potuto avvertirli che non stavano prendendo la situazione abbastanza sul serio. Ma nessuno mi avrebbe ascoltata. Persino Wesley si sarebbe limitato a scompigliarmi i capelli e a dirmi che ero paranoica.

Scacciai quel monologo interiore con un sospiro e tornai a concentrarmi sulla cerimonia, chiedendomi come facessero ad accoppiarsi i membri dell'Ofiuco. Il loro alfa aveva già una compagna? O non avevano affatto compagni, dato che erano stati esiliati dai lupi dello Zodiaco?

Mira emise un verso che somigliava in modo sospetto a uno squittio, riportandomi al presente. Mi rimproverai mentalmente: dovevo prestare attenzione al rituale, non pensare al branco dell'Ofiuco. O al suo oscuro e pericoloso alfa.

La mia amica mi guardò con gli occhi sbarrati e io le rivolsi quello che speravo fosse un sorriso rassicurante. Poi fece un passo avanti nel cerchio delle streghe, che lanciarono ancora una volta l'incantesimo. Trattenni il fiato mentre la polvere d'oro si posava sulle sue spalle e sembrava essere assorbita dal suo corpo. Poi Mira si guardò intorno, cercando qualcuno. Un bel mutaforma dei Pesci, muscoloso e con i capelli color sabbia, si fece avanti con un'espressione sognante. Lei gli andò incontro, sorridendo radiosa. Il suo compagno era esattamente come l'aveva sempre desiderato, e anch'io non potei fare a meno di sorridere mentre si prendevano per mano.

Mio padre raggiunse l'alfa dei Pesci, consegnando formalmente Mira al suo nuovo branco. Anche se mi sarebbe mancata terribilmente, dovevo ammettere che era stata fortunata. I Pesci erano alleati del Cancro e, come se non bastasse, il loro territorio si estendeva sulla costa dell'Alaska: il suo elemento sarebbe stato ancora l'acqua. Per lei era molto importante. Mira era così legata all'oceano che vivere in un posto senza sbocchi sul mare sarebbe stata una tortura.

Guardai la mia amica e il suo nuovo compagno allontanarsi dal cerchio. Lei mi lanciò un'occhiata mentre si univa alla sua nuova famiglia, e io le feci un sorriso accompagnato da un pollice in su. Lo ricambiò e sembrò rasserenarsi, come se fosse stata preoccupata di ciò che avrei pensato del suo compagno. Volevo solo vederla felice e, sapendo che il suo sogno era diventato realtà, il timore che mi attanagliava lo stomaco mi abbandonò, sostituito da una nuova speranza. Ero euforica. Forse stasera avrei trovato anch'io il mio compagno predestinato.

Vidi molte altre coppie prendere forma davanti a me, prima che arrivasse il mio turno. L'istinto non mi aveva ingannata. Ero l'ultima mutaforma rimasta senza maschio.

"Ayla Beros," scandì Evanora, spostando il suo sguardo penetrante su di me. Mi avvicinai per incontrare le streghe del Sole e i maschi non accoppiati, tra cui mio fratello. Sembrava che nemmeno Wesley avrebbe trovato una compagna quella sera, anche se la cosa non pareva turbarlo. Mi rivolse un grande sorriso rincuorante ma, quando diedi un'occhiata agli altri maschi, non potei fare a meno di allarmarmi. Erano rimasti in pochi, e tra loro c'era Jordan, l'erede del branco del Leone. Un'ondata istantanea di nausea mi assalì quando i nostri occhi s'incontrarono. *Tutti tranne lui*, pregai. Anche se, a questo punto, persino essere legata a quell'idiota sarebbe stato meglio che restare sola e dover tornare in quella casa con i miei genitori. Mi sarei accontentata anche del mutaforma allampanato dello Scorpione che, nonostante la sua altezza, sembrava non essere ancora cresciuto del tutto.

Evanora mi condusse fino al centro del cerchio, ma non iniziò subito l'incantesimo. Nei suoi occhi brillò una scintilla di crudeltà. "Sei fortunata che una bastardina mezzosangue come te sia in grado di trasformarsi, ma sperare in un compagno?"

La fissai, scioccata e delusa che anche lei fosse così scortese e odiosa, ma cos'altro potevo aspettarmi a questo punto? Sollevai il mento e incontrai il suo sguardo. "Suppongo che stiamo per scoprire cos'hanno in serbo per me gli dèi."

"Gli dèi?" Lanciò la testa all'indietro e scoppiò in una

fragorosa risata. "Neanche loro possono salvarti da ciò che sta per accadere."

Mentre mi chiedevo *cosa diavolo* volesse dire, iniziò a recitare l'incantesimo, accompagnata dalle voci delle altre streghe. Il mio stomaco si contorse mentre la polvere d'oro cadeva su di me, fondendosi con la mia pelle. Sentivo la magia scuotermi nel profondo. Per un attimo non accadde nulla e pensai non avesse funzionato, e che, alla fine, sarei tornata a casa senza un compagno. Poi il mio intestino si contorse e sentii un colpo secco: era come se qualcosa mi fosse stato strappato via, e fui pervasa da un *bisogno* incontenibile. Mi attirava in avanti. La mia mente era vuota. Sentivo solo l'irresistibile attrazione verso il mio compagno.

Mi feci strada verso i maschi, puntando gli occhi su Jordan. *No,* pensai mentre il panico mi strangolava. Mi voltai a guardare Evanora, ma lei rimase gelida e impassibile. Com'era possibile? Sapevo che erano gli dèi a scegliere i compagni, ma perché affidarmi a un mutaforma così incompatibile? Dovevano conoscere l'odio che regnava tra il branco del Leone e quello del Cancro. Era forse il loro modo di punirmi?

Affondai i talloni nella terra, cercando di oppormi a quel richiamo, ma le mie gambe continuarono a portarmi verso di lui. Ero incapace di resistere all'impulso di andare dal mio compagno, anche se la mia mente urlava che non era affatto quello che volevo.

Anche Jordan incespicò verso di me, con la stessa espressione sciocata e inorridita che probabilmente avevo in volto anch'io. Spostò lo sguardo su suo padre con una smorfia di dolore, come se ciò che stava accadendo lo stesse dilaniando. Cercò di resistere all'attrazione tanto quanto me, ma il richiamo era troppo forte. Impiegammo più tempo per arrivare l'uno all'altra di qualsiasi altra coppia, lottando contro ogni singolo passo. Eppure, nonostante la resistenza, in pochi istanti ci trovammo a una manciata di centimetri di distanza. Non potevamo fare altro che fissarci e respirare affannosamente.

Fu allora che il richiamo si trasformò in desiderio. Fame. *Bisogno*. Improvvisamente, sentii che ogni atomo del mio corpo sarebbe imploso se non l'avessi fatto mio. Mi apparteneva, come io appartenevo a lui, e niente avrebbe potuto dividerci da quel giorno in avanti.

Il resto del mondo svanì. I miei occhi riuscivano a cogliere solo la bellezza di Jordan, tutto muscoli e sfumature d'oro, e venni rapita da un incontrollabile desiderio di baciarlo. O di buttarlo a terra e strappargli i vestiti con i miei nuovi artigli.

Non ero l'unica a sentirmi così. Mentre Jordan mi guardava, vidi le sue pupille dilatarsi e posarsi sulla mia bocca, indugiando come se anche lui stesse pensando di baciarmi. Accorciammo di un altro passo le distanze, e mi sembrò che qualcosa fosse andato al suo posto, qualcosa che fino ad allora mi era mancato. *Con un Leone?* La mia voce interiore urlava, ma la ignorai. Il rituale di accoppiamento ci aveva uniti, nonostante l'ostilità dei nostri branchi. Se gli dèi volevano che stessimo insieme, come potevamo rifiutare?

Mio padre fece un passo avanti e, quando riuscii a distogliere lo sguardo da Jordan, mi accorsi che stava *sorridendo*. Non era la prima volta che vedevo il suo sorriso, ovviamente, ma era sempre rivolto a Jackie o Wesley, mai a me. E invece mi stava fissando con la stessa espressione, quasi come se fosse fiero di me.

Qualcosa germogliò nel mio petto, una sensazione strana e nuova che quasi non riconoscevo: era speranza. In quel momento vidi un percorso diverso davanti a me. Potevo colmare il divario tra il branco del Cancro e quello del Leone, spazzando finalmente via l'odio che da anni ci portava a scontrarci inutilmente. Era quello il mio destino.

Mio padre si fermò proprio accanto a me, mentre Dixon, l'alfa dei Leoni, prese posto al fianco di Jordan. Dixon sembrava nervoso, come se si aspettasse che mio padre provasse ad attaccarlo persino alla Convergenza. Avrei dovuto faticare, questo era certo.

"Ti consegno mia figlia, Ayla," disse papà facendo un cenno a Dixon. *Mia figlia*. Non credo che gli avessi mai sentito pronunciare quelle parole senza che fossero un insulto. "Il branco del Cancro ve la offre, tagliando tutti i legami con lei. Ora è una di voi."

Dixon non disse nulla, ma notai un muscolo della sua mascella contrarsi. Rimase a guardare mio padre per un lungo momento, prima di voltarsi verso suo figlio. Evanora portò il nastro e io allungai la mano perché lo avvolgesse intorno ai nostri polsi. Jordan aveva il fiato corto e fissava il terreno, o meglio, qualsiasi cosa che non fossi io. Quando alzò lo sguardo, lo diresse verso suo padre, che scosse appena la testa.

Quello fu il primo indizio che qualcosa non andava.

Jordan allontanò la mano, strappando il nastro che ci legava. Poi fece un passo indietro: l'istinto mi spinse a seguirlo, a fare un passo avanti per pareggiare il suo, ma feci appello a tutta la mia forza di volontà per trattenermi. Questa volta, quando gli occhi di Jordan trovarono i miei, non vidi più lussuria, ma rabbia. Peggio ancora, odio.

"Il figlio dell'alfa del Leone non può legarsi a una meticcia del Cancro," ringhiò Jordan. "Ti rifiuto come mia compagna."

Dopo aver pronunciato quella frase, mi spinse via con forza bruta. Caddi in ginocchio mentre il legame tra noi si spezzava, come un foglio di carta stracciato a metà. Il dolore che mi provocarono le sue parole mi annebbiò la vista. Quell'agonia fu in qualche modo peggiore del tormento provato durante la trasformazione forzata. Era come se qualcuno mi stesse strappando il cuore fuori dal petto a mani nude. Emisi un rantolo, incapace di urlare, incapace di fare altro se non sentire il mondo che mi soffocava. Non sarei riuscita a reggermi in piedi nemmeno se avessi voluto.

Un sussulto attraversò il pubblico, seguito da un'orchestra di bisbigli: i mutaforma riuniti iniziarono a passarsi la notizia. Sentii la parola "rifiutata" pronunciata un paio di volte. Mi colpì come un fulmine a ciel sereno, facendomi mancare l'aria. Rifiutare un compagno era praticamente inaudito: andava contro tutto ciò che ci era stato insegnato. Era come sputare in faccia agli dèi e sfidare i loro piani divini. E peggio, significava destinare entrambi i mutaforma alla solitudine eterna. Senza la possibilità di potersi unire a un altro branco. Senza la possibilità di trovare l'amore. O di avere figli.

Era questo il destino che Jordan aveva scelto per noi.

Mio padre investì Jordan con un'occhiata agghiacciante. "Tu *devi* accettare Ayla come tua compagna," ordinò con il suo tono da alfa. Quando Dixon si frappose tra lui e Jordan, un ringhio cavernoso risuonò nel petto di entrambi i capobranco. Poi papà si rivolse a Evanora. "Fa' qualcosa!"

Quel comando mi fece trasalire. Nessuno parlava così alle streghe del Sole. Tuttavia, gran parte della mia attenzione era concentrata su Jordan. Lo fissavo con occhi che imploravano di *prendermi*, di accettarmi. Lui si rifiutò persino di guardarmi, crudele e irremovibile. Aveva preso la sua decisione. Non mi voleva, proprio come tutti coloro che avrebbero dovuto amarmi.

"È fuori dal mio controllo," rispose l'Alta Sacerdotessa.

No. Non poteva finire così, vero? Eravamo *destinati* a stare insieme, accoppiati dagli dèi. Neanch'io l'avevo accettato all'inizio ma, in fin dei conti, non importava. Appartenevamo l'uno all'altra: lo sentivo. Lui no?

"Mio figlio merita di meglio di una bastarda mezza umana," disse Dixon, con un tono così altezzoso da provocarmi un'altra fitta di dolore. "Non la vogliamo nel nostro branco."

Dunque il mio destino non sarebbe cambiato. Non avrei raccolto altro che odio e sarei rimasta senza un branco o un posto da chiamare *casa*.

"Tuo figlio è un mezzo idiota che dovrebbe accontentarsi," ribatté mio padre a denti stretti. "Ayla è meglio di *niente*, ed è tutto quello in cui potrà sperare se non accetti la loro unione."

L'alfa dei Leoni ruggì. "Come osi insultare mio figlio?"

"Calma, signori," li interruppe Evanora, fendendo la notte con il suo tono autoritario. Ma nessuno ascoltò.

Dei movimenti attorno a noi mi fecero sollevare la testa. Alle nostre spalle, i membri del branco del Cancro si stavano schierando a supporto del nostro alfa, sia in forma umana che di lupo. La tensione era sempre più palpabile, il pericolo in agguato. Vidi Wesley allontanarsi dal gruppo dei maschi non accoppiati e prendere posto accanto a nostro padre, pur sembrando addolorato da ciò che stava accadendo. Anche Jackie si unì a loro, ergendosi fiera come femmina alfa del nostro branco. I lupi del branco del Leone risposero allineandosi sui due lati del cerchio, mentre nell'aria risuonavano ringhi e versi minacciosi.

Quando i due capobranco cominciarono a urlare, alcuni degli altri lupi dello Zodiaco indietreggiarono, fuggendo dal conflitto. Mira mi guardò, con occhi spalancati e incupiti, ma prima che potesse aprir bocca per dire qualcosa, il suo compagno la trascinò via, con le mani ancora legate dal nastro. Si guardò alle spalle con aria impotente, per poi sparire nel bosco con il resto del branco dei Pesci.

"Mi hai insultato per l'ultima volta," tuonò Dixon. Poi gettò indietro la testa e sprigionò il suo ruggito da Leone, il potere zodiacale del suo branco. Quel suono fu orribile: un brivido di puro terrore mi scivolò lungo la schiena, e tutti quelli che ci circondavano fuggirono o si rannicchiarono per la paura. Mi coprii le orecchie e mi sentii come se gli occhi stessero per schizzarmi fuori dalle orbite. Ero immobile, intrappolata dalle onde sonore del ruggito.

Anche mio padre restò come congelato, e questo diede a Dixon il tempo necessario per trasformarsi in un gigantesco lupo rosso e balzare in avanti. Ringhiando, squarciò la gola di mio padre con le zanne. Quando il sangue schizzò, finendo su di me, l'urlo che fino ad allora avevo trattenuto fuggì dalla mia bocca. Accadde così in fretta che papà non ebbe nemmeno il tempo di trasformarsi o di usare la sua armatura del Cancro.

Poi Dixon lo fece a brandelli davanti ai miei occhi.

CAPITOLO OTTO

Tutto ciò che sentivo erano le mie urla. Non riuscivo a far altro, del tutto impotente mentre guardavo con orrore il branco di Leoni che si avventava sul corpo di mio padre e lo faceva a pezzi.

Ma non ero l'unica a gridare. Quando indietreggiai, cercando di allontanarmi il più possibile dal sangue e dai brandelli di carne, Jackie si precipitò in avanti, urlando e ringhiando davanti alla morte del suo compagno. Ma era troppo tardi: papà se n'era andato, ora toccava a lei. Distolsi lo sguardo mentre i Leoni le piombavano addosso, e il mio terrore si trasformò rapidamente in un disperato bisogno di fuggire e sopravvivere. Il ruggito dell'alfa del Leone si stava finalmente placando, o forse era lo shock, ma finalmente potevo muovermi di nuovo.

Mentre lottavo per alzarmi, il mondo intorno a me si trasformò in caos. Tutti correvano, urlavano e si trasformavano. Le streghe del Sole erano sparite e i branchi del Leone e del Cancro stavano combattendo nel bel mezzo della radura dove si era appena svolto il rituale di accoppiamento.

Non riuscivo a capire come le cose fossero cambiate così in fretta, o come fossi passata dall'avere un compagno all'essere orfana nel giro di pochi secondi. Sapevo solo che dovevo trovare Wesley e andarmene da lì.

I membri del branco dell'Ariete, dello Scorpione e del Toro si unirono alla mischia, massacrando i lupi del Cancro intorno a me, sotto il comando dei Leoni. Dove diavolo erano i nostri alleati? Ci avevano abbandonato non appena avevano fiutato il pericolo, dimostrando quanto poco valessero per loro lealtà e onore. Ora il mio branco – il mio vecchio branco – era in inferiorità numerica, e i lupi venivano eliminati uno a uno. Anche se non ero molto affezionata a nessuno dei membri del Cancro, eccezion fatta per mio fratello, questo non significava che volessi vederli *morti*.

Urlai il nome di Wesley, cercando disperatamente di trovarlo nella confusione. Non riuscivo a vederlo tra i mutaforma che cadevano a destra e a sinistra. Schivai per un pelo un lupo che stava usando la sua carica da Ariete, colpendo una mutaforma che un tempo mi faceva da babysitter. La lupa cadde a terra, piagnucolando pietosamente. Mi fermai davanti a lei, nel tentativo di capire se potevo aiutarla in qualche modo, quando i suoi occhi scuri trovarono i miei. Mi supplicarono, anche se non capivo se mi stessero dicendo di aiutarla o di scappare.

L'Ariete mi fissò, ringhiando. Lo scansai appena in tempo, mentre un altro si univa a lui. Si avventarono sulla lupa che giaceva al suolo e tutto ciò che potei fare fu girarmi e scappare, prima che prendessero anche me. Inciampai su un cadavere e rischiai di cadere, ma in qualche modo riuscii a rimanere in piedi. Un fiume di lacrime mi bagnava il viso e, intorno a me, gli altri lupi che cercavano di fuggire venivano abbattuti dai Leoni. Nessun mutaforma del Cancro sarebbe sfuggito al massacro.

Il branco dell'Ofiuco non doveva neanche preoccuparsi d'iniziare una guerra: ci avevamo pensato noi.

E che fine avevano fatto le Streghe del Sole in tutto questo? La radura della Convergenza doveva essere un territorio neutrale, i combattimenti non erano permessi, ma loro non ci stavano proteggendo. Non stavano neanche tentando di fermare questa *follia*. Ci avevano tradito, proprio come gli altri branchi.

"Wesley!" Gridai, allungando il collo per guardare sopra le teste dei combattenti. Scrutai la folla alla ricerca del suo volto familiare, pregando e sperando che fosse in qualche modo sfuggito alla furia iniziale. Non l'avevo visto cadere, ma questo non significava nulla. Era successo tutto così in fretta che avrei potuto non essermene accorta.

Poi lo vidi.

"Wesley!" Gridai di nuovo, correndo verso di lui. Non avevo idea di come avessi fatto a passare in mezzo a tanti mutaforma inferociti senza farmi neanche un graffio, ma in qualche modo lo raggiunsi. Sembrava quasi invasato, con metà del viso coperta di schizzi di sangue... il sangue di nostro padre. Dalle sue mani spuntavano lunghi artigli, ma per il resto era ancora in forma umana, e ringhiava ordini ai mutaforma del Cancro che combattevano intorno a lui.

"Ayla!" Esclamò con un sospiro di sollievo, seppur corrucciando il volto. "Devi andartene da qui!"

"Non ti abbandonerò," risposi, raccogliendo tutta la forza che mi restava. "Sei tutto ciò che mi resta."

Mentre pronunciavo quelle parole, colsi un movimento con la coda dell'occhio. Dei mutaforma si stavano avvicinando a noi. Erano lupi dello Scorpione, estremamente letali grazie al veleno dei loro artigli e delle code. Non avrei avuto alcuna possibilità di affrontarli senza l'armatura del Cancro.

Wesley si parò davanti a me, spingendomi alle sue spalle. Nel frattempo, gli Scorpioni iniziarono a circondarci. "Va'! Ti raggiungo!"

Inciampai all'indietro, poi riuscii a girarmi e correre, evitando per un pelo gli artigli avvelenati di uno Scorpione. Pensavo che Wesley fosse proprio dietro di me, ma quando mi voltai lo vidi combattere contro i mutaforma, distraendoli per lasciarmi una via di fuga. Una fitta mi trafisse il petto e un grido straziato lasciò la mia gola quando una mezza dozzina di lupi dello Scorpione si avventarono su di lui, seppellendolo sotto un cumulo di pellicce e zanne. Emisi un altro urlo strozzato mentre lui cadeva sotto di loro, ringhiando.

"No!" Cercai di correre da lui per salvarlo, anche se probabilmente sarei andata incontro alla sua stessa fine.

All'improvviso, sentii un dolore acuto al fianco e caddi in ginocchio, accasciandomi sul terreno. Inspirando a fatica, alzai lo sguardo e trovai Jordan in piedi sopra di me, con un ghigno sul volto. Mi aveva dato un pugno dritto nello stomaco, usando la sua forza di mutaforma e il mio stesso slancio in avanti per rinsaldare il colpo.

"Non posso ucciderti," disse con un ghigno divertito. "Ma mi divertirò molto a farti soffrire."

"Cosa?" riuscii a mormorare, con la testa che mi girava.

Mi guardò con disgusto e notai che le sue mani erano insanguinate. "Il legame. Non importa quanto ti disprezzi, è ancora lì. I compagni predestinati non possono uccidersi a vicenda."

"Ma mi hai rifiutata."

Pensavo che avesse annullato il legame tra noi, ma quando lo guardai capii che l'aveva solo calpestato. Stare di nuovo vicino a lui rafforzò l'attrazione che sentivo nei suoi confronti. Il mio corpo voleva alzarsi e accorciare le distanze. Ogni arto tremava per lo sforzo di resistere a quel richiamo. Era una maledetta tortura, e odiavo il fatto di desiderarlo ancora *così tanto*.

Mi aveva fatto capire chiaramente che il sentimento non era reciproco, senza contare che non sarei mai stata con lui dopo quello che avevano fatto i Leoni. "Hai ucciso il mio branco!"

"Non è più il tuo branco," rispose Jordan con aria crudele.

"Perché?" Domandai, indicando il pandemonio attorno a noi. "Perché fare tutto questo? Solo perché sono stata scelta come tua compagna?"

Lui sollevò il mento. "Avevamo già pianificato di annientare il branco del Cancro alla fine della Convergenza. Il nostro accoppiamento ha solo accelerato i tempi."

Sapere che era tutto già scritto mi fece ribollire di rabbia. Cercai di alzarmi in piedi per difendere il mio vecchio branco, ma Jordan mi scaraventò di nuovo a terra con la sua forza animalesca.

Mi mise un ginocchio sul petto, immobilizzandomi. Quando si avvicinò a me la sua espressione era psicotica. "Ti farò soffrire per aver anche solo pensato di poter essere abbastanza per me. Per aver creduto che avrei mai accettato una bastarda mezza umana come compagna," mi sussurrò all'orecchio.

Con il suo peso che gravava sul mio petto, quelle parole bastarono per togliermi il poco fiato che mi era rimasto nei polmoni. Anche se lo odiavo più di chiunque altro prima d'allora, inclusi tutti i bulli del mio branco, quel maledetto legame accendeva una sirena nella mia testa che ripeteva *mio, mio, mio*.

Cercai di spingerlo via, ma lui si alzò senza il minimo sforzo, dandomi un calcio nelle costole così violento da farmi vedere le stelle. Non ero nuova a pestaggi del genere, ma mi sembrò che fino a quel momento tutti si fossero trattenuti, tirando pugni e colpi più leggeri.

Non il mio compagno, però. Lui voleva che io soffrissi.

Annaspai, continuando a cercare di allontanarmi da lui. Quasi non riuscivo a vedere con gli occhi annebbiati dalle lacrime, ma iniziai a strisciare verso la foresta. Vicina com'era, mi diede la forza di cui il mio corpo esausto aveva bisogno per raggiungerla.

"Davvero pensi di poter scappare?" Chiese Jordan, schiacciandomi ancora una volta con tutto il peso del suo piede. Sentii lo scricchiolio delle mie ossa riecheggiare nella radura, e lanciai un urlo straziato. Il mio ginocchio sembrava aver preso fuoco. Non sapevo cosa gli avesse fatto esattamente, ma sospettavo che non avrebbe retto il mio peso. Non nell'immediato, almeno.

Il dolore mi liberò da ogni residuo di attrazione verso Jordan e mi diede la spinta necessaria per sferrare un calcio con la gamba buona, cogliendolo completamente alla sprovvista. Non fu abbastanza forte da metterlo al tappeto, ma lo sbilanciò tanto da darmi una frazione di secondo in più. Ed era tutto ciò di cui avevo bisogno.

Con l'adrenalina che mi alimentava, mi tirai in piedi, nonostante il supplizio che mi causava la gamba ferita. Digrignai i denti per combattere contro l'agonia: non avevo intenzione di lasciare che quel mostro l'avesse vinta.

"Non osare toccarmi," dissi con tono profondo e sicuro. Jordan sembrò quasi sorpreso dalle mie parole, come se non si aspettasse che gli tenessi testa. Era proprio come gli altri bulli. Ma io mi rialzavo sempre.

Con qualche difficoltà, riuscii a trasformarmi. Non sapevo bene come farlo, ma decisi di ascoltare il mio istinto: mi disse che sarebbe stato meglio affrontarlo con l'ausilio di zanne e artigli. Una volta che la pelliccia bianca mi ricoprì, ringhiai contro Jordan, ma invece di rimanere a combattere come ogni cellula del mio corpo mi urlava di fare, me la diedi a gambe. Non potevo affrontarlo, non con una zampa fuori uso e la forza del legame che continuava a sfidarmi. Il che significava che dovevo scappare.

Mi precipitai verso la fitta vegetazione, sperando che mi fornisse copertura e sicurezza. Avevo già esplorato il bosco e sicuramente lo conoscevo meglio di Jordan. A quattro zampe mi fu più facile ignorare il ginocchio malconcio e, una volta ceduto all'istinto animale, cominciai a procedere a passo spedito. Sentivo il potere curativo che cercava di guarire la gamba, ma ero troppo esausta. Non avrebbe potuto fare miracoli fino a quando non mi sarei riposata. Ero fuori combattimento.

Raggiunsi la foresta, ma non ero abbastanza veloce. Jordan era proprio dietro di me, alle mie calcagna: non essendo ferito, mi avrebbe raggiunta facilmente. Qualcosa dentro di me mi diceva che questa volta non mi avrebbe lasciata scappare. L'avevo solo colto di sorpresa, e non avrebbe commesso lo stesso errore due volte.

Mi guardai intorno, accorgendomi che la vista da lupo coglieva dettagli più nitidi di quella umana. La luna era alta e diffondeva abbastanza luce da rendere ogni anfratto completamente illuminato ai miei nuovi occhi. Il fruscio del vento tra gli alberi e il suono lontano della cascata accompagnavano i miei pensieri frenetici. Dovevo nascondermi da qualche parte, ma *dove*?

Mi inoltrai tra gli alberi e gli arbusti, alla ricerca del posto perfetto. Con l'olfatto acuito dal mio lato animale, fiutai un vecchio fuoco e lo seguii fino a una grotta. Stavo per entrarci, quando mi resi conto che anche Jordan avrebbe seguito quella traccia e, probabilmente, anche me. Dannazione. Non potevo nascondermi.

Dovevo continuare a scappare.

Con il panico che mi scorreva nelle vene, mi addentrai nella foresta, senza pensare ad altro che alla fuga. Dietro di me, le urla, i ringhi e i gemiti della radura si spensero lentamente. Non potei fare a meno di chiedermi se qualcuno del mio vecchio branco fosse ancora vivo.

Mi stavo arrampicando su una serie di massi, quando quasi caddi per guardarmi alle spalle. Per un attimo pensai di essere finalmente riuscita a seminare Jordan ma, tutto a un tratto, un grosso lupo rosso irruppe nella boscaglia e mi superò con un salto e un ringhio.

Mi affrettai a scalare i macigni, cercando di superarlo, ma lui era più veloce, più forte e in vantaggio. Mi colpì sul fianco, facendomi cadere dalla parete rocciosa e scaraventandomi sul terreno sotto di noi. Caddi sulla schiena, e tutto il fiato che avevo in corpo abbandonò i miei polmoni. Ero talmente stordita che per qualche istante non riuscii a muovermi. Jordan balzò di nuovo verso di me, pronto a piantarmi le zanne affilate nel collo.

Nella sua forma di lupo era molto più grande di me, ma io mi scansai all'ultimo momento, sfidando le sue potenti fauci. Poteva anche essere forte, ma io ero veloce, persino con una gamba ferita. Senza contare che sfuggire ai bulli era la mia specialità.

Quando si voltò di nuovo verso di me, spalancò la bocca e usò il ruggito da Leone per farmi rannicchiare su me stessa. Era come se le mie membra stessero sfidando il mio cervello, facendomi accucciare e abbassare la testa in segno di sottomissione. Lottai con tutte le forze che mi restavano per rimanere in piedi e combattere, ma il mio corpo si rifiutò di ascoltarmi.

Jordan tornò nel suo corpo umano, luccicante sotto il chiarore lunare. "Non riesci a cavartela neanche da lupa," disse sovrastandomi. "Sei pietosa. Questo è il motivo per cui non ci accoppiamo con gli umani. Sei il più grande fallimento del branco del Cancro e, credimi, la lista è lunga."

Ripresi il controllo dei miei arti, tornai a quattro zampe e mi scrollai di dosso un po' del suo potere. Ero in piena modalità panico, con il cuore che batteva all'impazzata e mi urlava di fuggire, ma sentivo anche un crescendo di rabbia. Quel discorso sui mezzosangue era così altezzoso che avrei voluto soffocarlo. Non era colpa mia se ero nata mezza umana. Tutto ciò che avevo sempre voluto era una vita migliore e lui mi aveva strappato via l'unica possibilità di ottenerla.

Mi spostai in una zona illuminata dal chiaro di luna, e l'oscurità imprigionata dentro di me si risvegliò, covando un odio fiammeggiante per il mio compagno e l'intero branco dei Leoni. Jordan si avvicinò a me: dalle sue mani spuntarono lunghi artigli mentre si preparava ad attaccarmi di nuovo, ma io non avevo intenzione di dargliela vinta. Una scossa di potere gelido e oscuro mi attraversò, spazzando via il dolore e la stanchezza, riempiendomi fino all'orlo prima di riversarsi nella foresta.

Poi il mondo *si spostò*. Sbattei le palpebre e mi ritrovai a cinque metri da Jordan, che ora mi dava le spalle. Le mie candide zampe brillavano, accarezzate dai raggi della luna.

Mi guardai intorno, chiedendomi come fossi arrivata lì. Avevo perso conoscenza? Le mie ferite erano così gravi?

Jordan sembrava altrettanto confuso, non smetteva di voltarsi a destra e a sinistra per cercarmi. Poi mi vide e la sua espressione cambiò, tornando omicida. Si trasformò in lupo e si diresse verso di me a una velocità che non potevo sperare di eguagliare.

Assalita dal panico, alzai lo sguardo verso la luna, pregando Selene di aiutarmi. Quel potere si sprigionò in me proprio mentre Jordan si lanciava all'attacco, e di nuovo mi ritrovai in un altro posto, con la luna che ancora splendeva sul mio mantello bianco.

Possibile? In qualche modo saltavo tra i fasci di luce lunare senza muovere un muscolo. Non avevo idea di come o del perché, ma quando alzai di nuovo lo sguardo verso la luna in cerca d'aiuto, la magia mi portò via di nuovo, trasportandomi nelle profondità della foresta, lontano da Jordan. Ben presto non sentii più nemmeno il suo odore, e mi resi conto di averlo finalmente seminato per la prima volta da quando mi aveva attaccata nella radura.

Con la stessa rapidità con cui era esploso, lo strano potere mi abbandonò. La forza che mi aveva infuso mi fece perdere l'equilibrio; quasi caddi al suolo. Non osai tornare nella mia forma umana.

Mi guardai attorno, rendendomi conto di non conoscere quella parte della foresta. Non sapevo dove andare, ma una cosa era certa: non potevo restare lì. Jordan avrebbe continuato a cercarmi.

Zoppicai, cercando di limitare il più possibile il peso sul ginocchio ferito. Ero circondata da rumori tanto spaventosi da farmi battere i denti. La tentazione di crollare proprio lì, nel mezzo della foresta, con il mio nemico che ancora mi perseguitava, era forte. D'un tratto, però, un leggero odore attirò la mia attenzione. Anche se l'avevo sentito solo una volta in forma di lupo, mi era familiare come il mio. *Mira*. Ringraziai gli dèi per i miei poteri animali. Non l'avrei mai fiutata con il mio naso umano.

Mira era con il branco dei Pesci e, sebbene fossero fuggiti prima dell'inizio del massacro, restavano comunque alleati del Cancro. Almeno lo speravo. Andare da loro era comunque un'alternativa migliore che restare lì e pregare che Jordan non mi raggiungesse. Avevo preso una decisione: avrei seguito quella traccia.

CAPITOLO NOVE

Corsi attraverso la foresta il più velocemente possibile, ormai a corto di adrenalina. Sapevo che Jordan era ancora là fuori, a darmi la caccia seguendo la scia del mio odore, ma la minaccia non era più così incombente come lo era stata solo pochi minuti prima. In qualche modo ero riuscita a sfuggirgli, usando un potere che non comprendevo. Ma non ero ancora al sicuro.

L'odore di Mira mi condusse in un piccolo spiazzo dov'erano parcheggiati diversi veicoli. I mutaforma dei Pesci correvano avanti e indietro, gridandosi a vicenda ordini poco chiari e caricando di fretta le loro cose in macchina.

Dovevano essere davvero paranoici per aver parcheggiato così lontano. Anche se, a giudicare da quello che avevo visto, forse mi sbagliavo. Erano sempre stati a conoscenza dell'imminente attacco? Certo, erano spariti non appena era iniziato il conflitto, ma mi risultava difficile credere che si sarebbero rivoltati contro il branco del Cancro.

L'aria era densa di tensione e, più mi avvicinavo ai mutaforma, più ero certa di sentire odore di puro terrore. Non appena raggiunsi il prato, tornai nella mia forma umana. Le gambe cedettero nell'istante in cui mi ritrasformai: ero riuscita ad arrivare fin lì solo grazie alla mia lupa. Adesso, la mia pelle nuda era coperta di sangue, mio e degli altri, e non avevo vestiti con cui coprirmi. Mi si annebbiò la vista. Tutto ciò che sentivo mentre lottavo contro il dolore era il sangue che mi scorreva nelle orecchie.

Quando tornai in me, aggrappandomi a un filo di coscienza, Mira mi stava sorreggendo. "Ayla?" Continuava a chiamare il mio nome come se fossi svenuta.

Mi sforzai di sorriderle, ma il massimo che riuscii a ottenere fu una contrazione poco convincente delle labbra, finché la mia amica non mi strinse con forza al suo petto. Quel movimento mi scosse il ginocchio ferito, facendomi gemere. Poi guardai oltre la spalla di Mira: il suo compagno si precipitò a portarmi una coperta, che accettai volentieri per coprire il mio corpo nudo. Quando vidi l'alfa dei Pesci avvicinarsi, sentii un'ondata di sollievo attraversarmi. *Sei tra alleati*, mi ripetei. Loro mi avrebbero aiutata.

"Cos'è successo?" Domandò Mira scrutandomi attentamente. I suoi occhi si spalancarono e la sua espressione si fece angosciata quando notò la strana angolazione della mia gamba. "Stai bene?"

Scossi la testa, incapace di trovare le parole per esprimere quanto *non* stessi bene. Fu in quel momento, quando sentii di aver trovato un barlume di sicurezza, che le lacrime mi riempirono gli occhi al pensiero di tutto ciò che avevo visto. Mio padre. Il mio branco. *Mio fratello*. Avevo perso tutto.

"Cos'è successo dopo che siamo andati via?" Insistette. "Ho visto Jordan rifiutarti e gli alfa che iniziavano a discutere, ma poi il capobranco dei Pesci ci ha detto di levare le tende. Mentre scappavamo ho sentito delle urla e ho temuto..." Mira si ammutolì, come se non riuscisse neanche a pronunciare ad alta voce il resto della frase.

Mi asciugai il viso e alzai lo sguardo su di lei. "È esattamente ciò che è successo. I Leoni hanno massacrato il nostro branco. E tutta la mia famiglia."

Mira tirò di colpo il fiato, pallida come un cencio. "Tutti? Anche Wesley?"

Ripensai agli ultimi momenti in cui l'avevo visto, assediato dai lupi dello Scorpione. Non era possibile che fosse sopravvissuto a quell'attacco. "Morto," sussurrai, devastata dal dolore.

La fronte di Mira iniziò ad aggrottarsi. "E i miei genitori?"

Mi mancò il fiato. Avevo dimenticato ci fossero anche loro. "Non li ho visti. Mi dispiace."

Si coprì la bocca con mani tremanti e non poté più trattenere il pianto. "No, no, no. Non possono essere..."

Ci stringemmo forte, piangendo i nostri morti, ma il suo abbraccio mi fece emettere un guaito. Poi, tirandosi indietro, si asciugò gli occhi e mi osservò. "Sei ferita."

"Jordan mi ha attaccata, ma sono riuscita a scappare." Con una smorfia di dolore, avvicinai le gambe al petto: lo scricchiolio del mio ginocchio non prometteva bene. "Sono messa male, ma sopravviverò. Ho solo bisogno di allontanarmi dai Leoni."

"Puoi venire con noi," rispose Mira voltandosi verso il suo nuovo compagno, che si strofinava la nuca incerto su cosa fare in questa situazione. Poi si rivolse all'alfa dei Pesci, ancora intento a fissarci. "Non è vero?"

L'uomo si acciglò e incrociò le braccia, guardandomi dall'alto. "Non posso aiutarti," disse drastico. Non registrai subito le sue parole – ero quasi assordata dal dolore lancinante – e mi limitai a fissarlo, incapace di credere a ciò che aveva detto. "Dobbiamo andarcene immediatamente, ma non puoi venire con noi."

"Per favore," ci riprovò Mira, facendo rimbalzare lo sguardo tra me e il suo nuovo capobranco. "Ha bisogno del nostro aiuto!"

Lui si limitò a scuotere la testa. "Non è un nostro problema. Non possiamo permetterci una guerra contro i Leoni."

"Ma eravate alleati del branco del Cancro," farfugliai. "Mio padre era vostro amico!"

"E, da quanto ho sentito, *sia* lui che il suo erede sono morti," rispose con aria tetra. La sua espressione si fece gelida. "Piangerò la loro perdita e pregherò gli dèi per la tua anima, ma non posso mettere a rischio la sicurezza del mio branco per te."

Fu peggio di un pugno nello stomaco. Non poteva fare sul serio, vero? Mi era sempre sembrato gentile durante le sue visite. Cordiale e pacato, a differenza di mio padre. "No," sussurrai, o almeno ci provai. "Lei non capisce, non ho nessun altro. La prego."

"Non è un nostro problema." Nonostante la durezza delle sue parole, guardandolo negli occhi era evidente quanto gli stesse costando pronunciarle. Eppure tenne duro, irremovibile. "Probabilmente siamo già i prossimi sulla lista dei Leoni, e portarti con noi non farebbe che alimentare la loro sete di sangue. Non possiamo permetterci di perdere nessuno. Il nostro non è un branco numeroso come quello del Cancro." Fece una smorfia, per poi correggersi. "Com'era."

Mira mi strinse forte, come per cercare di tenermi con sé.
"No! Non possiamo lasciarla qui!"
Il suo compagno la prese e la trascinò via. "Vieni. Dobbiamo andare, prima che i Leoni ci trovino. Non le devi più la tua fedeltà."
Mira allungò le mani verso di me, singhiozzando mentre la tiravano via. Io feci lo stesso, stendendo le braccia per aggrapparmi a lei, con il volto zuppo di lacrime. La spinsero in un'auto prima ancora che le nostre dita riuscissero a sfiorarsi e io caddi a terra, tremando.
L'alfa dei Pesci mi guardò con un'espressione dura. "Mi dispiace, ma devo pensare alla mia gente."
E così si voltò e salì a bordo di una Jeep, così come il resto dei mutaforma dei Pesci. Poi se ne andarono, lasciandomi nella polvere. Le uniche persone che potevano aiutarmi erano andate via come se non contassi nulla. Come se tutti gli anni di alleanza con il branco del Cancro non avessero più valore. Non appena la loro lealtà era stata messa alla prova, ci avevano voltato le spalle ed erano scappati.
Lasciandomi lì. Da sola. Nuda.
Senza un branco.
Abbassai lo sguardo sul mio braccio, nel punto in cui avrei dovuto avere il simbolo del branco del Leone. La mia pelle era immacolata, a riprova del mio stato di emarginata. Non appartenevo neanche più al branco del Cancro, e i Leoni volevano uccidermi. Nessuno mi avrebbe accolta, nemmeno i più stretti alleati del mio vecchio branco. Dove sarei potuta andare?
La disperazione mi spinse ad alzarmi in piedi. Dovevo andarmene da lì prima che Jordan mi trovasse. Dovevo almeno lasciare la foresta; solo dopo avrei pensato a un piano. Non avevo nulla con me, a parte una coperta e la pura

determinazione a non essere una vittima. Tutto ciò che possedevo era nella mia vecchia casa, e di certo non ci sarei tornata. Primo passo: trovare scarpe e vestiti.

M'incamminai lentamente nella direzione in cui era sparito il convoglio di auto, sentendo il dolore intensificarsi a ogni passo. Seguendo i Pesci, sarei tornata alla civiltà, dove forse avrei potuto trovare qualcuno in grado di aiutarmi. A far cosa? Questo non lo sapevo, ma avevo una lunga strada davanti a me e molto tempo per pensarci.

Non c'era neanche un muscolo che non mi facesse male, e mi era impossibile caricare troppo peso sulla gamba ferita: zoppicavo così lentamente che avrei sicuramente dovuto vagare per ore e ore. Prima o poi, la mia nuova capacità di guarigione mi avrebbe aiutata, ma dovevo riposare per arrivare a quel punto. Non era un'opzione. Provai anche a trasformarmi di nuovo, ma non ci riuscii: probabilmente la mia lupa era troppo esausta.

Ogni passo mi avvicinava al collasso e mi resi conto che non mangiavo o bevevo nulla da quel pomeriggio. Il mio stomaco brontolò in segno di protesta. Tanto per peggiorare le cose, sentivo le costole pulsare: ero quasi certa che Jordan ne avesse rotta qualcuna a calci. Il dolore era accecante.

"Cos'ho fatto nella mia vita precedente per meritare l'ira degli dèi?" Brontolai tra me e me. "Tutto ciò che voglio è essere *desiderata* da qualcuno. Chiedo troppo?" Un posto in cui sentirmi a casa, con persone che si preoccupassero per me. Un posto dove non avrei vissuto nella paura dell'odio o delle prossime percosse che avrei potuto subire. E, perché no, un bel compagno sexy non avrebbe guastato.

Anzi, no... Me ne avevano dato uno, e si era rivelato un idiota. No, grazie.

Jordan. I sentimenti contrastanti che provavo per lui

tornarono a galla, facendomi venire la nausea. Volevo sgozzarlo, ma il nostro legame mi faceva anche venire voglia di strappargli i vestiti e gettarmi sul suo corpo nudo. Sarebbe stato così per il resto della mia vita? O quel desiderio si sarebbe attenuato, se mi fossi allontanata abbastanza da lui?

I miei pensieri tornarono ancora una volta all'alfa del branco dell'Ofiuco, come spesso accadeva da quando mi ero imbattuta in lui durante la mia escursione. Lui sì che era sexy, persino più di Jordan. E anche pericoloso. Mi chiedevo chi avrebbe vinto tra i due in un combattimento. Li avevo visti entrambi nudi, ed erano dannatamente impressionanti...

Scossi la testa. Ero nel bel mezzo di una foresta abbandonata, a parlare da sola, confrontando le qualità fisiche di due mutaforma che speravo di non rivedere mai più. Questa era davvero la fine per me. Una risata isterica mi solleticò la gola, minacciando di sfuggire. Probabilmente ero a poche ore dall'essere brutalmente uccisa dal branco del Leone, eppure non facevo che fantasticare su un maschio che non era il mio compagno. Non conoscevo nemmeno il suo nome, e probabilmente non l'avrei mai più rivisto. *Cavolo, devo essere in stato di shock o qualcosa del genere.* Se fossi riuscita a uscire da quella situazione ancora sana di mente, sarebbe stato un miracolo.

Continuai a zoppicare, cercando di non accasciarmi, ed entrai in una zona più fitta di cespugli. Un ramoscello si spezzò dietro di me, facendomi fermare di scatto: il cuore mi tuonava nel petto mentre mi guardavo intorno, con gli occhi sbarrati. Tre lupi dal manto scuro emersero dalla foresta, materializzandosi dal nulla. Alzai le mani in segno di resa, cercando di mostrarmi inoffensiva, ma mi saltarono addosso all'unisono, facendomi cadere. Presero a girarmi intorno ringhiando, senza mai fermarsi: non mi avrebbero lasciato via di fuga.

Mi coprii la testa con le mani, preparandomi per i colpi. Dovevano essere del branco del Leone, o forse degli alleati che mi davano la caccia per ordine di Jordan. Probabilmente mi avrebbero picchiata fino a farmi perdere i sensi, per poi consegnarmi a Jordan perché facesse di me quello che voleva, come un regalo con tanto di fiocco. *Ecco la tua compagna: distruggila.*

Ma nessuno mi toccò. I lupi mi minacciavano circondandomi, ma non mi sfiorarono neanche. Abbassai lentamente le mani e li scrutai. A che gioco stavano giocando?

Poi, tutto a un tratto, tra le fronde degli alberi vidi l'alfa del branco perduto, in forma umana. Gli altri lupi si allontanarono subito per lasciarlo passare. Era così agile e silenzioso che non l'avevo neanche sentito arrivare. Come alla Convergenza, non indossava la camicia, ma solo i jeans. Mi mancò il fiato quando si avvicinò a me, quasi fosse stato evocato dai miei pensieri, mentre gli altri lupi mi accerchiavano per impedirmi di scappare.

Come un angelo dalle ali nere uscito dalle mie più oscure fantasie, si parò davanti a me, con occhi freddi e illeggibili. "Tu vieni con noi."

Prima ancora che potessi aprire bocca, uno dei lupi affondò le zanne nel mio braccio. Cominciai a gridare, ma all'improvviso la stanchezza mi travolse, così rapidamente che fu impossibile lottare. Cercai con tutte le mie forze di non chiudere gli occhi, ma non riuscii a fermare il richiamo del sonno.

Potevo solo fissare il misterioso alfa con aria di sfida, sentendo il mio corpo cedere. Poi tutto diventò nero.

CAPITOLO DIECI

Mi ripresi lentamente, con la testa così pesante che non capii di essere di nuovo cosciente finché non sbattei le palpebre. Sollevai la testa per darmi un'occhiata. Ero sdraiata su una specie di branda, coperta da lenzuola sottili, e non sentivo alcun dolore. Inspirai profondamente per assicurarmene. Niente, nemmeno una fitta.

Alzai il ginocchio, piegando e stendendo la gamba. Lo scricchiolio era sparito, così come il bruciore. Per quanto tempo avevo perso i sensi? Dovevano essere passate ore perché il mio corpo fosse guarito da solo. No, sicuramente per delle ferite così gravi ci sarebbero voluti giorni. Forse ero con il branco della Vergine? Dopotutto, era famoso per le sue abilità curative e non era alleato con i Leoni.

Scostai le lenzuola, notando gli abiti troppo grandi con cui ero stata vestita. Almeno non ero più nuda, tranne che per i piedi. Mi guardai intorno e notai per la prima volta che non ero in una camera da letto o in un'infermeria. Intorno a me, delle sbarre di ferro formavano una gabbia, conficcate nel pavimento e saldate al soffitto. Oltre alla brandina, nella mia cella c'era un piccolo bagno e nient'altro. Per un attimo mi sentii solo confusa: ero stata catturata dal branco del Leone? Perché mi avevano lasciata guarire, se avevano intenzione di torturarmi?

Poi mi tornarono in mente gli ultimi istanti di lucidità: quegli occhi freddi e illeggibili che mi fissavano. Mi controllai il braccio, aspettandomi di vedere un morso, ma anche quello era guarito.

Maledizione. Ero prigioniera del branco dell'Ofiuco. Gli spettri del mondo dei mutaforma, coloro che infestavano gli incubi di ogni bambino, erano tornati assetati di vendetta. Non potei fare a meno d'immaginare tutte le torture che mi avrebbero inflitto, e questo se fossi stata fortunata. Poteva accadermi di peggio. Qualsiasi cosa avrebbe potuto farmi il branco del Leone, improvvisamente impallidì rispetto a ciò che sospettavo mi toccasse adesso. Ero passata da un girone dell'inferno a un altro. Forse sarei stata meglio da sola nella foresta.

"Vedo che ti piace parlare da sola."

Trasalii, rendendomi conto di aver detto tutto ad alta voce... e di essere in compagnia. Con il fiato sospeso, mi voltai verso quel tono roco e profondo.

L'alfa del branco perduto uscì dall'ombra con le braccia incrociate sul petto. Il suo bel viso era severo e, per una volta, indossava una camicia. *Peccato,* bisbigliò il mio cervello. Scacciai immediatamente quel pensiero. Non era né il momento né il luogo per concentrarmi su quanta pelle nuda preferissi vedere.

"Non mi aspettavo che qualcuno mi spiasse nascondendosi come un pervertito," mi lasciai sfuggire prima di serrare le labbra. *Sta' zitta,* mi ordinai. Mira mi aveva sempre detto che la mia lingua lunga mi avrebbe uccisa, e non volevo assolutamente che succedesse proprio allora, in quella gabbia.

"Stavi parlando da sola anche quando ti abbiamo trovata," aggiunse, rilassando le braccia. "Come ti chiami, piccola lupa?"

Sollevai il mento, pronta a tenergli testa. E poi, se aveva intenzione di torturarmi a morte, almeno avrebbe dovuto dirmi il suo nome. "Tu come ti chiami?"

Mi fulminò con lo sguardo, corrugando le sopracciglia scure. "Spiegami come hai fatto a scappare dopo l'attacco del branco del Leone. Non hai nessuna delle abilità del Cancro, eppure sei una dei pochi sopravvissuti. Forse l'unica. Com'è possibile?"

Aprii la bocca, ma mi fermai subito. Non avevo intenzione di rispondere alle sue domande senza aver prima ottenuto una risposta alle mie. "Perché mi hai rapita?" Domandai. "Hai in programma qualche elaborato piano di torture?"

Sbatté le sue grandi mani sulle sbarre della cella, avvolgendole con le dita. Quando strinse la presa, i muscoli degli avambracci si gonfiarono mettendo in mostra il tatuaggio del serpente. "Non credo che tu capisca come si svolga un interrogatorio, piccola lupa. O sei stata colpita in testa troppe volte, o sei sempre così stupida." Poi si raddrizzò. Il suo viso non tradiva alcuna emozione. "Se vuoi sopravvivere, devi rispondere."

"Mi lascerai andare se rispondo a tutte le tue domande?" Chiesi ancora. "O hai intenzione di tenermi qui per sempre, scendendo a interrogarmi ogni volta che ti servono informazioni sui dodici branchi? Non sono un computer, e di certo non muoio dalla voglia di rispondere *a te*."

"Proprio non ce la fai a tenere a freno la lingua, vero?" Il tono minaccioso fece tendere ogni muscolo del mio corpo, in attesa che entrasse e mi facesse del male. Invece, ringhiò e gettò qualcosa nella mia cella.

Quando l'oggetto colpì il pavimento, indietreggiai, pronta ad affrontare qualsiasi rischio, ma poi rimbalzò. Era una bottiglia d'acqua, l'ultima cosa che pensavo mi avrebbe dato.

"Forse un po' di tempo da sola con i tuoi pensieri ti farà venire voglia di collaborare," disse. Quasi scoppiai a ridere: era decisamente fuori strada. "Quella bottiglia dovrebbe essere sufficiente per farti rispondere a qualsiasi cosa. Forse, se sarai abbastanza educata, ti darò anche da mangiare."

Il mio stomaco brontolò di nuovo. Da quanto tempo non mangiavo? Improvvisamente, rispondere a qualche domanda mi sembrò una buona idea. Cosa sarebbe mai potuto succedere se avesse conosciuto il mio nome? Sapeva già che facevo parte del branco del Cancro, e non è che fossimo rimasti in molti. Probabilmente, se ci avesse provato, sarebbe riuscito a scoprire come mi chiamavo senza il mio aiuto: dopotutto, non c'erano molti mezzi umani al mondo. Tuttavia, esitai. Tutte le storie che mi erano state raccontate da bambina sul branco dell'Ofiuco riecheggiavano nella mia testa.

Ero sul punto di dirgli il mio nome, quando l'alfa si allontanò con uno sbuffo. Poi quella carogna spense le luci e si chiuse la porta alle spalle, lasciandomi nell'oscurità quasi totale.

Scesi dalla branda e mi lasciai cadere a terra, davanti alla bottiglia d'acqua. Il sigillo si ruppe quando la stappai, facendomi tirare un sospiro di sollievo. Non mi avrebbe sorpresa scoprire che avessero cercato di drogarmi: sarebbe stato un modo infallibile per tirarmi fuori le risposte che volevano. Buttai giù l'acqua a grandi sorsi. Non sapevo da quanto tempo non bevessi, ma morivo di sete. Non credo di aver mai assaggiato acqua migliore di quella.

Mi fermai, anche se avrei potuto tranquillamente finirla d'un fiato. Dovevo razionarla. Chi sapeva quanto tempo sarebbe passato prima che mi avrebbero dato qualcos'altro? Anzi, probabilmente avrebbero usato la privazione per farmi parlare. Cosa volevano da me? Mi avrebbero mai fatta uscire di lì?

Aspetta. Il potere che avevo usato per scappare da Jordan. Forse potevo servirmene per evadere.

Su un lato della cella, c'era una finestrella dalla quale filtrava un piccolo raggio di luna. L'apertura era in alto, appena sopra la mia testa, e lasciava entrare solo un filo di luce, quindi non avevo possibilità di sfruttarla per fuggire. Mi avvicinai al fascio luminoso, spingendomi in punta di piedi per guardare fuori, sforzandomi di usare lo strano potere che mi aveva salvata nella foresta.

Trattenni il respiro e allungai la mano verso la luce della luna o qualsiasi cosa avessi usato per teletrasportarmi. Non accadde nulla. Serrai gli occhi, sperando e pregando che quando li avrei riaperti sarei stata lontana da quella prigione, all'esterno, in un'altra chiazza di luce lunare.

Non andò così. Sconsolata, tornai verso la branda. Forse il raggio di luce lunare non era abbastanza ampio, o forse stavo sbagliando qualcosa. Diedi un calcio alle gambe del mio misero letto, cercando di pensare a un altro piano. Le sbarre di ferro intorno a me erano fissate al pavimento con il cemento e saldate al soffitto. Non c'era modo di smuoverne una, nemmeno con l'aiuto della mia forza ritrovata. Questa cella era stata costruita per confinare un mutaforma. Era impossibile scappare.

Ero intrappolata nella peggiore situazione in cui mi fossi

mai trovata, e non avevo alcuna possibilità di uscirne. L'unica cosa che mi restava da fare era starmene seduta lì e aspettare che l'alfa del branco perduto tornasse per interrogarmi ancora. O forse mi avrebbero usata in un altro modo. Qualunque cosa mi aspettasse, non prometteva bene, e non volevo restare lì abbastanza a lungo per scoprirlo.

―――

Con mia grande sorpresa, riuscii ad addormentarmi pur sapendo di essere circondata da pericolosi mutaforma. Dopo quelli che forse erano stati secondi, oppure ore, mi svegliai di scatto con la vescica che minacciava di esplodere. Mi affrettai verso il bagno, e solo quando ebbi finito pensai di assicurarmi di essere sola.

La cella era vuota, tranne che per un sacchetto di cibo. Non sapevo come avessi fatto a non accorgermi che qualcuno era entrato e lo aveva infilato tra le sbarre, ma era lì. D'altra parte, le ultime ventiquattr'ore erano state molto travagliate. O forse erano di più? Quarantotto? Non ne avevo idea.

Mi avvicinai al sacchetto con cautela. Non c'erano scritte o indicazioni sulla sua provenienza, ma l'odore che emanava mi fece venire l'acquolina in bocca. Lo aprii e avvicinai il cibo avvolto nella carta al naso per annusarlo. Non mi importava che fosse freddo, aveva un odore paradisiaco. Strappai la carta rivelando un panino con salsiccia, uova e formaggio. Nella busta c'erano anche degli hash brown.

Il mio stomaco brontolò, esortandomi a non attendere oltre: mi avventai sul cibo con un gemito. Avevo quasi finito il panino quando all'improvviso mi chiesi se non stessero provando a drogarmi. Mi fermai a metà, smettendo di masticare, e lo annusai di nuovo. Non c'era nulla che facesse pensare a qualcosa d'insolito, neanche con i miei nuovi sensi amplificati. E poi, se mi avessero voluta morta, mi avrebbero già uccisa.

Quando finii di mangiare, trovai una bottiglia d'acqua accanto al sacchetto. Mi lasciai sfuggire una risata, incapace di trattenermi. Ero tenuta prigioniera dai peggiori mostri del nostro mondo, e non avevano fatto nulla di più minaccioso che mandare il loro alfa a ringhiarmi contro e a farmi qualche domanda. Cavolo, mi avevano dato da mangiare e non mi avevano ancora picchiata: era già un passo avanti rispetto alla mia vita nel branco del Cancro.

È buffo come un cambio di prospettiva possa ribaltare la situazione.

La porta si aprì, lasciando entrare la luce del sole. Avevo capito che era giorno dai raggi caldi che filtravano dalla finestra, ma ora mi rendevo conto di aver dormito tutta la notte, probabilmente fino al mattino.

L'alfa del branco perduto entrò e chiuse la porta dietro di sé. Non potei fare a meno di notare il modo in cui si muoveva, sprigionando grazia e potenza: senza che dicesse una parola, la sua autorità si estendeva in ogni angolo della stanza. Il suo corpo imponente sembrava riempire tutto lo spazio, nonostante gli abiti che nascondevano i muscoli marmorei che avevo visto nella foresta.

Mi osservò per qualche istante. "Hai un aspetto decisamente migliore di quando ti abbiamo ritrovata."

"Beh, ero a un passo dalla morte," risposi. "Non ci si può aspettare chissà cosa da una che è appena sopravvissuta a un massacro."

Senza dire una parola, fece qualche passo verso l'angolo della stanza e prese una sedia. Poi la trascinò davanti alle sbarre della mia cella, sistemandola al contrario e sedendosi a gambe divaricate.

"Togliamoci il pensiero," esordì spalancando le braccia e poggiandole sullo schienale in metallo. "Mi chiamo Kaden Shaw, e sono l'alfa del branco dell'Ofiuco." La sua voce era profonda e sexy, e mi ritrovai a sporgermi in avanti per ascoltare le sue parole. "Ho bisogno che tu mi dica cosa è successo alla Convergenza. Come sei riuscita a scappare."

Raddrizzai la schiena. "Come mai adesso hai voglia di aprirti con me?"

"Spero che dandoti delle informazioni, sarai abbastanza intelligente da ricambiare il favore," spiegò Kaden. "Non posso farti uscire di qui finché non saprò di potermi fidare di te."

"Quindi hai *davvero* intenzione di farmi uscire?" domandai piena di speranza.

"*Se* ti dimostri affidabile. E questo è da vedere."

Sospirai. D'altro canto, nessuno mi aveva mai mostrato un simile livello di gentilezza. "E prometti di non torturarmi?"

Kaden mi fissò per un secondo. "Ti sembro sul punto di torturarti?"

No, affatto. Se ne stava sbracato sulla sedia, con le gambe divaricate e le braccia gettate con noncuranza sullo schienale. Non aveva l'aspetto di uno che pensava d'infliggermi una tortura. Era solo sexy da morire. Non riuscivo a distogliere lo sguardo dalle lunghe gambe e dalle braccia muscolose.

"Come fai a sapere cos'è successo alla Convergenza?" chiesi. "Pensavo ve ne foste andati."

"Eravamo nella foresta. Abbiamo visto tutto, compreso il

momento in cui sei stata destinata al prossimo alfa del branco del Leone."

Mi salì un conato. Ero quasi riuscita a rimuovere quella parte. Scrollai le spalle e feci un respiro profondo. "Il mio compagno mi ha rifiutata." Provai a nascondere le mie emozioni, ma era impossibile dirlo senza tremare. "E dato che ha ucciso tutta la mia famiglia e il mio branco, nemmeno io lo voglio."

Non era del tutto vero. Anche se meno intenso, il legame con Jordan non era completamente svanito: mi sentivo ancora attratta da lui. Cercai di scacciare la calda sensazione del desiderio. Lui non mi voleva e io non volevo lui, ma ogni volta che entrava nei miei pensieri, venivo assalita da emozioni contrastanti. I miei istinti più profondi mi spingevano a bramarlo, ma non riuscivo ad accettare ciò che aveva fatto a me e alla mia famiglia.

"Come hai fatto a scappare?" domandò Kaden.

"Non lo so," risposi.

Con un unico, brusco movimento, Kaden si alzò in piedi e calciò via la sedia. "Ti ho detto di non mentirmi," ringhiò, inondando la stanza di una nuova tensione. "Potrei ucciderti con la stessa facilità con cui potrei liberarti."

Ah. Riecco le minacce. Dopotutto, non era così diverso dai mutaforma del Cancro. "Te lo dirò, ma voglio prima le mie risposte."

Incrociò le braccia sul petto e inarcò le sopracciglia. "A quali domande?"

"Dove siamo? Cos'è successo alle mie ferite? Come avete fatto a farmi perdere i sensi? E chi mi ha vestita?"

Sul suo volto apparve un sorrisetto. "Non puoi sapere tutto. Non ancora. Ma posso dirti che sono stato io a vestirti."

Strabuzzai gli occhi con le guance in fiamme, immaginando le sue grandi mani sul mio corpo nudo. Poi strattonai un po' l'enorme maglietta che indossavo. "Avresti potuto darmi dei vestiti della mia taglia."

M'indicò con aria severa. "È il tuo turno. Dimmi come hai fatto a scappare, prima che perda l'ultimo briciolo di pazienza."

"Non lo so," dissi agitando le mani. "Ho posato le zampe sulla luce della luna e, all'improvviso, ero a diversi metri di distanza. È successo un paio di volte, prima che mi rendessi conto che ero *io* a spostarmi da una chiazza all'altra di luce. Non ho la più pallida idea di come ci sia riuscita, e quando ho provato a usare di nuovo quel potere, non ha funzionato."

Kaden tornò a sedersi, questa volta con aria quasi incuriosita. Rimase in silenzio ancora per qualche istante. Pensai che mi avrebbe chiesto di più sullo strano fenomeno, ma poi i suoi occhi si spostarono su e giù per il mio corpo, come per esaminarmi. "Non hai nessun marchio. Non ce l'avevi neanche quando ci siamo incontrati alla cascata. Com'è possibile?"

Abbassai la testa. *Ecco, questa è la parte divertente.* "Sono sempre stata un'emarginata nel mio branco. Sono per metà umana. Non ho mai avuto il marchio del branco."

"Non sei la figlia dell'alfa?" domandò Kaden.

Alzai lo sguardo su di lui e gli rivolsi un sorriso ironico. "Già, viene da pensare che dovrebbe essere un punto a mio favore, ma ha solo peggiorato le cose. Sono il frutto della sua relazione con un'umana. Lei mi ha abbandonata, lasciandomi al branco, e mio padre non è riuscito a liberarsi di me. Mi ha cresciuta, ma non come sua figlia. Il trattamento peggiore mi è stato riservato proprio da lui e dalla mia matrigna." Feci un respiro profondo, pensando a Wesley. "L'unico che mi ha voluto bene è stato mio fratello Wesley. Comunque, ora sono tutti morti."

Scacciai le lacrime richiamate dal ricordo di mio fratello e distolsi lo sguardo da Kaden. Non volevo che mi vedesse così. Ogni debolezza, per quanto giustificata, avrebbe potuto essere usata contro di me in futuro. Inspirai, tremando, e proseguii. "Speravo che una volta compiuti ventidue anni, alla Convergenza, avrei trovato un compagno in un branco diverso. Qualcuno che mi avrebbe trattata meglio." Mi lasciai scappare una risata amareggiata. "Hai visto con i tuoi occhi com'è andata."

Kaden rimase in silenzio ancora per un attimo; la tensione intorpidiva l'aria. "Senti qualche legame con il branco del Leone o con il tuo compagno?" Chiese, tra le migliaia di domande che avrebbe potuto farmi. "Vuoi tornare da loro?"

Mi voltai di scatto verso di lui. "Col cavolo. Voglio vederli morire uno per uno, dopo quello che mi hanno tolto." Poi esitai. Potevo mentire, ma a che scopo? "Ma... sì. Sento ancora un legame con Jordan, contro ogni mia volontà."

Kaden sorrise, ma la sua espressione non era certo rassicurante. "Ho una notizia buona e una cattiva. Quale vuoi sentire prima?"

"Non importa," risposi. "Sono sempre novità."

"Prima quella buona, allora. Tu puoi essermi utile, quindi non ti ucciderò. Non ancora."

Solo un giorno prima, la sua minaccia implicita avrebbe potuto spaventarmi a morte. Ora, invece, mi limitavo a fissarlo con aria assente. "E quella cattiva?"

"Userai il legame con il tuo compagno per tendere una trappola ai Leoni. Sarai la nostra esca."

Scoppiai a ridere, incapace di trattenermi. "Tu e il tuo

piano potete andare al diavolo. Non ho intenzione di fare da esca per nessuno."

Il labbro di Kaden si sollevò in un ringhio. Fu così rapido che neanche lo vidi alzarsi dalla sedia, che si schiantò alle sue spalle. Sussultai per lo spavento, nonostante la mia spavalderia.

"Sei viva soltanto perché l'ho deciso io. Se vuoi continuare a respirare, devi seguire i miei ordini." Stritolò le sbarre della cella, contraendo i muscoli d'acciaio. Poi la sua voce si ridusse a poco più che un ringhio animalesco. "E se provi ancora una volta a mancarmi di rispetto, ti strappo la gola a morsi."

Il rischio era molto, molto concreto. Avevo visto un alfa farlo a mio padre solo poche ore prima. Mi si raggelò il sangue nelle vene. Per quanto mi avessero trattata bene, non erano miei amici. Rimasi impassibile, decisa a non lasciar trapelare il terrore che mi attanagliava. Probabilmente ne sentiva l'odore, ma alzai comunque il mento, sostenendo il suo sguardo.

Kaden si allontanò dalla cella e s'incamminò verso la porta. "Dopo quello che ti ha fatto il branco del Leone, pensavo che volessi vendetta." Si fermò, lanciandomi un'occhiata da sopra la spalla. "Io posso fartela ottenere. Nessun altro avrà il coraggio di affrontarli. Pensaci. È la mia ultima offerta."

Detto questo, si voltò e mi lasciò con nient'altro che i miei pensieri e mezza bottiglia d'acqua a farmi compagnia, mentre le sue parole di commiato riecheggiavano nella mia testa.

CAPITOLO UNDICI

Passò un altro giorno, intervallato da pasti che venivano lasciati discretamente all'interno della mia cella. La mattina seguente però, al mio risveglio, notai un'altra cosa. Il visitatore invisibile che mi portava da mangiare, aveva lasciato anche un cambio di vestiti. Li presi, guardandomi intorno. Non potevo fare a meno di sentirmi osservata, come se lo sguardo intenso di Kaden fosse costantemente su di me. Era un'idea ridicola, e i mutaforma adottavano la nudità come stile di vita, ma esitai comunque a spogliarmi.

Smettila, sei patetica, mi dissi, trovando il coraggio di strapparmi via gli abiti troppo grandi. Se anche fosse stato a guardare, non avrebbe visto nulla di nuovo. E forse, solo forse, a una piccola parte di me – che non volevo riconoscere – piaceva l'idea dei suoi occhi sul mio corpo.

Mi avevano dato una maglietta celeste con il personaggio di un anime e dei pantaloni neri della tuta, e questa volta mi stavano davvero bene. Un'offerta di pace da parte di Kaden, forse?

Ero grata per il cambio d'abito, ma quello di cui avevo davvero bisogno era una doccia. Puzzavo e, quando allungai una mano per passarmela tra i capelli, una smorfia disgustata si palesò sul mio viso: c'era ancora del sangue. Poteva essere mio, di mio padre o di qualcun altro. Non lo sapevo, e mi stava bene così.

Mi sedetti di nuovo sulla branda e divorai il cibo: un hamburger con patatine fritte e una mela. Una volta finito, non c'era altro da fare se non pensare e camminare avanti e indietro, ma non avevo intenzione di dare all'invisibile Kaden la soddisfazione di mostrarmi nervosa. Tuttavia, iniziavo a capire perché la gente impazzisse dopo un lungo periodo di prigionia. Io mi stavo avvicinando all'orlo del precipizio, ed ero lì forse da un paio di giorni, almeno basandomi sulla cadenza dei pasti che mi avevano concesso.

Cercai di scacciare quei pensieri. Sarebbe stato meglio non rimuginarci sopra, o avrei finito per dare i numeri. Dovevo rimanere concentrata e, per fortuna, Kaden mi aveva dato qualcosa su cui riflettere.

L'idea di vendicarmi del branco del Leone era allettante. Il pensiero di far sparire il sorriso compiaciuto dal volto di Jordan mi balenò nella mente diverse volte, prima che tornassi alla realtà. Meritavano di pagare per quello che avevano fatto al mio branco e alla mia famiglia. Mi si strinse la gola al ricordo di Wesley che veniva praticamente sbranato. Avrei bruciato al suolo l'intero branco del Leone anche solo per la sua morte.

La parte spiacevole era fare da esca. Non ne avevo alcuna voglia, così come non volevo tornare al branco del Cancro, se mai fosse ancora esistito. Ma che possibilità avevo? Il branco dell'Ofiuco era terrificante, e da quanto avevo visto Kaden era pericoloso e imprevedibile. Ma forse era proprio quello di cui avevo bisogno in questo momento. Non avevo un branco da chiamare mio, non più. Nessuno mi avrebbe accolta e ospitata. Non avevo nessun altro posto dove andare. Il branco dell'Ofiuco era l'unico che poteva tenermi al sicuro dai Leoni, e non potevo rifiutare l'offerta di vendicarmi delle persone che avevano ucciso mio fratello e mi avevano strappato il futuro dalle mani.

Ma che interesse aveva Kaden a eliminare i Leoni? Il branco dell'Ofiuco si era presentato alla Convergenza chiedendo di tornare a far parte dei lupi dello Zodiaco, ma era stato respinto. L'alfa del Leone li aveva insultati, ma non era stato certo l'unico. C'era un altro motivo per cui Kaden voleva vendicarsi proprio dei Leoni?

Prima che potessi farmi altre domande, la porta si aprì di nuovo. Questa volta Kaden non era solo. Due grandi e muscolosi mutaforma apparvero al suo fianco, fissandomi con aria assente. Li guardai con il battito alle stelle. *Merda, merda, merda,* pensai. Invece, almeno esteriormente, mantenni la calma. "È arrivato il momento della tortura?" Domandai. "Non sono stata abbastanza veloce nel prendere una decisione?"

Kaden mi lanciò un'occhiataccia, poi fece cenno agli altri due mutaforma di stare indietro. Si avvicinò alla mia cella e io cercai di rimanere perfettamente immobile. Da un momento all'altro passava dal fare l'amico a minacciare di uccidermi, ed era impossibile capirlo. Eravamo praticamente sconosciuti, ma avevo la sensazione che anche se l'avessi conosciuto da sempre, avrebbe continuato a sorprendermi.

"Hai pensato alla mia proposta?" domandò.

"Dicevi sul serio? Vuoi aiutarmi a vendicarmi?" Avevo in mente diversi commenti spiritosi, ma volevo una risposta.

"Sì." Mi guardò dritto negli occhi. Cercai di trovare qualche traccia d'inganno in quelle profondità blu, ma erano un mistero.

"Tu cosa ci guadagni?" domandai.

"Ho un conto in sospeso con i Leoni. Ma non sono gli unici sulla mia lista." Un sorriso malvagio incurvò le sue labbra. "Voglio che tutti i branchi dello Zodiaco vengano decimati o sconfitti. I Leoni hanno eliminato il branco del Cancro per noi, ma ne abbiamo ancora undici di cui occuparci." Le sue parole mi fecero rabbrividire. Tutti e dodici i branchi, sconfitti? Cosa poteva mai avere contro ogni singolo branco?

"Perché?"

"È ora che il branco dell'Ofiuco venga riconosciuto. Ho cercato di essere clemente con gli altri branchi, di dare loro la possibilità di farci tornare all'ovile. E loro ci hanno respinto come cuccioli indesiderati." Raddrizzò la schiena. I suoi occhi erano tenebrosi. "Il tredicesimo branco non sarà più emarginato. Saremo noi a comandare, e chiunque non s'inchinerà a me, accettandomi come alfa, brucerà."

In un certo senso, lo capivo. Ero stata un'emarginata per tutta la vita, rifiutata da coloro che avrebbero dovuto aiutarmi e tenermi al sicuro. Non provavo alcun rimorso per la perdita del branco del Cancro – tranne che per alcune persone, come i genitori di Mira, che erano sempre stati gentili con me. Una volta superato lo shock iniziale per aver visto papà e Jackie massacrati davanti ai miei occhi, non avevo provato tristezza, ma uno strano senso di lutto per ciò che avrei potuto avere. Solo la morte di Wesley mi aveva veramente distrutta.

Pensare a mio fratello non fece che alimentare le fiamme dell'odio per il branco del Leone. La profondità del dolore raggiungeva abissi fino ad allora sconosciuti. Ero quasi sopraffatta dall'intensità di quelle emozioni. Non avevo avuto il tempo di elaborare la sua perdita e non sapevo quando l'avrei trovato. Prima dovevo essere al sicuro, e di certo non lo ero dietro quelle sbarre.

Gli altri branchi? Qualcuno si era schierato con i Leoni, alcuni erano scappati come codardi, lasciando il branco del Cancro al suo destino. Nemmeno il branco dei Pesci mi aveva aiutata, dopo anni di cameratismo con i mutaforma del Cancro. Forse Kaden aveva ragione. Forse *dovevano* bruciare tutti. Era evidente che c'era qualcosa che non andava nei lupi dello Zodiaco: stavano marcendo dall'interno. Magari era giunto il momento di cambiare l'ordine delle cose.

Avrei fatto in modo che Mira fosse al sicuro, ma tutti gli altri potevano andare all'inferno, per quel che m'importava.

"Sento il tuo battito accelerato da qui," disse Kaden. "Hai preso una decisione? Spero che sia quella giusta." Si appoggiò alle sbarre della cella con disinvoltura, ma il suo tono era minaccioso. "Puoi unirti a noi per sconfiggere gli altri branchi, altrimenti ti rispedisco ai Leoni in una bella confezione regalo. Puoi essere un problema loro, se preferisci. In ogni caso, io non ho tempo per torturarti."

Scacciai le sue parole crudeli e lo guardai con aria di sfida. "Se mi aiuti a vendicare la morte di mio fratello, ci sto. Non m'interessa degli altri."

"Bene," mormorò Kaden. A malapena decifrai la parola, ringhiata a denti stretti. "Indossa queste."

Mi lanciò delle scarpe e io ci infilai velocemente i piedi sporchi. Poi aprì la porta della cella e fece un passo indietro. Così, senza tante cerimonie. Sbattei le palpebre, domandandomi se mi avrebbe assestato un pugno nello stomaco appena avessi messo piede fuori. Kaden emise un verso di frustrazione, sollecitandomi a uscire con un cenno della testa. Uscii dalla cella, preparandomi a un attacco. Non arrivò.

Alzai lo sguardo verso Kaden: il suo volto non rivelava nulla. Anche gli altri due mutaforma rimasero immobili.

Mi fermai sull'uscio, strizzando gli occhi alla luce del sole. Sembravano secoli che non vedevo il cielo: dovetti sollevare una mano per bloccare l'intensità dei raggi, prima di riuscire a fare qualche passo in avanti. A quanto pare, non avevo ancora recuperato la maggior parte delle forze. Tutte le ferite che mi avevano inflitto la notte della Convergenza erano guarite, ma il mio corpo aveva bisogno di più tempo per ristabilirsi. La mia anima, invece, probabilmente non si sarebbe mai ripresa.

Man mano che la mia vista si abituava alla luce abbagliante, l'ambiente che mi circondava diventava più nitido, rivelandomi nuovi dettagli. I rumori di una piccola città mi distrassero dalla sensazione opprimente che provavo stando di nuovo all'aperto. Vidi alcuni negozi e quella che doveva essere la strada principale di un paesino. Delle case rustiche sorgevano in piccole file ordinate, attorniate da alti alberi su ogni lato. Era una visione pittoresca: sembrava di guardare la cartolina di una città di montagna, meta di fughe romantiche nel fine settimana. Non riuscivo a credere che il branco più temuto dello Zodiaco vivesse proprio *lì*.

La cosa più sorprendente fu l'odore della foresta che mi abbracciava. Inspirai profondamente, godendomi la purezza dell'aria. Poi chiusi gli occhi, assorbendo il sole estivo e l'aria fresca.

Quando li riaprii, Kaden mi stava fissando con aria quasi compiaciuta. "Benvenuta nelle terre del branco dell'Ofiuco."

Kaden e gli altri due mutaforma – di cui mi ero quasi dimenticata – mi condussero in una grande casa alla periferia della città. Sembrava un rifugio in mezzo ai boschi: era costruita in legno scuro e pietra naturale e aveva un aspetto molto virile, ma altrettanto accogliente e rilassante. Era il tipo di posto in cui si vorrebbe stare durante una tempesta di neve, seduti accanto al fuoco con una tazza di cioccolata calda. Il confine della foresta serpeggiava lungo i margini della casa, come nel subdolo tentativo di risucchiarla e farla sparire per sempre.

Mentre la osservavo, Kaden si accostò a me e io m'irrigidii. Aveva detto che non mi avrebbe uccisa, ma questo non significava che fossimo amici, e di certo non mi fidavo ciecamente di lui.

Non capii se decise di ignorare la mia reazione o se non la notò affatto, ma non disse nulla al riguardo. "Starai qui, per ora."

"Per ora?" Domandai.

"Finché non ti dimostrerai utile, oppure deciderò di sbarazzarmi di te."

"Giusto," risposi trattenendo l'impulso di alzare gli occhi al cielo.

"Avrai una coinquilina, dato che lo spazio è sempre un problema per il branco, ma ha circa la tua età. Cerca di andarci d'accordo."

Annuii e mi morsi la lingua per tenerla a freno. Non c'era bisogno d'inimicarselo e fargli venir voglia di strapparmi la gola. Dopotutto, adesso non c'erano sbarre tra di noi.

"La dispensa è stata appena rifornita e sei libera di

andare dove vuoi, qui. Accompagnata da Clayton o Jack, ovviamente," disse, indicando con la testa i due maschi alle sue spalle. "Non provare a lasciare la città."

"Non sono così stupida," non potei fare a meno di ribattere. Poi, per evitare che Kaden potesse ringhiarmi qualcosa contro, mi affrettai a fargli una domanda. "Dove siamo? In Canada o negli Stati Uniti?"

"Non posso ancora darti questa informazione," rispose Kaden. Cavolo, se era frustrante. "Potrai saperlo solo se diventerai un membro del branco."

Per un attimo, rimasi come congelata. *Cosa?* "Dici sul serio?" Domandai fissandolo, cercando di scorgere dell'umorismo sul suo volto fin troppo perfetto. "È un'opzione? Pensavo che nascere o trovare un compagno in un branco fosse l'unico modo per farne parte."

"Il branco dell'Ofiuco ha già accettato degli emarginati," spiegò Kaden. "Dopotutto, siamo il branco perduto: sappiamo bene cosa vuol dire essere rifiutati o indesiderati."

Sapevo *molto* bene come ci si sentiva. Una nuova ondata di speranza mi travolse. Non potevo impedirlo. Era questa la risposta alla mia silenziosa supplica alla dea della Luna? Distolsi lo sguardo mentre continuavamo ad avvicinarci alla casa, finché non ci trovammo davanti ai gradini del portico. Avrei forse trovato qui la casa che avevo cercato per tutta la vita? Un luogo in cui mi sarei sentita accettata, senza temere di essere rifiutata solo perché diversa? "Come faccio a unirmi a voi?"

"Se vuoi far parte del mio branco, devi seguire i miei ordini e dimostrarmi il tuo valore. Devi guadagnarti la mia fiducia," rispose incrociando le braccia sul petto. "Il tuo addestramento inizia domani. Ogni giorno dovrai dimostrarti

utile per il branco, pulendo un edificio che ti assegnerò."
Sorrise, come se la cosa lo rallegrasse. "D'ora in poi, sarai l'inserviente del branco."

Ed ecco che ero tornato a essere l'emarginata, l'ultima degli ultimi: quella posizione che mi era decisamente familiare. Non erano diversi dagli altri mutaforma. Maledizione, ero così stanca di essere trattata come spazzatura.

Gli lanciai un'occhiata gelida. "Quindi non ti basta che io rischi la vita facendo da esca? Ora devo anche fare il lavoro sporco per te?"

La collera che vidi nei suoi occhi mentre si avvicinava a me era fiammeggiante. Inciampai all'indietro fino a sbattere contro il muro alle mie spalle, con il fiato che abbandonava i miei polmoni. Piantò le mani sulla parete, ai lati della mia testa, intrappolandomi tra le sue braccia. Poi venne più vicino. *Molto* più vicino.

Il suo corpo era caldo e duro, a pochi centimetri dal mio. Quando ci feci caso – come se potessi farne a meno – non riuscii a respirare per un motivo completamente diverso. Nonostante la sua personalità ripugnante, ero impotente contro l'impeto del desiderio che mi attraversava, soprattutto quando respiravo il suo profumo. Faceva impazzire la mia lupa e, per quanto fossi terrorizzata da lui, *lo volevo*. Anche se il senso di colpa mi lacerava dentro, ricordandomi che non era il mio compagno, che appartenevo a qualcun altro; anche se quel qualcun altro non voleva avere niente a che fare con me.

"Mettiamo in chiaro una cosa," disse Kaden sfiorandomi l'orecchio con le labbra. Sentivo il calore del suo respiro sulla mia pelle. "Io sono l'alfa. Questo è il mio branco. La mia famiglia."

La possessività nella sua voce mi fece venire i brividi.

Come sarebbe stato avere un alfa che tenesse così tanto a me? O un compagno così devoto?

"Ti sto dando una possibilità," continuò. "Se dimostrerai la tua lealtà, nessuno ti maltratterà o abuserà di te. Verrai accolta come un membro della famiglia. Ma se provi a tradire o ferire il mio branco in *qualsiasi* modo..." Fece una pausa, inspirando a lungo. Probabilmente aveva sentito l'odore della mia paura e del mio desiderio, mescolati insieme. "Non vivrai abbastanza a lungo per pentirtene."

"Altre minacce," ribattei, incapace di trattenermi. Stargli così vicino mi faceva perdere il controllo. "Chi dice che andrai fino in fondo? Non sarai uno che abbaia ma non morde?"

Mi sollevò il mento con una mano, costringendomi a guardarlo negli occhi. "Se continui a sfidarmi, lo scoprirai molto presto."

Mentre ci fissavamo, il calore tra noi divenne innegabile. Il mio petto seguiva il ritmo del mio respiro affannato. Distolsi lo sguardo dai suoi gelidi occhi blu, solo per lasciarlo cadere sulla sua bocca. Era sbagliato che volessi segretamente sapere com'era il suo morso? A quel pensiero, d'istinto mi leccai le labbra. In risposta, lui strinse la presa sul mio mento. Per un attimo pensai che si sarebbe avvicinato, o per sfiorarmi appena le labbra o per baciarmi con forza, e mi sorpresi di quanto lo desiderassi. Trattenni il respiro, rimanendo completamente immobile, in attesa della sua mossa. Probabilmente mi lasciai sfuggire un piccolo verso, perché i suoi occhi lasciarono la mia bocca e, quando trovarono di nuovo i miei, divennero di nuovo severi. Mi lasciò andare e fece un passo indietro, incrociando le braccia in attesa della mia risposta.

Mi raddrizzai, cercando di riprendere fiato. "E va bene, sarò la tua inserviente. Qualcos'altro?"

"Va' dentro," ringhiò. Poi, senza aggiungere una parola, si voltò e sparì nella foresta.

CAPITOLO DODICI

Guardai gli alberi inghiottire Kaden e poi rimasi sola con le mie due guardie del corpo, determinate a guardare qualsiasi cosa tranne che me.

"Fa sempre così?" Chiesi, cercando di stemperare la strana tensione che ancora aleggiava nell'aria. Pensavo che entrambi mi avrebbero ignorato, ma il più basso fece un sorriso.

"Direi di sì," rispose.

"Chiudi la bocca, Jack," borbottò l'altro, dandogli un colpo con la spalla.

"È sempre così esagerato," disse una voce femminile, facendomi quasi saltare per lo spavento. Solo un mutaforma poteva muoversi con un passo così felpato. Mi voltai e vidi una ragazza sul portico: i capelli scuri le coprivano appena le spalle e sfoggiava un sorriso cordiale. "Non hai motivo di temerlo," aggiunse. "Quando lo conoscerai meglio, ti accorgerai che Kaden è un gran tenerone."

"Lo trovo difficile da credere," mormorai.

Il suo sorriso si fece più ampio. "Io sono Stella."

"Ayla," risposi. "Come fai a conoscerlo così bene?"

"Oh, è mio fratello."

Fratello? Il pensiero che Kaden avesse una sorella in grado di sorridere e scherzare sembrava impossibile. Credevo che un atteggiamento così scostante fosse ereditario. Studiando meglio i suoi lineamenti, mi accorsi della somiglianza. Se Kaden avesse sorriso di più, probabilmente avrei capito al volo che erano fratello e sorella.

Stella fece un cenno con la testa verso la casa. "Forza, entriamo."

Aprì la porta e m'invitò dentro. Mi fermai all'ingresso, ammirando le venature del legno scuro e il soffitto a volta. Lo spazio era inondato dalla luce naturale, che entrava con prepotenza dalle enormi finestre. La casa era immensa, ma in qualche modo sembrava abbracciarti. Mi ricordava una di quelle baite di lusso raffigurate sui libri di fotografia che mi aveva regalato Wesley. Ogni lato affacciava sulla foresta, dando l'impressione che la casa non fosse un riparo dalla natura ma ne facesse parte.

Stella mi fece fare un giro veloce, mostrandomi una grande cucina moderna, fornita di pensili in rovere scuro ed elettrodomestici in acciaio inossidabile. Il soggiorno adiacente era incredibilmente spazioso, arredato con sedie imbottite e un grande divano in pelle che girava intorno a un imponente camino a legna. Una porta scorrevole conduceva a un'enorme terrazza con mobili da esterno, un braciere e un barbecue. Sentii una fitta al petto. Questa era la casa di una *famiglia*.

"Saremo coinquiline," annunciò Stella sorridendo.

"Questa casa è tutta tua?" Domandai, ripensando alle parole di Kaden: *lo spazio è sempre un problema per il branco*.

Stella ridacchiò. "No. È casa di Kaden. Viviamo qui insieme."

Dannazione. Proprio quando iniziavo a pensare che non l'avrei avuto sempre tra i piedi, scoprii che avrei vissuto nella sua maledettissima casa. Immaginai di svegliarmi e trovarlo imbronciato in cucina, che mi ringhiava contro mentre cercavo di bere il primo caffè della mattina. *Uccidetemi*.

Aprii la bocca per dire qualcosa, per protestare o per chiedere se ci fosse un altro posto dove potevo alloggiare, ma Stella m'interruppe prima che potessi riuscire nel mio intento.

"Ti mostro la tua stanza." Mi fece cenno di seguirla su per le scale fino al secondo piano, dove c'erano almeno cinque camere da letto. Poi indicò la prima porta. "Questa è la mia. Dovremo condividere il bagno, ma avrai uno spazio tutto per te."

Stella aprì la seconda porta e fece un passo indietro per lasciarmi entrare. La stanza era pulita e carina, ma decisamente spoglia. Non aveva personalità o dettagli rilevanti, solo un letto matrimoniale spinto in un angolo, un comò di legno e una scrivania vuota sotto la finestra. Quest'ultima affacciava sulla foresta, nel punto in cui Kaden era scomparso tra la vegetazione.

"Questa è una delle stanze per gli ospiti, ma adesso è tua," disse Stella. "Fai come se fossi a casa tua."

Sfiorai con i polpastrelli la superficie in legno scuro della scrivania, sentendo uno strano nodo stringersi nella mia gola. Per la prima volta dopo giorni, mi sentivo... al sicuro. Proprio lì, tra i mutaforma che avevo sempre immaginato come mostri. "È perfetta. Grazie."

Annuì e se ne andò, chiudendosi la porta alle spalle. Appena fui sola, mi resi conto che non avevo modo di 'fare come se fossi a casa mia'. Non avevo nulla. Avevo abbandonato tutti i miei effetti personali per fuggire dal massacro. Persino i vestiti che avevo indossato alla Convergenza erano rimasti lì, dopo che mi ero trasformata.

Il mio telefono. Mi tastai inutilmente le tasche. Ovviamente non c'era. L'avevo perso chissà dove quando ero scappata da Jordan, e probabilmente era in mille pezzi nella foresta del Montana. O peggio, nelle mani dei Leoni. Rabbrividii immaginando Jordan che frugava nel mio telefono, guardando le foto che avevo scattato e i messaggi che avevo inviato. All'improvviso, fui tremendamente felice che la mia macchina fotografica fosse stata distrutta prima che lasciassi casa. Se avessi perso anche quella alla Convergenza, sarei stata inconsolabile.

Sbirciai nel piccolo armadio davanti a me, ma era vuoto. Non avevo altri vestiti oltre a quelli che indossavo, né uno spazzolino o lo shampoo. Feci una smorfia e mi diressi verso il bagno per vedere se c'era qualcosa di utile.

Il bagno era moderno, nelle tonalità tenui del color sabbia, e profumava di gelsomino. Sul bancone c'erano un asciugamano arrotolato, un flacone di shampoo, uno di balsamo e una saponetta nuova. Non erano niente di speciale, ma quando li vidi tirai un sospiro di sollievo. Ora potevo togliermi il sangue dai capelli e smettere di puzzare come un animale da stalla.

Mi fiondai sotto la doccia con impazienza, restando a lungo sotto il getto dell'acqua. La guardai scorrere e sbiadirsi dal rosso al rosa, finché non tornò trasparente. Mi presi tutto il tempo necessario per godermi la sensazione di pulito, e lasciai che la mia mente si svuotasse. Quando finii di lavarmi, mi sentii infinitamente meglio e molto più me stessa.

Non avevo altri vestiti, ma quelli che mi avevano portato

quando ero nella cella erano relativamente puliti. Li indossai di nuovo e mi diressi al piano di sotto per indagare. Scesi le scale lentamente, cercando d'individuare eventuali movimenti. C'era qualcuno in cucina: sperai che fosse Stella e non Kaden.

Seguii i rumori delle stoviglie e mi ritrovai davanti alla mia nuova coinquilina, con un sorriso sul viso e un sandwich su un piatto. "Per te," disse porgendomelo.

La guardai sgranando gli occhi. "Grazie."

Cercai di mangiare in maniera composta, ma dopo il primo boccone non riuscii a trattenermi. Lo divorai come se non mangiassi da giorni. Stella mi fissava sorridendo appena. Smisi di masticare e abbassai la testa.

"È buonissimo," mi complimentai. Anche se era solo un sandwich con prosciutto e formaggio, era davvero delizioso.

"Avremo bisogno di più cibo," disse Stella ridacchiando. Poi si voltò per frugare in un armadietto e tirò fuori un pacchetto di patatine. "Starai morendo di fame. Ecco, prendi anche queste. E siediti lì, o riempirai il pavimento di briciole."

Stella m'indicò l'isola e io mi accomodai su uno degli sgabelli, aprendo la busta. Neanche mi conosceva, eppure era incredibilmente gentile con me. Quando si girò, notai il marchio del branco dell'Ofiuco sul suo braccio: non potei fare a meno di domandarmi se tutto ciò che sapevo su di loro fosse una bugia. Kaden era certamente all'altezza della loro spaventosa reputazione, ma sua sorella era tutta un'altra storia.

"Devo andare al supermercato," continuò Stella. Sollevai la testa verso di lei. "Dovresti venire con me. Posso mostrarti un po' la città e aiutarti a trovare tutto ciò di cui hai bisogno."

Scossi la testa. "Non ho soldi."

Lei rispose scacciando le mie parole con una mano. "Kaden comprerà qualsiasi cosa ti serva."

Quasi mi strozzai con una patatina. "Non voglio la sua carità."

"È l'alfa, prendersi cura di noi è il suo compito," spiegò come se fosse strano che non lo sapessi già. "Ospiti inclusi."

"Ospiti?" Sbuffai. "Mi definirei una prigioniera, più che altro."

Lei fece spallucce. "Kaden vuole solo assicurarsi di potersi fidare. Non è così male, vedrai."

D'un tratto, mi resi conto che aveva vissuto una vita completamente diversa dalla mia. Non avevo mai visto una persona così soddisfatta del proprio alfa. Desiderai di essere nata in altre circostanze – non che fosse la prima volta. L'avevo pensato così spesso da bambina che era praticamente diventato il mio mantra. Avevo passato ventidue anni a desiderare un branco come questo, e mi ero quasi convinta che non fosse possibile. Ma era chiaro che Kaden, nonostante la sua ostilità nei miei confronti, si prendeva cura del suo branco. A pensarci bene, persino mio padre era stato un alfa al di sotto dell'accettabile. Sapevo che molti membri del Cancro erano scontenti del suo operato, ma non erano mai stati capaci di far nulla al riguardo. Wesley era la nostra unica speranza per il futuro del branco, ma non c'era più.

Una fitta di tristezza mi attraversò al pensiero di Wesley e di ciò che avrebbe potuto essere. Le lacrime minacciarono di riempirmi gli occhi, ma le respinsi, tenendo a freno le emozioni. Avrei elaborato il lutto più tardi, quando sarei stata sola. E un giorno avrei avuto la mia vendetta.

Stella notò la mia espressione. "Qualcosa non va?"

Scossi la testa. "No. Andiamo."

La mia nuova coinquilina mi condusse all'esterno. I due

mutaforma che Kaden mi aveva assegnato come guardie non si erano mossi dal portico, dove ci eravamo separati. Nonostante i miei tentativi di non dare nell'occhio, Stella si accorse che li stavo fissando.

"Clayton è il beta del branco," disse indicando il più alto dei due. "Lui e Jack sono gli amici più stretti di Kaden."

Amici? Era difficile credere che ne avesse. E perché avrebbe dovuto mettere i suoi amici di guardia, quando era così evidente che non mi riteneva degna di alcun riguardo? Sicuramente avevano di meglio da fare.

Non ebbi molto tempo per rimuginarci sopra. Prima che me ne rendessi conto, ci stavamo addentrando nella città, e mi ritrovai troppo occupata a guardarmi intorno, catturando l'atmosfera in uno scatto immaginario. Gli edifici erano ben conservati, le case sembravano essere state dipinte di recente e i negozi accoglienti. Aveva l'aspetto di una città storica perfettamente mantenuta. La mia mano cercò d'istinto la macchina fotografica. L'architettura non sortiva in me lo stesso interesse della natura, ma c'erano delle eccezioni.

"Questa è Coronis," m'informò Stella, mettendosi al centro della via principale e spalancando le braccia come se me la stesse presentando. Scossi la testa e mi lasciai scappare un sorriso. Fratello e sorella erano davvero come il giorno e la notte: lei mi aveva offerto informazioni senza alcuna esortazione, mentre Kaden me le teneva nascoste, reagendo in modo burbero alla mia curiosità.

"Che c'è?" Domandò Stella.

"Niente," risposi tornando alla realtà. "Continua."

Stella colse al volo il mio invito, indicando vari edifici man mano che li incontravamo. Tutto era costruito attorno a una grande macchia di prato: su un lato sorgevano alcuni edifici pubblici, tra cui la scuola, e sull'altro i negozi. Notai che tutti i passanti che incrociavamo erano mutaforma con il marchio del branco dell'Ofiuco. Mi era ancora difficile credere di essere davvero lì, in mezzo al branco perduto.

"Devi assolutamente provare i dolci della pasticceria," disse Stella, sorridendo e indicando un locale lì vicino. "Sono paradisiaci. Prima, però, hai bisogno di vestiti nuovi. Vieni con me."

CAPITOLO TREDICI

Stella mi accompagnò nell'unico negozio di abbigliamento da donna della città. Non era grande, ma aveva una discreta selezione di articoli, abbastanza da farmi esitare davanti agli scaffali. Mi sentii sopraffatta dalla varietà.
"Va tutto bene?" Domandò Stella. "Non preoccuparti dei prezzi. Te l'ho detto, ci penserà Kaden."
"Non è per quello." Chinai la testa, sentendomi un pesce fuor d'acqua. "Mio padre... non mi ha mai permesso di comprare cose nuove. Mi hanno sempre passato cose di seconda mano o trovate nei negozi dell'usato." Cercai di non far trapelare amarezza dalla mia voce, senza riuscirci. Non avevo fatto che reprimerla per ventidue anni.
L'espressione di Stella si addolcì. "Posso aiutarti io, se ti va."
Annuii sollevata. "Sarebbe fantastico."
Lei batté le mani euforica e sorrise. "Ci divertiremo un sacco. Vediamo. Hai dei capelli bellissimi, dovremmo sfruttarne il colore, metterlo in risalto."
Inarcai le sopracciglia, colta di sorpresa. I miei capelli mi

avevano sempre marchiata come *diversa, inferiore*. Non avevo mai neanche pensato di metterli in risalto ma, d'altra parte, non facevo più parte del branco del Cancro. Seguii Stella mentre si aggirava tra gli scaffali lanciandomi vestiti, finché non arrivammo a un camerino.

"Entra!" Esclamò. "Scarta tutto ciò che non ti piace."

Le sorrisi ed entrai. Mi aveva dato troppi vestiti. Cos'avrei dovuto farmene di più magliette che giorni della settimana? Iniziai comunque a provarli, scoprendo che Stella aveva un occhio impeccabile per i colori. I capi che aveva scelto per me valorizzavano i miei occhi e facevano risplendere i miei capelli di una nuova luce: mi piaceva davvero ciò che vedevo. E poi, per qualche ragione le mie curve sembravano invitanti, e non qualcosa che avrei dovuto nascondere. Fu come vedermi davvero per la prima volta nella mia vita.

Poi guardai la montagna di capi davanti a me: non mi servivano tutti, ma Stella m'impedì di lasciarne anche solo uno.

"È un ottimo inizio," disse. "Te ne serviranno altri, ma per adesso sei a posto."

Altri? "Pensavo che passassimo la maggior parte del tempo *senza* vestiti."

Stella mi rivolse un gran sorriso. "Questo non significa che non possiamo essere sexy il resto delle volte."

Si assicurò anche di farmi prendere slip, reggiseni e calzini, e poi passò alla commessa la sua carta di credito. Misi da parte i sensi di colpa che provavo: erano soldi di Kaden e, considerato che mi aveva rinchiusa e ricattata, avrei potuto fargli comprare anche l'intero negozio.

Allungai le braccia per prendere le buste, ma Stella mi fermò. Poi fece un cenno con la testa a Clayton e Jack, che ci avevano seguite nel negozio. Si scambiarono un'occhiata poco convinta, ma alla fine ci vennero incontro.

"Rendetevi utili," disse Stella mollandogli tutte le buste tra le mani. Aprii la bocca per protestare, ma mi fermai quando vidi le smorfie sui loro volti.

Nascosi un sorriso. Quell'interazione mi ricordò Mira e il modo in cui si rapportava con i mutaforma del Cancro. Stella le somigliava molto, almeno caratterialmente. Fisicamente erano completamente diverse, ma qualcosa in lei mi faceva sentire a casa.

Pensare a Mira mi fece sentire tremendamente sola. Mi chiesi se ci fosse un modo per farle sapere che ero al sicuro e che non ero stata brutalmente uccisa da Jordan o dai Leoni. Doveva essere molto preoccupata, anche se ero certa che adattarsi alla sua nuova vita nel branco dei Pesci l'avrebbe distratta un bel po'. Immaginai che reazione avrebbe avuto se le avessi detto che ero stata salvata dal branco perduto: non ci avrebbe mai creduto.

"Ayla?" Mi chiamò Stella. Quando la guardai, capii dall'espressione sul suo viso che non era la prima volta che cercava di attirare la mia attenzione.

"Scusa."

"È tutto okay. Sembravi distante anni luce. A cosa stavi pensando?"

"Solo... a qualcuno," dissi. "Un'amica del branco dei Pesci. L'ultima volta che mi ha vista ero mezza morta, la notte della Convergenza, e sono sicura che non sapere che fine io abbia fatto la stia uccidendo. Pensi che sia possibile inviarle un messaggio?"

"No, mi dispiace." Stella mi guardò con aria comprensiva ma irremovibile. "Non possiamo farti contattare nessuno al

di fuori del branco. È per la nostra sicurezza, sono sicura che lo capisci."
Maledizione. I miei presentimenti erano giusti, ma non potevo non fare un tentativo. "Quindi immagino che un telefono nuovo sia fuori questione, vero?"
"Potrai averne uno quando diventerai un membro del branco. Fino ad allora, non possiamo rischiare."
Quando uscimmo dal negozio, qualcosa di piccolo e compatto mi passò accanto correndo. Mi scostai d'istinto, ma non avrei mai potuto essere pronta a quell'evenienza. Rimasi a bocca aperta: davanti a me, diversi cuccioli di lupo correvano e si rotolavano l'uno sull'altro nell'erba, ringhiando e mordicchiandosi giocosamente. Cuccioli di lupo? Com'era possibile?
"Bambini!" Gridò Stella con tono quasi severo, come se fosse una cosa del tutto normale vedere dei piccoli lupi che scorrazzano in giro. "Sono i miei alunni," aggiunse, notando la mia espressione, senza capire minimamente cosa l'aveva provocata. "Insegno alla scuola materna di Coronis."
Non riuscivo a raccogliere la mia mascella dal marciapiede, mentre li guardavo giocare. "Non... non è questo. Come hanno fatto ad avere i loro lupi così presto? Non ho mai visto cuccioli di lupo prima d'ora."
"Oh, giusto. Per un attimo ho dimenticato che sei cresciuta con i lupi dello Zodiaco," rispose Stella, con uno sguardo quasi compassionevole. "Noi non abbiamo bisogno della Convergenza per trasformarci. O per trovare i nostri compagni."
"Come fate, allora?"
"Accade in modo naturale," rispose scrollando le spalle. Come se fosse così facile, come se non avessi *sperato* e *pregato* per avere la mia lupa fin da quando avevo scoperto

cosa significasse. "La maggior parte di noi si trasforma già nei primi anni di vita."

"È incredibile. Tutti quegli anni di formazione..." M'interruppi. "E i compagni? Come fate a trovarli senza l'incantesimo delle streghe del Sole?"

"Quando diventiamo adulti, riusciamo a percepire se qualcuno è il nostro compagno quando è nelle vicinanze, a patto che siamo entrambi in forma di lupo. O almeno così mi hanno detto. Io sono ancora single."

Non potevo crederci. Mi ero chiesta come facessero i mutaforma dell'Ofiuco a trovare i propri compagni, ma non avrei mai immaginato che fosse tutto così... semplice. Cosa li rendeva così diversi dal resto dei lupi dello Zodiaco? Perché non avevano bisogno dell'aiuto delle streghe del Sole?

Le domande continuavano ad affollare i miei pensieri. "E la maledizione delle streghe della Luna?"

"La *cosa*?" Domandò Stella.

Per un attimo pensai che mi stesse prendendo in giro. La fissai, cercando tracce di umorismo o un'indicazione che non fosse seria, ma sembrava solo perplessa.

"La maledizione che fa perdere la testa ai mutaforma. Sai, con la luna piena," spiegai con tono incerto. "Le streghe del Sole devono benedire i neonati per proteggerli dal maleficio."

La perplessità si trasformò in confusione sul volto di Stella. "Sembra una specie di favola. Chi ti ha raccontato queste cose?"

"È quello che ci insegnano fin da bambini," risposi con voce tremante. "Le streghe del Sole benedicono i neonati, poi liberano i nostri lupi e ci aiutano a trovare un compagno quando compiamo ventidue anni."

Stella scrollò di nuovo le spalle. "Mi dispiace, non so

nulla di tutto questo. Forse è iniziato tutto dopo che il nostro branco è stato esiliato dai lupi dello Zodiaco."

Annuii, chiedendomi se fosse una spiegazione plausibile. O forse c'entravano le voci che avevo sentito, secondo le quali i mutaforma dell'Ofiuco si erano accoppiati con le streghe della Luna, molto tempo addietro. Guardai Stella, cercando di scorgere qualche indizio, qualche tratto che la distinguesse come più di una semplice mutaforma, ma non vidi nulla d'insolito. Se non fosse stato per il simbolo del branco dell'Ofiuco, avrebbe potuto appartenere a uno qualsiasi dei dodici branchi dello Zodiaco.

Quasi senza che me ne accorgessi, ci fermammo davanti al supermercato, come se i miei piedi avessero semplicemente seguito Stella ovunque mi avesse condotto. Ero così assorta nei miei pensieri che avrebbe potuto guidarmi dritto nella foresta fino all'orlo di un precipizio, e io ci sarei cascata senza batter ciglio. Tutto ciò che avevo imparato nella mia vita si stava lentamente sgretolando davanti a me. Il branco perduto mi trattava più gentilmente di quanto non avesse fatto il mio branco originario e, a quanto pare, non avevano bisogno delle streghe del Sole per trovare i loro lupi e i loro compagni. In che razza di universo alternativo ero finita?

"Eccoci," disse Stella. O era ignara della mia improvvisa inquietudine, o stava facendo del suo meglio per farla passare inosservata. "Vado a prendere qualcosa da mangiare. Sicuramente hai bisogno di un po' di cose. Prendi tutto quello che ti serve e raggiungimi alla cassa." M'indicò con un cenno il reparto 'cura della persona' e se ne andò spingendo un carrello.

Le mie guardie mi seguirono mentre sceglievo ciò che mi serviva, osservandoli con la coda dell'occhio. Anche quando Stella era nelle vicinanze, non osavano allontanarsi. In effetti, l'unico posto in cui non mi stavano con il fiato sul collo sembrava essere la casa di Kaden e Stella. Cosa pensavano che avrei cercato di fare? Scappare? Quando li guardai ancora una volta, il più basso, Jack, mi fissò intensamente. Mi voltai e presi il primo tubetto di dentifricio che mi capitò tra le mani.

Dopo qualche minuto, raggiunsi Stella alla cassa e lei mi passò degli impacchi freddi. "Ti ho preso questi. Ti serviranno."

Li presi e li studiai per un attimo: erano delle confezioni da tenere in freezer e usare per le infiammazioni. "Per cosa?"

"Domani inizi l'addestramento," rispose Stella. "Fidati, i tuoi poveri muscoli mi ringrazieranno. Neanche i poteri di guarigione da mutaforma ti aiuteranno."

"Già, Kaden ha parlato di un addestramento..."

Stella pagò il conto rivolgendo un sorriso caloroso alla cassiera, poi si voltò verso di me. "Fa parte del processo per stabilire se puoi entrare a far parte del branco. Verrai addestrata a combattere e a usare la tua lupa."

Il mio battito impennò quando immaginai di trasformarmi di nuovo. Questa volta non sarei stata in pericolo di vita, avrei potuto crogiolarmi nella forza da mutaforma e provare a usare le mie nuove capacità. E... imparare a combattere? Non mi era mai stato permesso di seguire le lezioni del mio branco. Mio padre non voleva che sapessi difendermi. "Sembra... divertente."

Stella scoppiò a ridere. "Ne riparliamo domani, quando avrai superato il primo giorno."

Uscimmo dal supermercato con la spesa e le due guardie al nostro seguito, abbastanza vicine da mettermi a disagio. Abbassai la voce, anche se sapevo che mi avrebbero sentito lo stesso. "Perché tuo fratello mi ha assegnato delle guardie?

Non ho intenzione di scappare. Anche se volessi farlo, non ho nessun posto dove andare. Non so nemmeno in quale parte del Paese, o in *quale* Paese ci troviamo, se è per questo. Stanno solo aspettando che io commetta un errore per uccidermi?"

"Certo che no. Kaden non ti avrebbe fatta uscire da quella cella, se ti avesse voluta morta." Mi guardò sorridendo. "Vuole solo assicurarsi che tu non sia una minaccia per il branco. Si è scottato troppe volte. Non è facile per lui fidarsi."

"Lo capisco," mormorai, continuando a camminare. "Però, mi ha rapita e portata qui contro la mia volontà, a vivere con un branco che fino a qualche giorno fa neanche pensavo esistesse davvero. Poi mi ha detto che non posso andar via e ha ordinato a due guardie di starmi addosso. Mi è difficile non sentirmi una prigioniera."

"Non so quali orribili storie tu abbia sentito sul nostro branco, ma sono tutte fandonie. Kaden *vuole* fidarsi di te. Ti ha portata qui, è vero, ma ti ha anche guarita," spiegò Stella. "Spera che tu superi i test e ti unisca al nostro branco. Per questo mi ha chiesto di prendermi cura di te e di assisterti in qualsiasi modo."

Mi accigliai. Le parole di Stella sembravano incompatibili con il modo in cui Kaden si era comportato con me. Ma, d'altra parte, questo branco non era affatto come me lo aspettavo. Fin dal primo momento in cui avevo messo piede in città, tutte le mie convinzioni erano state messe in discussione. Forse l'alfa sexy del branco perduto nascondeva un altro lato. Un lato che ancora non conoscevo.

CAPITOLO QUATTORDICI

Kaden mi svegliò alle prime luci dell'alba con un colpo brusco alla porta. "È ora di alzarsi, piccola lupa."
Quando scesi dal letto e aprii la porta, lui se n'era andato. Era difficile credere che vivessimo nella stessa casa, considerato che non mi ero mai imbattuta in lui. Né quando ero tornata con Stella dal supermercato e l'avevo aiutata a mettere a posto la spesa, né quando quella sera avevamo cenato insieme.
La sua latitanza non durò a lungo, però. Mi preparai e scesi in cucina, trovandolo appoggiato al bancone con le braccia incrociate, come se stesse aspettando il mio arrivo. I suoi capelli scuri erano un po' arruffati dal sonno e il primo bottone della camicia era aperto: lasciava intravedere un piccolo scorcio di muscoli scolpiti nel marmo. Cercai di non far indugiare troppo i miei occhi, anche se morivano dalla voglia di farlo.
"Buongiorno," dissi, più che altro per vedere quanto ancora potesse aggrottarsi la sua fronte.
"Mangia qualcosa. Dopo puoi cominciare a pulire,"

rispose. "Comincerai da casa mia. Ogni stanza eccetto la mia camera da letto e il mio bagno. Non metterci piede. Capito?"

"Chiaro e tondo," ribattei, facendo del mio meglio per non far trasparire il sarcasmo della mia voce. Dovevo aver fatto un pessimo lavoro, però, perché mi guardò con aria omicida. Mi morsi la lingua per impedirmi di dire qualcos'altro di stupido.

Poi si voltò e s'incamminò verso la porta d'ingresso. "I detersivi sono sotto il lavandino," m'informò senza girarsi.

Sospirando, mi guardai attorno. Non c'era molta sporcizia in giro, quindi almeno non ci sarebbe voluta un'infinità di tempo, ma era comunque la casa più grande che avessi mai dovuto pulire. Era sempre stato mio dovere occuparmi di quella di mio padre, e Jackie ci teneva in particolar modo a non farmi stare con le mani in mano. *Nel caso in cui ti annoiassi*, mi diceva, lanciandomi la biancheria da piegare. Almeno Kaden mi avrebbe ignorata, probabilmente, e non riuscivo neanche a immaginare Stella comportarsi con tanta meschinità.

Dopo aver fatto una colazione leggera, iniziai dalla cucina per poi passare di stanza in stanza. Nonostante detestassi il ruolo d'inserviente del branco, mi assicurai di pulire tutto a fondo. A un certo punto, Stella scese di sotto. Prese un muffin ai mirtilli e un po' di caffè e se ne andò al lavoro. Ripensai a tutti quei bambini in forma di lupo, ancora incredula. Scommetto che la cosa rendeva il suo lavoro d'insegnante tanto più difficile quanto divertente.

Avevo ormai pulito ogni angolo della casa, quando mi ritrovai davanti alla camera di Kaden. La sua era l'unica porta che non avevo mai visto aperta, e non avevo certo intenzione d'infrangere le sue regole. Senza dubbio avrebbe fiutato il mio odore non appena avesse messo piede lì dentro.

Ma non potevo fare a meno di essere curiosa di vedere com'era la sua tana.

Invece, tornai al piano di sotto. Avevo impiegato l'intera mattinata per far risplendere tutta la casa e stavo morendo di fame. Mangiai velocemente, pensando alle parole che Stella mi aveva detto a cena. *Domani pomeriggio inizierai l'addestramento. Vai nella radura dietro la casa.*

Quando uscii, la calda aria estiva mi tirò su di morale. Di lì a poco avrei potuto trasformarmi, e non vedevo l'ora. Anche se dovevo sopportare i ringhi e gli sguardi di Kaden, almeno era una delizia per gli occhi.

Notai un piccolo sentiero che portava dal cortile alla foresta; lo seguii, sperando di andare nella direzione giusta. Fui subito circondata dai panorami e dagli odori del bosco, molto più marcati ora che avevo i miei sensi di lupo. Non vedevo l'ora di scorrazzare a quattro zampe tra le foglie e gli alberi.

Alla fine trovai la radura, un enorme spazio aperto, abbastanza grande da accogliere decine di mutaforma senza il rischio che s'intralciassero. Fui sorpresa di trovarla vuota, tranne che per Kaden. Se ne stava in piedi proprio al centro, con il viso inclinato verso il sole come se stesse cercando di fiutare una traccia. La luce accarezzava i suoi lineamenti e il mio cuore palpitò a quella vista, suscitando in me qualcosa di molto simile al desiderio.

Non mi tolse gli occhi di dosso mentre mi avvicinavo, e quasi inciampai sotto l'intensità del suo sguardo. La sua presenza mascolina sembrava riempire l'intera radura e, anche se m'intimidiva da morire, continuai a camminare verso di lui fissandolo a mia volta.

"Dove sono gli altri?" Domandai.

"Mi occuperò personalmente del tuo addestramento,"

rispose Kaden. "Devo sapere cosa sai fare. Come combatti, come ti comporterai davanti a un vero nemico."

Inarcai un sopracciglio. Non ero sicura se avere la sua completa attenzione mi facesse sentire onorata o terrorizzata. "E io che pensavo non volessi aver nulla a che fare con me."

Fece una smorfia seccata, ma ignorò comunque il mio commento. "Ti hanno insegnato a lottare?"

"No, mio padre non voleva che imparassi. Ma sono sempre sopravvissuta alla marea di risse in cui mi sono ritrovata."

"L'ultimo combattimento in cui sei stata coinvolta sarebbe finito in modo molto diverso, se non ti avessimo salvata."

Sbuffai. "A me è sembrato più un rapimento che un salvataggio."

Il suo tono si fece più severo. "Avresti preferito che ti avessi lasciata in mezzo al bosco, in balia dei Leoni?" Alla mia occhiataccia, rispose indicando il terreno davanti a noi. "Inizia a riscaldarti. Ti mostro come fare."

Si sedette a terra e mi fece cenno d'imitarlo. Poi mi guidò in una semplice serie di esercizi di stretching: sentivo i muscoli tirare e bruciare, ma mi aiutò a liberarmi dei dolori causati dalle pulizie di quella mattina. Non potei fare a meno di fissare i muscoli tonici delle sue braccia flettersi, mentre si stringeva un ginocchio al petto, ma distolsi rapidamente lo sguardo. *Concentrati.*

"Devi farlo ogni giorno," disse mentre completavamo la serie.

Annuii con gli occhi ancora fissi sull'erba. "Va bene."

"Anche se non hai lezioni," aggiunse. "Devi essere pronta a combattere in qualsiasi momento, e con questi esercizi sarai sempre in forma."

Sembrava fattibile. Non era nulla che non avessi già fatto prima, e fortunatamente non voleva farmi imparare strane verticali o acrobazie. Finora sembrava che l'addestramento non sarebbe stato un problema. Tuttavia, non ero tanto arrogante da pensare che sarebbe stato un gioco da ragazzi. Dovevo ancora scoprire se ero in grado di combattere. Ma almeno questa parte, questa piccola parte, ce l'avevo sotto controllo. Mi sembrava di aver finalmente raggiunto un traguardo, dopo tutto quello che avevo passato nei giorni dopo la Convergenza.

Kaden si tirò su in tutta la sua altezza, e i miei occhi lo seguirono d'istinto. "Adesso attaccami."

Mi aspettavo che assumesse una qualche posizione di combattimento, ma rimase fermo con le braccia rilassate lungo i fianchi. Non sembrava affatto pronto a contrattaccare, ma sapevo che stava semplicemente aspettando che facessi la mia mossa.

Rimasi a osservarlo per qualche istante, cercando di pensare come una vera lottatrice. Sarebbe stato meglio coglierlo di sorpresa. Ero più piccola e debole di lui, e mi aveva dimostrato più volte di essere in grado di immobilizzarmi senza problemi. Indietreggiai di qualche metro e cercai di leggere la sua espressione. I suoi occhi non rivelavano nulla.

"Non abbiamo tutto il giorno," sbraitò.

Mi lanciai verso di lui, con i pugni sollevati davanti a me, e sfrecciai al suo fianco nel tentativo di eludere la sua guardia. Non appena scattai, lui si mise in posizione di combattimento. Mi scansò come se avesse previsto tutto. Il mio pugno si perse a mezz'aria e mi sbilanciai. Lui afferrò il mio braccio teso e mi trascinò davanti a sé, sbattendomi sul prato. Colpii il suolo con un tonfo. Dannazione, era veloce.

"Pessima esecuzione," commentò con tono quasi annoiato. "La prossima volta che cerchi di eludere le mie difese, non lasciartelo leggere in faccia. Almeno non sei stata così stupida da provare ad attaccarmi frontalmente. Alzati e riprova."

Mi tirai su, ancora disorientata. Questa volta, Kaden non mi permise di superarlo: mi afferrò e mi spinse all'indietro. Inciampai, riuscendo a non cadere. Una leggera sensazione d'orgoglio mi fiorì nel petto. Non ero perfetta, ma non ero nemmeno terribile. Potevo farcela.

"Di nuovo," ordinò.

Più combattevamo, più mi rendevo conto di quanto fossi inesperta. Kaden non faceva che spostarsi dalla mia traiettoria, lasciando che il mio stesso slancio mi scaraventasse per terra, oppure bloccava i miei attacchi e li usava contro di me.

"Come fai a essere così veloce?" Domandai senza fiato, mentre giravamo in tondo.

"Sei una mutaforma, Ayla. Usa i tuoi riflessi da lupo."

Mi sfrecciò contro e io balzai all'indietro. Non fu certo un movimento fluido e strabiliante, ma ero riuscita a sfuggirgli. Ci muovemmo in cerchio ancora un po'. Inspirai profondamente, cercando di mettere a fuoco i miei sensi, ma non servì a nulla. Si muoveva troppo rapidamente e, anche quando riuscivo ad anticipare i suoi movimenti e seguirli, sferrargli un colpo era impossibile. Continuava a sfuggirmi, alimentando la mia frustrazione.

"Va bene," dissi inciampando sul suo piede. "Puoi insegnarmi qualcosa di utile, adesso?" Alzai lo sguardo su di lui, che mi stava porgendo una mano. Allungai la mia per prenderla, ma mi fermai di colpo. "Hai intenzione di capovolgermi sulla schiena o qualcosa del genere, vero?"

"Forse. Al posto tuo, io non mi fiderei." Un lieve accenno di divertimento gli danzò sulle labbra.

Diedi un'occhiata incerta alla sua mano e decisi di alzarmi da sola. Era difficile concentrarmi sulla rabbia che imperversava dentro di me, davanti a quella montagna di muscoli completamente asciutti. *Se non smetti di pensare a quanto sia sexy, non imparerai un bel niente*, mi rimproverai.

"Ti mostrerò alcune mosse di base," rispose Kaden. "Così avrai qualcosa su cui far pratica e da affinare nei prossimi giorni."

Passammo un'altra ora a provare diverse tecniche. Mi sembrava innaturale cercare di muovere i piedi a tempo con i pugni. Per due volte colpii nient'altro che l'aria. La delusione sul volto di Kaden fece tingere le mie guance di rosso. Non ero mai stata particolarmente goffa, ma spingere il mio corpo a fare qualcosa di diverso dal solito mi faceva sentire come se non avessi mai usato veramente i miei arti.

"Fai sembrare tutto così facile." Dovetti fare una pausa per riprendere fiato.

"Le mosse sono corrette," spiegò Kaden. "Il problema sono le tempistiche. E devi lavorare sulla posizione del tuo corpo. È sciatta. Sei troppo concentrata su quello che dovresti fare, e non permetti al tuo corpo di farlo e basta." Aveva senso, ma non potei fare a meno di sbuffare. "Fai una capovolta in avanti, come se avessi appena dato un pugno a qualcuno e fossi sfuggita al contrattacco." Si lanciò in una dimostrazione, facendolo sembrare facile come respirare.

Annuii e piantai i piedi per terra, sollevando le mani nella posizione di difesa che mi aveva insegnato. "Parto da qui, giusto?"

"Allarga le gambe," ordinò Kaden. Sospirai e seguii le istruzioni. Sembrava così *sbagliato*. Anche quando mi accovacciai, lanciandomi in avanti come mi aveva fatto vedere, sapevo di aver commesso qualche errore.

Anziché eseguire una capovolta completa, mi tuffai di testa verso il prato. Feci in tempo ad alzare le mani davanti a me e rotolare di lato, nel tentativo di non finire con la faccia spalmata sul terreno. Era molto più difficile di quanto pensassi. Soprattutto dopo averlo visto fare a Kaden. Avevo la sensazione che prima della fine dell'allenamento avrei conosciuto a memoria ogni filo d'erba e sassolino della radura. Quando guardai Kaden, aveva le braccia incrociate sul petto. Lo vidi fare un respiro profondo.

"Abbiamo molto lavoro da fare," decretò scuotendo la testa.

Lo osservai con attenzione mentre dimostrava diverse tecniche per cadere senza farsi male. Poi ricominciò a spingermi e a farmi inciampare. Il mio corpo recepì tutto come se fosse naturale, e lo era. Nel corso degli anni avevo imparato che, per sopravvivere a un attacco, dovevo essere in grado di incassare i colpi e trovare un modo per fuggire. Era per questo che ero sopravvissuta così a lungo.

Un paio di volte, quando alzai lo sguardo, notai Kaden che annuiva quasi impressionato. Considerato il soggetto, lo prendevo come un elogio.

"Abbiamo finito?" Domandai ansimante, fissando il cielo dopo essermi schiantata al suolo per l'ennesima volta.

"Manca ancora una cosa," rispose. "Le prese. Sei debole, più della maggior parte dei mutaforma. Se ti bloccano in una presa, dovrai essere in grado di divincolarti, altrimenti non avrai via di scampo."

Fantastico, pensai mentre mi alzavo in piedi.

"Inizieremo con una presa semplice, come questa." Mi fece girare, e non ebbi nemmeno il tempo di aprire la bocca per chiedergli cosa stesse facendo che mi trovai intrappolata nella sua morsa. Mi bloccò le braccia sui fianchi e il cervello mi andò in cortocircuito: il suo corpo aderiva completamente al mio, il petto largo e duro come l'acciaio premeva sulla mia schiena. Sentii i capelli sulla nuca spostarsi sotto il suo respiro caldo, quasi come se si stesse chinando per baciarmi il collo.

Per alcuni istanti non mi accorsi nemmeno che stava parlando: le sue parole mi giungevano ovattate, come fossimo sott'acqua. "Usa le braccia per spingere le mie verso l'alto e scivola verso il basso."

Cosa? Faticavo a ricordare cosa stessi facendo, figurarsi il motivo per cui avrei dovuto *allontanarmi* da lui.

"Forza. Provaci." Strinse ancora di più le braccia intorno a me, con i pugni che premevano sul mio addome quasi fino a farmi male.

Tirai di colpo il fiato. Il dolore mi trascinò fuori da quella trance, e cominciai a dimenarmi nella sua presa. Ci volle un attimo per ritrovare le sue istruzioni nella mia mente ma, alla fine, sollevai le gambe e cercai di spingere le braccia in fuori e verso l'alto.

Mi lasciò andare e io caddi per terra. *Ma che diavolo?* Pensai, allontanandomi da lui. Come potevo imparare a liberarmi da prese come quella se non riuscivo nemmeno a *pensare?* Perché aveva quell'effetto su di me?

Con mio grande orrore, quella non fu l'unica presa che avremmo provato. Kaden mi piantò un tallone nella schiena. "In piedi," ordinò. Mi affrettai a tirarmi su, prima che continuasse a parlare. "Quella era la più semplice. Vediamo se riesci a liberarti da questa."

M'immobilizzò in diverse prese, ognuna delle quali spingeva il suo corpo più vicino al mio. Non mi colsero di sorpresa come la prima, ma rimasi comunque turbata dal modo in cui il mio corpo rispondeva a quel contatto. Lui, dal canto suo, non mostrava alcun segno di stanchezza e non versava una goccia di sudore. Mentre lottavo contro le sue prese, mi aspettavo che gettasse la spugna.

Non lo fece, ma la mia difficoltà con le prese era patetica, e mi sembrava di aver subito l'ennesima sconfitta. Era chiaro che avevo molto lavoro da fare, e non mi avrebbe sorpresa se mi avesse assegnato un altro allenatore. Quando mi sottrassi all'ennesima presa e Kaden sospirò, mi aspettavo esattamente quelle parole. Invece, si limitò a dire: "Per oggi basta così. Continueremo domani dopo pranzo, ci vediamo qui."

"Cosa?" Chiesi. "Non ti sei stufato della mia incompetenza?"

"Hai tanta strada da fare, ma non sei senza speranze," disse Kaden prima di dirigersi di nuovo verso la casa.

Quello sì che era un grande elogio. Feci un lungo respiro: ogni muscolo e legamento del mio corpo chiedeva pietà, e fui contenta che Stella mi avesse comprato quegli impacchi freddi. Avevo la sensazione che ne avrei avuto bisogno per superare la notte.

CAPITOLO QUINDICI

Quando riemersi dalla foresta, fui sorpresa di trovare Kaden che mi aspettava fuori dalla casa con Stella. Pensavo che sarebbe svanito nel nulla e che sarebbe riapparso solo una volta pronto a minacciarmi o fulminarmi con lo sguardo. Invece, si limitò a farmi un cenno con la mano, come se non avesse passato le ultime due ore a sbattermi da un lato all'altro della radura.

"Stella si occuperà dell'addestramento della tua lupa," mi disse. "Il mio branco non ha mai visto una cacciatrice così in gamba e una lupa con un fiuto migliore del suo."

Dal modo in cui Stella saltellava sui suoi tacchi, proprio come una bambina emozionata, sospettai che avesse praticamente costretto Kaden a permetterle di addestrarmi. Se il loro rapporto era simile a quello tra me e Wesley, probabilmente Stella aveva Kaden in pugno. Sorrisi, ma d'un tratto mi sentii come se mi si fosse aperto un varco nel petto. Sapere che Wesley se n'era andato mi faceva sentire vuota. Il dolore era straziante: passavo la maggior parte del tempo a cercare di non pensarci, perché soffrivo così tanto che dovevo fermarmi a riprendere fiato.

Chiusi gli occhi per un istante, cercando di fare respiri profondi e richiudere la voragine nel mio sterno. Uno dei modi più semplici per scacciare la tristezza era trasformarla in rabbia. Presi tutto il mio dolore e la mia sofferenza e li versai nella sete di vendetta: i Leoni me lo avevano portato via e dovevano pagare.

Quando riaprii gli occhi, le lacrime si erano ritirate. Ero calma, composta e incontrai gli sguardi dei due fratelli senza problemi. Kaden mi fece un cenno e se ne andò senza salutare. A questo punto, non mi sentivo nemmeno offesa. Era il suo modo di fare, ormai l'avevo capito. Nessun altro sembrava infastidito.

"Andiamo," disse Stella, indicando un'altra parte della foresta dietro la casa. La seguii tra gli alberi, guardandomi intorno. Non ero ancora sicura di dove mi trovassi, e persino Stella, nella sua crescente gentilezza, si rifiutava di dirmelo. Avevo rinunciato a tirare a indovinare, decidendo di aspettare che si fidassero abbastanza da dirmelo. Non avevo mica bisogno di tornare a casa o altro. La mia casa, probabilmente, non esisteva più.

Stella si fermò in quella che mi sembrò una zona come un'altra della foresta, disseminata di alberi e arbusti. "È qui che i cuccioli imparano a trasformarsi e a cacciare in branco. Oggi saremo sole, però."

"Perché non ti fidi di me?" Chiesi senza tante cerimonie.

"No, perché sono a scuola," rispose Stella, guardandomi storto. "So che Kaden sembra un po' rigido, ma stiamo facendo del nostro meglio per farti sentire la benvenuta."

Annuii e abbassai la testa, sentendo un'imbarazzante

sensazione di vergogna. Stella era sempre stata gentile con me, ed erano passate ore dall'ultima volta che Kaden aveva minacciato di uccidermi. Anche se la cosa poteva cambiare da un momento all'altro.

"Io non mi trasformerò insieme a te," m'informò Stella. "Non fai ancora parte del mio branco, quindi non potremmo comunicare in forma di lupo. Adesso spogliati."

Esitai solo un secondo prima di spogliarmi. Non era così terribile stare davanti a una sola persona, ma tentai comunque di coprirmi pudicamente. Forse un giorno sarei stata in grado di strapparmi i vestiti di dosso e lanciarli via come se niente fosse, ma non era ancora arrivato il momento.

"Posso trasformarmi?" Domandai a Stella.

Lei annuì e io chiusi gli occhi, preparandomi ad affrontare il dolore. Questa volta non fu poi così intollerabile, ma mi parve di metterci un'eternità: ogni osso si rimodellava lentamente, tanto che mi sembrava che mi stessero facendo a pezzi. Alla fine, dopo quelli che mi sembrarono alcuni minuti interminabili, le mie quattro zampe toccarono il terreno. Agitai la coda bianca come per assicurarmi che fosse al suo posto.

Stella mi rivolse un sorriso raggiante. "Wow, guarda che manto! Sei bellissima! È incredibilmente raro vedere un colore bianco così puro. Si vede che ti sei trasformata solo poche volte. Non preoccuparti, diventerà sempre più facile e veloce. Mai quanto lo è per un alfa, però. Sono gli unici che passano da una forma all'altra istantaneamente."

Avevo visto quanto velocemente si trasformavano gli alfa, compreso Kaden, e invidiavo la facilità con cui lo facevano. Eppure, anche senza quell'abilità, la mia lupa era dannatamente straordinaria. In effetti, non avevo mai provato una sensazione più appagante, soprattutto visto che non stavo scappando per salvarmi. Mi accovacciai e scattai in azione, correndo intorno agli alberi. Mi mossi tra loro con la stessa facilità con cui mi ero allenata per anni, e notai che il mio corpo di lupo rispondeva molto più rapidamente di quello umano. La goffaggine che avevo provato con Kaden scomparve. La risata di Stella accompagnò la mia corsa estatica, mentre le giravo intorno e poi mi tuffavo nell'erba, rotolandomi tra le foglie. Il mio corpo si muoveva così facilmente, così rapidamente. Era incredibile.

"Sembri una cucciola di tre anni," commentò Stella tra una risata e l'altra. Alzai lo sguardo su di lei e cercai di farle qualcosa di simile a un sorriso, ancora supina sull'erba. Lei scosse la testa e mi lasciò rotolare ancora per qualche minuto, prima di richiamare la mia attenzione. "Mettiamo alla prova i tuoi sensi animali."

Aprì la sua borsa e iniziò a tirar fuori degli oggetti che aveva raccolto in casa, poi li passò sotto al mio naso. "Adesso li nascondo, e tu dovrai trovarli affidandoti all'olfatto. Chiudi gli occhi."

Feci come mi disse, abbassando la testa e chiudendo gli occhi. Sentii Stella allontanarsi, ma cercai di concentrarmi sugli altri suoni. Non era difficile, visto che intorno a me c'erano così tante cose da ascoltare, amplificate al punto da diventare quasi assordanti. Cavolo, non riuscivo neanche a immaginare di poter andare in una città in forma di lupo.

Il vento soffiava tra gli alberi, scuotendo le foglie. Sentivo animali di piccole dimensioni che sfrecciavano tra i rami e sul terreno, e quelli più grandi che avanzavano in lontananza. Dovevano aver sentito il nostro odore per poi decidere di allontanarsi, ma agli uccelli e agli scoiattoli non importava affatto della nostra presenza invadente nella loro foresta.

Tesi le orecchie all'indietro, cercando di captare qualche rumore proveniente dalla città. Non stavo più nella pelle: sentii alcune voci e il rumore delle automobili.

Dopo qualche minuto, il suono leggero dei passi di Stella si fece più vicino. "Puoi riaprire gli occhi," disse. Sbattei le palpebre, trovandomela davanti con una mano sul fianco e un gran sorriso sul volto. "Ho nascosto dieci oggetti presi da casa. Vediamo se riesci a trovarli tutti."

Alzai il naso, annusando l'aria. Adesso che la mia concentrazione era tornata su vista e olfatto, i suoni della foresta si affievolirono. Sentii un odore familiare, qualcosa di simile al pane, e lo seguii. Il mio naso mi condusse attraverso la boscaglia, nella direzione in cui avevo sentito camminare Stella quando si era allontanata. Cercai di concentrarmi solo su quella traccia, ma continuavo a distrarmi. Le mie narici percepivano altri animali e piante e, quando il vento cambiò direzione, per un attimo persi la pista. Dovetti tornare indietro, ma d'un tratto sentii l'odore di un altro oggetto. Mi girai da un lato e poi dall'altro, cercando di decidere quale seguire. La seconda traccia era più decisa, come se Stella fosse andata avanti e indietro più volte, mentre la prima era meno marcata.

Quando pensai di essere giunta a un verdetto, uno scoiattolo sgattaiolò sul terreno davanti a me, e i miei istinti animali mi spinsero a inseguirlo fino a un albero. Mi resi conto solo dopo qualche secondo di quello che stavo facendo. Tornai ad annusare il terreno, inalando profondamente. Decisi infine di seguire la seconda traccia. *Cibo*, mi disse il mio naso. *Carne*. La traccia s'interruppe bruscamente pochi metri dopo e mi guardai intorno, girando la testa per cercare di trovare l'oggetto che aveva nascosto. Niente.

Tornai indietro e cercai di ritrovare il primo odore, ma

sembrava scomparso. Frustrata, tornai da Stella e annusai il punto di partenza per captare un nuovo indizio. Lei rimase in piedi, guardandomi con il solito scintillio negli occhi.

"È scombussolante, non è vero?" Domandò. "Imparerai a distinguere gli odori man mano che ti eserciti. Fidati, tutti si sentono persi le prime volte."

Scossi la testa, con la lingua a penzoloni, e continuai a cercare. Appena sentivo odore di cibo, lo cercavo sempre più affamata. Ogni volta che credevo di essere vicina a trovare qualcosa, ero costretta a ricredermi: l'odore scompariva e non c'era nessun oggetto in vista. Riuscii a rintracciare solo una cosa, una vecchia scarpa da corsa che sembrava appartenere a Kaden. Quella puzza era stata fin troppo facile da rintracciare con il mio naso da lupa.

Quando la riportai a Stella, lei mise fine ai giochi. "Ottimo lavoro. Puoi ritrasformarti, adesso."

Mi sentivo debole come dopo l'allenamento con Kaden, perciò mi sedetti sull'erba. Riuscii a malapena a tornare nella mia forma umana e a vestirmi, solo per pentirmene un attimo dopo. I miei sensi umani sembravano spenti e inutili, e ora avevo ancora più fame.

"Hai nascosto del cibo, vero?" Chiesi. "Seguivo l'odore, ma ogni volta che arrivavo alla fine della traccia non c'era più nulla."

Stella scoppiò in una risata fragorosa. "Sapevo che avresti seguito subito l'odore del cibo, perché è quello che fa ogni cucciolo di lupo. Se fosse troppo facile, che divertimento ci sarebbe?" Mi aiutò ad alzarmi. "Sei andata bene, per essere una principiante."

Scossi la testa. "Ho trovato solo una cosa. Penso che tu mi stia solo adulando perché sei costretta a vivere con me."

Lei ridacchiò. "Andrai alla grande. Forza, andiamo a cenare."

Sotto la stanchezza che sentivo fin dentro le ossa, prese vita una sensazione di gratitudine. Ero così riconoscente per l'addestramento che stavo ricevendo, per quanto fosse difficile. Se fossi stata ancora nel branco del Cancro, non avrei imparato nulla di tutto questo. Spettava alla famiglia e ai compagni di branco più stretti mostrare agli altri come essere un lupo, ma mio padre non se ne sarebbe mai preoccupato. Per tutta la vita aveva lasciato che me la cavassi da sola, e sapevo che le cose non sarebbero mai cambiate. E il branco del Leone? Sicuramente non avrebbe fatto di meglio.

Non potevo far altro che accettare quell'iniezione di conoscenza.

Mentre tornavamo a casa, qualcosa di strano iniziò ad agitarsi dentro di me. Non lo sentivo da anni, da quando ero bambina. Mi ci vollero alcuni istanti per capire cosa fosse: volevo fare una buona impressione. Volevo che Stella mi guardasse e mi dicesse che ero *brava*. Era strano sentirmi così dopo tutto quel tempo. Mi era capitato di desiderare l'approvazione di papà, prima di capire che nulla di ciò che avrei fatto sarebbe stato abbastanza per lui. Poi avevo smesso di provarci.

In misura minore, volevo sentirmelo dire anche da Kaden. Continuavano a non piacermi il suo atteggiamento da burbero e i suoi metodi severi, ma non potevo non rispettarlo come alfa. In fin dei conti, importava solo una cosa: lui poteva aiutarmi a diventare più forte. Il fatto che non fosse l'insegnante più gentile o che sembrasse incapace di elargire elogi non era rilevante. Poteva aiutarmi a vendicare la morte di Wesley, e questo era tutto ciò che mi interessava. Sopportare il suo atteggiamento arrogante e presuntuoso era un sacrificio tollerabile, se pensavo alla soddisfazione che avrei assaporato vedendo i mutaforma del Leone in ginocchio, a implorare per le loro vite; consapevoli del fatto che il lupo che avevano rifiutato era lo stesso che li avrebbe portati alla rovina.

Non vedevo l'ora.

CAPITOLO SEDICI

Rimasi di stucco vedendo Kaden sedersi con noi al grande tavolo della sala da pranzo. Quando eravamo entrate e l'avevo visto in casa, avevo immaginato che mi avrebbe guardata male e sarebbe salito al piano di sopra. Invece, si era seduto all'isola e aveva tagliato le verdure per la pasta che avremmo mangiato. Mentre cucinava con Stella, che nel frattempo conduceva una conversazione più simile a un monologo, mi mandarono su a fare la doccia per levarmi di dosso la sporcizia e il sudore dell'addestramento.

Quando la cena fu pronta, Kaden prese posto a capotavola. Io rimasi in piedi, con il piatto in mano, chiedendomi se fosse permesso sedermi con loro. Stella mi diede una gomitata e fece un cenno con il mento verso una delle sedie centrali. Mi aspettavo che lei prendesse l'altro posto a capotavola, ma si sedette di fronte a me.

Mangiammo senza dire una parola per alcuni minuti, prima che lei rompesse il silenzio. "Allora, Ayla, com'è stato crescere nel branco del Cancro?"

Mi bloccai con un boccone mezzo masticato tra i denti.

"È stato..." Deglutii. Ero stanca di mentire: erano anni che stringevo i denti negando la realtà dei fatti. "Orribile," dissi finalmente. Stella strabuzzò gli occhi, come se la mia risposta non fosse quella che si aspettava. "Mi hanno sempre respinta e trattata come un'emarginata. La maggior parte dei membri del branco mi trattava da schifo."

"Non eri la figlia dell'alfa?" Cercò di scambiare uno sguardo con Kaden, ma lui era concentrato sul suo piatto, mangiando in maniera lenta e metodica.

"Sì, ma non aveva importanza," spiegai, attorcigliandomi una ciocca di capelli rossi attorno al dito. "Mio padre ha avuto una relazione con un'umana e io, che a quanto pare le assomiglio troppo, ero un costante promemoria del suo errore madornale. Mi ha ripetuto più e più volte che, nonostante fossi sangue del suo sangue, non ero sua figlia. Wesley, mio fratello e suo erede, era il figlio prediletto. E l'unico che mi trattava con gentilezza."

"Era?" Domandò Stella con un filo di voce.

"È morto. Per mano dei Leoni e dei loro alleati." Fu impossibile celare l'amarezza e il dolore nella mia voce, ma almeno riuscii a trattenere le lacrime.

Per un attimo pensai di aver rovinato l'atmosfera, quando la quiete ci avvolse di nuovo. Il tintinnio delle forchette sui piatti era l'unico suono che riecheggiava nella sala da pranzo. Forse non avrei dovuto dire nulla.

"Il branco del Leone ha ucciso anche i nostri genitori," disse Stella attirando il mio sguardo su di sé. Un velo di tristezza le copriva il viso, ma il dolore nei suoi occhi sembrava avere origini ormai lontane. Mi voltai verso Kaden, che stringeva la forchetta con tanta forza da farsi tingere le nocche di bianco.

Ecco perché li odia così tanto, pensai. Questo spiegava

perché voleva occuparsi per primo del branco del Leone. Annuii e abbassai di nuovo la testa, tornando a mangiare. Il cibo era delizioso: erano delle linguine condite con una specie di salsa bianca, verdure e pollo. Stella ci sapeva davvero fare ai fornelli.

La guardai bere un lungo sorso d'acqua, prima che continuasse. "I nostri genitori volevano incontrare gli altri alfa per trovare un messaggero disposto a sottoporre il nostro caso al resto dei branchi. Cercavano qualcuno che volesse aiutarci a tornare nei lupi dello Zodiaco. Ma nessuno voleva avere a che fare con noi, e per un po' ci eravamo arresi all'idea che nulla sarebbe mai cambiato. Poi mamma e papà ricevettero un invito da parte del branco del Leone. Era sospetto, ma nostro padre era così entusiasta d'incontrare finalmente uno dei branchi che non diede retta a chi si opponeva."

Inspirai profondamente. Il dolore nella voce di Stella era così familiare. "Vi hanno traditi, non è vero?"

Stella annuì. "L'alfa dei Leoni uccise i nostri genitori e alcuni dei loro più cari amici e consiglieri. Fu allora che Kaden divenne alfa."

Non avevo mai sentito parlare dell'accaduto, nemmeno come vanto da parte dei Leoni. D'altra parte, probabilmente volevano mantenere segreta la verità sul branco dell'Ofiuco. Se qualcuno avesse saputo non solo che esistevano, ma che non erano affatto i mostri delle leggende, il branco perduto avrebbe potuto guadagnare un po' di solidarietà tra i lupi dello Zodiaco. "Quanto tempo fa è successo?"

"Dieci anni fa. A volte sembra ieri, però. Soprattutto qui," rispose mettendosi una mano sul cuore. Nei suoi occhi riconobbi lo stesso intreccio di rabbia e agonia che tormentava me e, all'improvviso, capii che neanche il tempo avrebbe guarito le ferite della mia anima. Non sapevo se sarei riuscita a sopportarlo. "È da allora che aspettiamo di vendicarci."

"È una lunga attesa," dissi. "Il branco del Leone è diventato sempre più grande e forte negli ultimi dieci anni. Perché aspettare fino a ora?"

Kaden posò la forchetta un po' troppo bruscamente. Il rumore improvviso mi fece sobbalzare. Poi alzò lo sguardo su di me, con gli occhi che bruciavano d'odio. "Da quando sono diventato alfa, dieci anni fa, ho passato ogni singolo giorno a preparare il mio branco alla guerra. Ho addestrato tutti i miei lupi a combattere. Ho raccolto armi e risorse. Ho studiato le debolezze degli altri branchi. Ora, finalmente, siamo pronti."

Si chinò in avanti, la sua voce ridotta a un ringhio profondo. "Se fai come ti dico, presto avremo entrambi la nostra vendetta sui Leoni."

Guardai quegli occhi pieni d'odio e ci credetti. Doveva essere molto giovane quando era diventato alfa, ed era impressionante che fosse riuscito a prendere il controllo di un branco e a prepararlo alla battaglia. Di certo non avrei voluto mettermi contro di lui.

Adesso sì che l'atmosfera era rovinata. Trascorremmo il resto della cena in silenzio. Kaden fu il primo a finire il suo pasto: lavò il piatto e lo mise nella lavastoviglie, per poi salire di corsa al piano di sopra. Ecco l'uscita drammatica che mi aspettavo facesse *prima* della cena.

"Non far caso a lui," disse Stella alzandosi in piedi. "È dovuto crescere in fretta dopo essere diventato alfa. Sotto tutta quell'asprezza, ci tiene davvero a noi."

Le credetti, almeno per quanto riguardava lei. Io? No, io ero ancora un'emarginata.

Sciacquai il resto dei piatti e avviai la lavastoviglie. Dopodiché salii al piano di sopra per passare il resto della serata a riposare. L'addestramento mi aveva davvero sfinita, ma quando mi stesi sul letto mi accorsi che rilassarmi non era un'opzione. La sera prima mi ero addormentata in un batter d'occhio, tra la stanchezza e il dolore, ma stavolta non sarebbe stato così facile.

Troppe domande senza risposta mi frullavano nella testa. Guardai fuori dalla finestra e notai delle pozzanghere di luce lunare sul terreno. Tra le altre cose, volevo imparare a conoscere lo strano potere che avevo usato per scappare da Jordan alla Convergenza.

Mi alzai e andai verso il corridoio, drizzando le orecchie. La casa era silenziosa. Aprii la porta e uscii dalla mia stanza. Kaden non era lì a ringhiarmi contro, quindi m'incamminai senza pensarci due volte.

Imboccai le scale. Ancora niente. Quando finalmente arrivai alla porta sul retro e uscii all'aria aperta, tirai un sospiro di sollievo: ero felice di lasciare la casa senza le guardie alle calcagna. Mi diressi nella foresta il più silenziosamente possibile. Non troppo lontano, ma quanto bastava perché se Kaden o Stella avessero guardato fuori non mi avrebbero vista.

Mi posizionai in una zona illuminata e inclinai il viso verso la luna. Sembrava solo luce, niente di speciale. Non sentii nessuna pulsione, né cambiamenti nel mondo intorno a me. Chiusi gli occhi e mi concentrai.

Niente di niente.

Era stato solo un caso isolato? Uno strano istinto di sopravvivenza dei mutaforma?

Poi ricordai che mi ero sentita come sul punto di morire e cercai di evocare la stessa sensazione di sgomento e panico. *Devo scappare*, pensai. *Devo allontanarmi*. L'urgenza si fece più intensa, come il crescendo di una sinfonia. Non era passato molto tempo da quando ero stata braccata come un animale, e la sensazione mi era fin troppo familiare.

Inspirai bruscamente e aprii gli occhi. Ero a tre metri di distanza dal punto in cui mi trovavo prima. Mi venne quasi da ridere, anche se non ero per nulla divertita. Ora, però, sapevo che qualsiasi potere avessi usato alla Convergenza, era ancora dentro di me.

Chiusi gli occhi e riprovai. Era come trasformarsi: più lo facevo, più diventava facile. Mi spostai in cerchio intorno a una piccola pineta, sfruttando solo le macchie di luce lunare. Poi provai a saltarne una. Non funzionò molto bene, ma almeno cominciavo a conoscere i limiti di questo strano potere. Quando mi fermai per prendere fiato, ero esausta, come se mi fossi allenata o avessi corso.

All'improvviso, la sensazione di essere osservata mi fece rizzare i peli sulla nuca. Mi voltai, cercando la fonte di quello sguardo indiscreto. Kaden era appoggiato a un albero a circa sei metri di distanza. Nonostante fosse celato dall'ombra, non l'avrei potuto confondere con nessun altro. Avrei riconosciuto quelle spalle larghe ovunque.

"Cosa stai facendo?" Domandai poggiando le mani sui fianchi. "Da quanto tempo mi stai osservando?"

Lui lasciò cadere le braccia e fece un passo nel chiarore della luna, lasciando che gli illuminasse il volto da adone. "Dovevo assicurarmi che non volessi scappare, dato che hai deciso di uscire nel bel mezzo della notte, guardandoti intorno con aria furtiva."

"Volevo solo capire come funziona questo strano potere," ammisi. "Non ce l'avevo prima della Convergenza, e non è che io abbia avuto molto tempo per testarlo. Sai, tra la prigionia nella cella e tutto il resto."

Mi aspettavo che Kaden mi ringhiasse una sfilza di

rimproveri, ma si limitò a ignorare la mia irriverenza e ad avvicinarsi. Il mio istinto mi fece indietreggiare di un passo, ma poi mi fermai e sollevai il mento. Non mi sarei lasciata intimidire da lui.

"So cosa sei," disse Kaden. "Avevo qualche sospetto, ma dopo averti vista usare i raggi della luna per spostarti, non c'è dubbio. Sei toccata dalla Luna."

"Sono *cosa*?" Non avevo mai sentito quel termine prima d'allora.

"La dea della Luna, Selene, ti ha concesso un dono speciale," spiegò senza risolvere nessuno dei miei quesiti.

"Perché mai la dea della Luna dovrebbe regalarmi qualcosa?" Sbuffai. "Sono sempre stata tutto fuorché *speciale*." Mio padre si era assicurato di metterlo in chiaro.

Lo sguardo di Kaden lambì il mio corpo dall'alto in basso, facendomi venire la pelle d'oca. Sentii le mie guance tingersi di rosso, ma respinsi quell'ondata di calore. Odiavo il fatto che il mio corpo rispondesse così alla sua vicinanza.

"Ho una teoria," continuò lui.

"Ti va di condividerla con il resto della classe?" Chiesi.

Quella domanda mi fece guadagnare un sorriso. "Sì, sì. Penso che la terrò per me solo per un secondo."

Maledetto, pensai.

"Quanto sai sul branco dell'Ofiuco e sul perché siamo stati esiliati dai lupi dello Zodiaco?" Chiese prima che potessi rispondergli a tono.

Scrollai le spalle. "Più o meno quanto ne sa qualsiasi altro mutaforma, immagino. Siamo cresciuti ascoltando storie spaventose su di voi. Non credevo che il vostro branco esistesse davvero finché non vi ho visti." Inclinai la testa, sforzandomi di ricordare altri dettagli. "Le leggende dicono che i lupi dell'Ofiuco iniziarono ad accoppiarsi con le streghe della Luna molto tempo fa, per cercare di ottenere poteri più forti. Si dice anche che abbiate già tentato di prendere il comando di tutti i branchi, ottenendo solo di essere cacciati dai lupi dello Zodiaco."

"In parte è vero," confermò Kaden. "Molto tempo fa, le streghe della Luna e del Sole erano alleate, e ridussero in schiavitù tutti i mutaforma per combattere una guerra contro i vampiri."

Sollevai una mano per fermarlo. "Aspetta, aspetta. Vampiri? Esistono davvero?"

"Sì, anche se ne sono rimasti pochi, per quanto ne so. Vivono perlopiù in Europa."

"Alla faccia degli stereotipi," borbottai.

Mi lanciò un'occhiataccia, poi continuò. "Come stavo dicendo... Dopo che le streghe vinsero la guerra, i mutaforma si ribellarono e si ripresero la loro libertà, con l'aiuto delle streghe della Luna. Le streghe del Sole non accettarono di buon grado questo tradimento e i due gruppi si separarono. Il branco dell'Ofiuco rimase in buoni rapporti con le streghe della Luna, e sì, ci furono degli accoppiamenti. Gli altri branchi dello Zodiaco si sentirono minacciati dal nostro crescente potere e ci esiliarono." Fece una pausa, come se si aspettasse che lo interrompessi, ma io ero sciocccata – e non solo per tutte le nuove informazioni, ma perché non gli avevo mai sentito dire così tante parole in una volta sola. "Gli altri dodici branchi commisero un grave errore, alleandosi con le streghe del Sole. Loro li manipolavano, facendogli credere di essere dalla loro parte, ma in realtà non facevano che controllarli."

"Non è vero," dissi subito. "Le streghe del Sole ci proteggono fin dall'alba dell'esistenza dei lupi dello Zodiaco. Ti sbagli."

"E in che modo vi proteggono?"

Aprii e chiusi la bocca un paio di volte, prima di riuscire a formare una frase di senso compiuto. "Ci impediscono di cadere vittima della maledizione della Luna."

Kaden mi derise. "Quella? È una bugia. Le streghe della Luna l'hanno rimossa centinaia di anni fa. Era sbagliato, disumano, e se ne sono rese conto. Le streghe del Sole stanno mentendo a tutti i dodici branchi: vogliono farvi credere che avete *bisogno* di loro."

"Ma perché?" Chiesi, sentendomi stranamente distante dal mio corpo. Le parole di Kaden non avevano alcun senso, ma più parlava e più iniziavo a mettere in discussione tutto. "Non può essere. Loro... loro ci proteggono. Ci aiutano a trasformarci e a trovare i nostri compagni."

Kaden fece un passo verso di me, alzando la voce. "No, vi privano dei vostri lupi finché non compite ventidue anni. Hai visto i cuccioli in città. Stella mi ha detto che sei rimasta scioccata. Ma qui è normale, e dovrebbe esserlo anche per gli altri branchi."

Scossi la testa, incapace di credere che tutto ciò che conoscevo fosse una bugia. "Sono sicura che c'è una buona ragione..."

"C'è. Le streghe del Sole vogliono ridurre in schiavitù i dodici branchi. Di nuovo. Stanno pian piano stringendo la presa che hanno sui lupi dello Zodiaco, così lentamente che nessuno se ne accorgerà o ne parlerà finché non sarà troppo tardi."

"Perché dovrebbero volerci schiavizzare? Non ti credo."

"Non m'importa cosa credi," disse Kaden voltandosi bruscamente. "E comunque, niente di tutto questo avrà importanza una volta che avremo sconfitto tutti gli altri branchi."

Ed ecco che tornò a essere il solito alfa arrogante e suscettibile. "Ma cos'ha a che fare con me?"

Kaden mi guardò da sopra la spalla. "Credo che tua madre fosse una strega della Luna."

Quelle parole furono più impetuose di un pugno. Cominciai a scuotere la testa, rinnegandole prima ancora di averle comprese del tutto. "No. È impossibile. Era umana." Feci un passo indietro, allontanandomi da lui, frastornata dalle sue supposizioni. "E anche se fosse vero, non c'è modo di scoprirlo perché tutta la mia famiglia è *morta*."

Kaden si girò verso di me, incontrando il mio sguardo. Intravidi un'ombra quasi impercettibile di umanità nei suoi occhi. "Mi dispiace. So cosa si prova."

Scoppiai in una risata amara. "No, non lo sai. Hai tua sorella e il tuo branco. Io? Io non ho *nessuno*."

Qualcosa di simile alla pietà gli balenò sul viso, e non riuscii a sopportare la sua vista per un altro secondo. Dovevo allontanarmi da lui e da tutte le cose assurde che stava dicendo. Non potevano essere vere.

Mi misi a correre, tornando verso la casa. Lui non chiamò il mio nome, e io non mi aspettavo che lo facesse.

Non rallentai finché non fui in camera mia, con la porta chiusa e senza fiato.

CAPITOLO DICIASSETTE

Nei giorni successivi, la mia vita scivolò in una routine: al mattino pulivo il posto che Kaden mi aveva assegnato per la giornata; poi pranzavo al volo e lo raggiungevo fuori per l'addestramento al combattimento, seguito da quello per la mia lupa con Stella.

Le guardie mi accompagnavano ovunque volessi andare, seguendomi così da vicino che mi sembrava di sentire letteralmente il loro fiato sul collo. L'unico momento in cui non c'erano era quando ero in casa o mi allenavo con Kaden e Stella. A ogni modo, Clayton e Jack non furono mai violenti con me e, una volta che mi abituai a essere seguita morbosamente, scoprii che non erano poi così male. L'unico problema era che Kaden aveva detto loro di non rispondere alle mie domande, con mio grande disappunto.

Anche gli abitanti della città furono gentili con me, seppur mantenendo le distanze. Stella mi spiegò che era da qualche anno che il branco dell'Ofiuco non acquisiva un nuovo membro, quindi la notizia del mio arrivo si era diffusa rapidamente. Sembravano tutti in attesa che il loro alfa prendesse una decisione sul mio conto, ma questi mutaforma non mi chiamavano mezzosangue o bastardina: un gran bel cambiamento per me. Continuavo a trattenere il fiato in attesa della mia dose di odio e percosse, ma dopo una settimana cominciai ad abbassare la guardia e sentirmi a mio agio.

L'unica persona che continuava a trattarmi con diffidenza e freddezza era Kaden. Cercavo in ogni modo di evitarlo, ma vivere nella sua casa lo rendeva difficile. A volte mangiavo con Stella, altre volte portavo il cibo in camera mia per nascondermi.

La routine teneva lontano il pensiero di mio fratello e di tutto quello a cui ero sopravvissuta, e solo quando rimanevo da sola, nel mio letto, il dolore opprimente m'inghiottiva di nuovo. Piansi per Wesley, per i genitori di Mira, per tutte le persone del branco del Cancro che erano state gentili con me. Piansi perché non sapevo che fine avessero fatto quelle che erano rimaste a casa durante la Convergenza, e se qualcuna di loro fosse ancora viva o meno. Piansi per il futuro che avrei potuto avere e che i Leoni, con il loro tradimento, mi avevano strappato dalle mani.

E poi, quando finalmente dai miei occhi non scendeva più una lacrima e speravo di riuscire ad addormentarmi, il legame di accoppiamento tornava a chiamarmi. Era sempre lì, acquattato in un angolo della mia mente. Quando ero sola e in silenzio era più difficile ignorarlo. Il fastidioso richiamo si trasformava in un bisogno disperato, un desiderio di qualcosa – anzi, *qualcuno* – aggravato dalla costante sensazione d'insoddisfazione. Mi giravo e rigiravo, cercando disperatamente di porre fine a quel tormento, ma nulla funzionava. Mi infilai persino una mano tra le cosce per darmi piacere, sperando di alleviare la fame pulsante del mio intimo, ma fu inutile. Solo Jordan poteva saziare quell'appetito.

Oppure Kaden, mi sussurrò la voce nella mia testa. Una voce che mandai immediatamente al diavolo. Non era il mio compagno. Era Jordan colui che gli dei avevano prescelto, non importava quanto lo detestassi.

In ogni caso, dubitavo che Kaden mi volesse. Quell'uomo non faceva che ringhiare e fulminarmi con lo sguardo ogni volta che dovevo passare un po' di tempo con lui. Anche quando non c'era, la sua presenza sembrava seguirmi per tutta la giornata.

Ogni mattina mi lasciava un biglietto. La mattina dopo la nostra discussione nella foresta, come se non fosse successo nulla, sul frigorifero trovai un foglietto con su scritto *'Pulisci il centro ricreativo'*. Lo guardai perplessa per diversi minuti, prima di rendermi conto che se avessi continuato a fissarlo, probabilmente sarei arrivata in ritardo. Il giorno dopo mi mandò a pulire un altro posto. E così ogni mattina a seguire.

Gli allenamenti con Kaden non erano certo diventati più semplici. Seguivo religiosamente la routine di riscaldamento che mi aveva insegnato, e avevo smesso di cadere faccia a terra ogni volta che provavo una mossa di base. Tuttavia, lui era chiaramente frustrato dalla mancanza di progressi.

A confortarmi c'erano i miei pomeriggi con Stella: stare in forma di lupo mi veniva naturale, a differenza del combattimento a mani nude. Con la pratica, la trasformazione era diventata sempre più facile, proprio come aveva detto Stella, e nel giro di una settimana divenne quasi indolore. La mia lupa non riusciva ancora a concentrarsi e ignorare gli infiniti stimoli esterni, ma notai comunque un miglioramento.

Pensai alla libertà che provavo nella mia forma animale, a quanto potevo correre veloce e a come tutto – odori, suoni, dettagli microscopici – fosse più cristallino. Avevo voglia di correre per chilometri e chilometri, finché la mia lupa non ce l'avesse fatta più, e poi fare un pisolino in una radura, magari vicino a un ruscello che mi avrebbe cullata nel sonno–

"Smettila di sognare a occhi aperti," minacciò Kaden.

Sbattei le palpebre e mi resi conto che ero nella stessa posizione da diversi minuti, molto più a lungo di quanto avrei dovuto. Mi raddrizzai e lo seguii verso un sacco da boxe al centro della palestra, completamente vuota. Quel giorno mi aveva chiesto di vederci lì, invece che nella foresta.

"Fammi vedere come tiri un pugno," ordinò mantenendo il sacco.

"Non mi dai nessuna indicazione?"

"Voglio prima vedere cosa sai fare. Se è come il resto delle tue mosse, dovrò cominciare dalle basi."

Le sue parole m'irritarono. "Non è colpa mia se il mio branco non mi ha insegnato nulla di tutto ciò. Mio padre non si aspettava nulla da me."

"Beh, io sì. Ora colpisci il sacco." Kaden sembrava quasi annoiato. Non che fosse una novità.

Odiavo quando si comportava così. Sapevo che lo faceva di proposito, probabilmente per farmi arrabbiare. *La rabbia ti fa fare cose stupide*, mi aveva detto una volta. *Mantieni la calma.* Era più facile a dirsi che a farsi, soprattutto visto che continuava a comportarsi come uno spaccone presuntuoso. Caricai il pugno, pronta a colpire, immaginando che fosse la sua faccia.

"Ferma." All'improvviso, Kaden lasciò andare il sacco e fece un passo indietro. Mi bloccai con i muscoli ancora tesi e pronti a sferrare il colpo. "A meno che tu non voglia slogarti il pollice, toglilo da sotto le dita."

Seguii il consiglio, e Kaden alzò una mano per fare una dimostrazione. Io imitai il suo pugno chiuso, posando il pollice sulle dita anziché sotto. In realtà, la cosa aveva molto senso e mi sentii stupida per non averci pensato prima. Mi capitava spesso quando mi allenavo con Kaden. Era come se si aspettasse che io sapessi già tutto, solo per innervosirsi quando scopriva che non era così. Ma che colpa ne avevo io? Stavo facendo del mio meglio. Diedi un pugno al sacco ma, anche con la mia forza di mutaforma, non si mosse come avevo immaginato.

"Concentra il peso del pugno sulle prime due nocche," aggiunse Kaden, indicandole sulla sua mano. Poi tirò indietro il gomito e colpì il bersaglio, lasciando andare un respiro sonoro. "Espira sempre quando tiri un pugno, così da contrarre l'addome e ottenere una maggiore potenza. Se stai per sferrare un pugno a qualcuno, assicurati di utilizzare tutto il tuo peso corporeo per colpirlo."

Mi guidò attraverso il movimento, assicurandosi di sottolineare che avrei dovuto usare anche i fianchi e le gambe per farlo correttamente. Poi si avvicinò al sacco e lo strinse tra le mani. "Prova di nuovo."

Annuii e piantai i piedi, poi feci quello che mi aveva mostrato. Il pugno era più deciso e solido, ma il sacco continuava a non muoversi.

"Non stai usando i fianchi." Abbandonò di nuovo il sacco per posizionarsi alle mie spalle. "Ti faccio vedere."

Mi mancò il fiato quando Kaden tirò il mio corpo contro il suo, con una mano sul mio fianco e l'altra a circondarmi il polso. Mi sentii come attraversata da una scossa elettrica, potente e disarmante. Mi mossi, agile e malleabile nella sua presa, mentre lui mi tirava l'anca all'indietro e mi allungava il braccio in avanti.

Stava dicendo qualcosa, ma il mio cervello non riusciva a registrare le parole. La sua mano era così calda sul mio fianco che sentivo la pelle scottare. Nessuno dei nostri precedenti contatti mi aveva mai fatta sentire così. Riuscivo quasi a immaginare la sua mano scivolare sul mio corpo, accarezzarmi il petto e stringermi a lui per un motivo completamente diverso. La sua bocca non mi avrebbe detto come tirare un pugno, ma avrebbe sfiorato il mio collo, muovendosi lentamente, con sicurezza. La mano che circondava il mio polso si sarebbe aperta, intrecciando le dita con le mie.

Quell'immagine era così vivida, così reale, che persi l'equilibrio. Sarei finita per terra, se non fossi stata premuta così saldamente sui muscoli scolpiti di Kaden. Del resto, non mi sarei trovata in questa situazione se lui non mi avesse afferrata in quel modo.

Le dita di Kaden strinsero la presa intorno al mio polso, tirandolo indietro e ripetendo il movimento. Come nelle mie recenti fantasie, la sua mano scivolò un po' di più verso il mio stomaco e io smisi praticamente di respirare, chiedendomi se non stessi dando di matto. Ero certa che Kaden potesse sentire il battito che accelerava rimbombandomi nel petto o l'odore della lussuria che si sprigionava tra le mie cosce. Se anche ci fece caso, non disse nulla, e dopo un attimo fece un passo indietro.

Mi mossi insieme a lui, ancora presa dal momento, chiedendomi cosa sarebbe successo se avessi inclinato la testa all'indietro per incoraggiarlo a baciarmi. Ero a metà strada tra la realtà e la fantasia, quando la sua voce mi riportò nella palestra vuota. "Ancora," disse con tono secco.

Scossi la testa e cercai di ricordare ciò che aveva detto Kaden. Riuscivo ancora a sentire il calore della sua mano sul mio fianco, ma ripetei il movimento, assicurandomi di espirare mentre tiravo il pugno.

"Così?" Domandai, e se anche Kaden si accorse dell'affanno nella mia voce, non disse una parola.

"Meglio. Ancora."

Colpii il sacco ancora e ancora, usando tutto il peso del mio corpo. Lo strano incantesimo che era stato lanciato su di me svanì e, sebbene Kaden continuasse a distrarmi, almeno lo faceva *da lontano*, senza toccarmi.

"Per oggi può bastare. Passiamo ad altro." Kaden lasciò andare il sacco da boxe e si sfilò la maglietta da sopra la testa. Sembrava essere allergico all'indossare una quantità decente di vestiti, a prescindere dall'occasione. Il numero di volte in cui ero scesa al piano di sotto per trovarlo in cucina a petto nudo, con addosso solo una tuta o un paio di jeans, era al limite del ridicolo. A questo punto avrei dovuto essere immune a quella vista, ma con un corpo come quello, dubitavo che mi sarei abituata presto. E poi, sul serio, pantaloni della tuta grigi? *Voleva* farmi bagnare?

Poi passammo al combattimento corpo a corpo, che era la parte dell'addestramento che preferivo di meno, perché mi faceva sentire senza speranza. Kaden era un vero guerriero, a differenza mia. Io ero una sopravvissuta che in qualche modo era sempre riuscita a tirarsi fuori dai guai, niente di più. Quando le cose si mettevano male, scappavo. Nessun addestramento avrebbe mai corretto la mia vera natura.

Kaden sembrava non essere d'accordo, altrimenti perché avrebbe continuato ad addestrarmi? Mi accorsi che si stava trattenendo – probabilmente era un bene, altrimenti avrei finito per uscire di lì col naso rotto – ma non riuscivo comunque a sferrargli un colpo.

Non mi aiutava il fatto che sentivo ancora il suo corpo premuto contro il mio. Mi aveva tenuta stretta in maniera così disinvolta, ma allo stesso tempo intima... Il mio sguardo scivolò sul suo torso nudo: non potei fare a meno di ammirare tutti quei muscoli scultorei. Lo avevo sentito così *caldo* su di me, così duro. Come quel giorno alla cascata, quando mi aveva bloccata sul prato.

Uno dei colpi di Kaden mi sfiorò la tempia, ma il mio istinto mi salvò all'ultimo secondo. Dannazione, dovevo concentrarmi o sarei finita al tappeto.

"Bene," disse Kaden. "Stai migliorando."

Proprio mentre lo diceva, mi colpì al centro dello sterno, abbattendomi senza il minimo sforzo. Cercai di raggomitolarmi e rotolare per attutire la caduta, ma senza risultati. Riuscii almeno a non farmi male, per quanto sgraziata apparve la mia mossa.

"Non puoi dire una cosa del genere e poi mettermi k.o.," mi lamentai, cercando d'inspirare. Non era stato abbastanza forte da farmi male, ma mi aveva tolto il fiato.

"Sembravi distratta." Kaden si avvicinò e mi porse una mano. La guardai inarcando le sopracciglia, ricordando il primo giorno di addestramento. *Certo.* L'afferrai comunque, aspettandomi di trovarmi in un'altra presa, ma lui mi tirò su e basta. Ovviamente, il mio sguardo cadde sui muscoli delle sue braccia che si flettevano per sollevarmi.

Poi mi tirò a sé e mi sfiorò la tempia, aggrottando la fronte. Con mia grande sorpresa, mi stava ispezionando per assicurarsi di non avermi ferita davvero. Nel frattempo, l'altra mano stringeva ancora forte la mia, mettendomi in seria difficoltà: non riuscivo più a respirare, né a muovermi, né a pensare. Il desiderio e la brama mi soffocavano, tanto che mi faceva quasi male il petto, e mi ritrovai a toccare la morbida barba scura sulla sua mascella. Quando i miei polpastrelli lo sfiorarono appena, però, lui balzò indietro come se si fosse scottato.

Ci allontanammo e mi premetti una mano sul petto,

come per calmare il mio cuore palpitante. *Non è il tuo compagno*, mi ripetei. Ma il mio corpo non mi dava retta.

"Ancora," disse Kaden, con un tono che aveva perso un po' della sua fermezza.

Feci un respiro profondo e cercai di concentrarmi sulla lotta, non sul lottatore. Sferrammo alcuni pugni a vuoto per scaldarci e all'improvviso vidi un'apertura. Non so se fosse intenzionale, ma aveva allungato troppo un pugno, lasciando scoperto il fianco. Affondai rapidamente un colpo. Lui se ne accorse e si spostò, danzando fuori dalla mia portata, ma sentii le mie nocche sfiorargli le costole.

Ridacchiai sconvolta e feci un passo indietro. "Ti ho quasi colpito."

Kaden sembrò sorpreso quanto me, ma tornò impassibile altrettanto rapidamente. "Stai acquisendo fiducia nel tuo corpo, nei suoi istinti. Più lo ascolterai, più sarà facile. Continui a pensare troppo. È quello il problema."

Continuammo e, anche se non riuscii a mettere a segno altri colpi, il resto dell'allenamento si svolse senza intoppi. Kaden correggeva le mie posizioni, ma non mi tirò di nuovo a sé. Mentii a me stessa, ripetendomi che non ero delusa dalla mancanza di contatto.

Poi, finalmente, mise fine alla lezione. Notai che non ero più a corto di fiato come i primi giorni. Era un piccolo ma gradito miglioramento. Forse presto avrei potuto eseguire l'intera routine senza sudare, come Kaden.

Completammo l'allenamento con alcuni esercizi di stretching. Di solito li facevamo in silenzio, quindi fui sorpresa di sentire la sua voce. "Stella ha detto che l'addestramento della tua lupa sta andando bene."

Scrollai le spalle, abbassando la testa. "Non sono ancora un granché come seguio, ma ci sto provando."

Lui fece una pausa, squadrandomi da capo a piedi. "Il branco andrà a caccia stanotte. Fammi sapere se ti va di unirti a noi."

Le sue parole mi colsero completamente alla sprovvista. Kaden era molto protettivo nei confronti del suo branco, e sapevo che non voleva che interagissi troppo con loro finché non mi avesse ritenuta affidabile. Stare in mezzo a loro mi avrebbe fatta sentire quasi come un vero membro del branco.

"Mi piacerebbe molto." Forse, se avessi passato più tempo insieme agli altri mutaforma, Kaden avrebbe capito che non volevo far loro del male. Avrei persino potuto convincerlo a fidarsi di più di me.

Poi lui annuì e si alzò in piedi. "Fatti trovare pronta al tramonto. I cervi sono più attivi di notte."

Uscì dalla palestra senza dire un'altra parola, concludendo bruscamente la nostra sessione di allenamento come faceva sempre. Sgranai gli occhi e presi un asciugamano per tamponare il sudore sulla mia fronte, poi mi diressi fuori, dove mi aspettavano Jack e Clayton. Ovviamente.

"Com'è andata?" Domandò Jack portandosi al mio fianco, mentre Clayton si avvicinava dal lato opposto. Con la sua chioma bionda e il sorriso ammaliante, Jack era indubbiamente un bel bocconcino. "Devi averci dato dentro, sei tutta sudata. Ti dona."

Oh, ed era anche un vero e proprio cascamorto, quando imparavi a conoscerlo. A ogni modo, era del tutto innocuo, e dovevo ammettere che era bello essere adulata invece che sminuita o maltrattata in continuazione. "Sì, è andata alla grande. Sono riuscita a colpirlo."

"Hai colpito Kaden?" Chiese Clayton. Lui era alto, aveva la stazza di un grizzly ed era molto più silenzioso, ma davanti alla mia rivelazione non poté fare a meno di fissarmi. I suoi caldi occhi marroni erano pieni di sorpresa.

"Beh, tecnicamente l'ho solo sfiorato," precisai facendo spallucce.

"Vale lo stesso," rispose Jack. "Devi festeggiare ogni piccola vittoria."

Un leggero sorriso accarezzò i miei lineamenti, mentre camminavamo per la città. "Mi ha anche invitata ad andare a caccia, stanotte."

"Davvero?" Clayton si stirò la barba con una mano. "Ne sei sicura?"

Il mio sorriso volò via. "Credo... È stato abbastanza diretto."

Clayton mi osservò a lungo, come se mi vedesse sotto una nuova luce. "Non ha mai invitato un ospite a caccia. Neanche quelli che volevano unirsi al branco."

"È una cosa buona?" Domandai, sommersa dall'insicurezza.

Jack scrollò le spalle. "Immagino che lo scopriremo."

CAPITOLO DICIOTTO

Quel pomeriggio, Stella annullò il nostro solito allenamento e mi consigliò di riposare un po'. Mi disse che ne avrei avuto bisogno, e mi lanciò un sacchetto di patatine. Era più facile a dirsi che a farsi, però, perché ero un fascio di nervi. L'attesa del tramonto mi rendeva troppo ansiosa e rilassarmi era fuori questione. Il branco del Cancro non mi aveva mai permesso di unirmi a loro per una cosa del genere, e volevo fare un buon lavoro e dimostrare il mio valore a Kaden e agli altri.

Quando arrivò l'ora, indossai una tuta e una maglietta, indumenti di cui potevo liberarmi facilmente per trasformarmi, e poi mi diressi all'esterno. Stella mi aspettava dietro la casa: sembrava eccitata quasi quanto me. Le feci un sorriso mentre mi avvicinavo.

"Dove sono gli altri?" Domandai.

"Sono con Kaden nella radura. Li raggiungeremo tra un minuto," rispose con dolcezza. "Ho pensato che avresti preferito trasformarti qui."

Un soffio di calore mi lambì le guance, ma più forte

dell'imbarazzo era la gratitudine per la sua gentilezza. Anche se non avevo mai detto nulla, Stella aveva capito che l'idea di stare nuda in mezzo agli altri mutaforma mi rendeva nervosa. Mi spogliai rapidamente e liberai la mia lupa, piantando le zampe bianche nell'erba e agitando la coda. *Finalmente*, mi sembrò di sentirle dire.

"Questa caccia non sarà molto lunga," disse Stella. "Stasera Kaden e alcuni lupi più esperti insegneranno ai più giovani cosa fare, e tu dovrai osservare. Io starò al tuo fianco in forma umana, così potrò spiegarti come funzionano le formazioni del branco, cosa stanno inseguendo e come interagiscono per catturare la preda. È tutta una questione di collaborazione e comunicazione, ed è importante che tu veda e annusi la caccia con i tuoi sensi di lupo."

Non importava che non mi sarei unita all'azione vera e propria, ero entusiasta anche solo di fare da spettatrice. E poi, non avevo mai pensato a quale fosse il punto migliore per affondare i denti su un animale e abbatterlo. In realtà, non ero sicura di essere pronta per quella parte.

Ci dirigemmo nella foresta per incontrare il resto del branco. Quando percepii i loro movimenti, l'impazienza era ormai soffocante. Ero determinata a dimostrargli il mio valore. Andare a caccia non poteva essere più difficile che imparare a tirare un pugno o a fiutare un oggetto nella foresta, giusto? *Se ci riescono questi cuccioli, posso farcela anch'io*, pensai. Naturalmente, loro avevano iniziato a trasformarsi molto prima di me. Io avevo trascorso ventidue anni senza la mia lupa: mi ci sarebbe voluto del tempo per iniziare a pensare come una di loro.

Quando ci avvicinammo alla radura, sbirciai tra i rami cercando di scorgere il branco. Avvistai una decina di lupi, tutti con il manto di diverse tonalità, e immediatamente riconobbi Kaden. Era *enorme* nella sua pelliccia nera e lucida. Avevo visto la forma di lupo di mio padre diverse volte, ma impallidiva di fronte a quella di Kaden: sembrava in egual misura maestoso e letale, un alfa che meritava il rispetto che riceveva.

Quando il gruppo fu pronto a partire, Kaden iniziò a girargli intorno, preparandolo a ciò che sarebbe accaduto. Stella mi aveva detto che potevano comunicare telepaticamente in forma di lupo, e mi ritrovai a chiedermi se la voce animale di Kaden fosse dominante come quella che aveva in forma umana.

"Okay, siamo pronti," m'informò Stella mentre i lupi cominciavano a dirigersi nella foresta. "Seguiamoli. Resta indietro e non intralciarli. Kaden gli sta insegnando le formazioni."

Annuii come meglio potevo e m'incamminai a passo spedito, restando accanto a Stella. Nella sua forma umana era agile e veloce, ma avrei potuto superarla facilmente. Avvicinai il muso al terreno e seguii l'odore del gruppo, rimanendo a breve distanza per non interferire con la sua caccia. *Cervo.* Puntai il naso in quella direzione e Stella sorrise."Da questa parte," disse. "Saliamo su quel crinale, così avremo una visuale migliore del branco."

La seguii su per un leggero pendio. Da lassù, vedevo Kaden guidare alcuni dei lupi più giovani: si dirigevano verso il bordo del leggero avvallamento in cui si erano radunati i cervi. Un gruppo di mutaforma affiancava le prede, inseguendole in modo tale da spingerle nella giusta direzione e farle finire dritte verso l'imboscata che le attendeva.

Osservando Kaden e i mutaforma più giovani, non potevo far a meno di desiderare di essere là fuori con loro, provare il brivido della caccia e la sicurezza di avere un branco intero a coprirmi le spalle. La mia lupa bramava la libertà di correre dietro ai cervi con il resto dei mutaforma. Il bisogno di appartenenza, di far parte di qualcosa di più grande di me stessa, bruciava dentro di me.

Il branco del Cancro non mi aveva mai fatta sentire a casa. Invece, anche se ero con loro solo da pochi giorni, vedevo nel branco dell'Ofiuco la possibilità di sentirmi finalmente accettata. Mi immaginavo già in formazione con gli altri, e lo desideravo così tanto che mi faceva male il petto.

Cavalcai l'emozione della caccia con loro, persino a metri di distanza. Non era poi così difficile con i miei sensi da lupo: riuscivo a cogliere ogni minimo movimento, e Stella non lasciò mai il mio fianco, concentrata nella spiegazione scrupolosa di cosa stavano facendo.

Il branco mise all'angolo un cervo, un enorme maschio grande quasi quanto Kaden. Il resto dei cervi si disperse e i lupi si separarono per lasciarli passare. Poi, insieme, abbatterono il malcapitato: Kaden gli saltò sulla schiena, mentre uno dei lupi più giovani si avventò per mordergli la gola.

Quando stramazzarono la preda, sentii qualcosa gorgogliare nel mio petto. Se fossi stata in forma umana avrei esultato, ma quando aprii la bocca mi uscì un ululato. Non era nemmeno intenzionale, perciò serrai subito le fauci, ma era troppo tardi. Il mio ululato risuonava nell'aria, ed era la prima volta che lo sentivo.

Stella fece un rumore accanto a me. Mi voltai verso di lei, cercando di capire se avevo fatto qualcosa di sbagliato, ma aveva una mano davanti alla bocca come per coprire un sorriso. La guardai meglio: stava trattenendo una risata. Un attimo dopo, l'ululato si moltiplicò nel gruppo: un giovane mutaforma lo replicò, seguito da un altro ancora. Ben presto riecheggiò per tutto il branco, e Stella scoppiò in una risata silenziosa, scuotendo le spalle, mentre altri versi arrivavano dalla città, a poche miglia di distanza.

D'un tratto, un unico, profondo ululato risuonò nella radura, il più potente e inquietante di tutti. I miei occhi tornarono sul gruppo nell'avvallamento: Kaden aveva la testa inclinata all'indietro verso la luna, che inondava la sua pelliccia nera. Il resto dei lupi tacque al suo segnale.

Mi lanciò un'occhiata mentre terminava l'ululato: se avessi potuto arrossire in forma di lupo, non avevo dubbi che l'avrei fatto. Eppure, in quel momento, ululare mi era sembrato *così* giusto.

Stella scosse la testa, sorridendo. "Sei pronta a raggiungerli?"

Poi tirò fuori i miei vestiti dalla borsa che portava con sé e io mi ritrasformai per indossarli. Scendemmo il crinale e guardai un gruppo di giovani mutaforma che trascinavano il cervo per pulirlo, spintonandosi a vicenda e ridendo allegramente.

Una volta tornati al punto d'incontro, Kaden si avvicinò a noi. Era a torso nudo, non che ci fosse da sorprendersi. Gli sorrisi, senza riuscire a trattenere la gioia che provavo. Anche se non ricambiò il sorriso, sembrava meno cupo del solito: i tratti severi del suo bel viso si addolcirono appena in quella che sembrava un'espressione più cordiale.

"Allora, che ne pensi?" Domandò con aria noncurante, infilando le mani in tasca. Nonostante sembrasse poco interessato alla mia risposta, mi osservò con attenzione.

"È stato incredibile. Il modo in cui vi siete mossi tutti insieme, seguendo la formazione... sembra che lo facciate da sempre. Vorrei imparare anch'io."

Kaden mi fissò per un attimo interminabile. "Quando fai parte di un branco, sei in grado di comunicare con gli altri membri anche dopo la trasformazione. È questo che lo fa sembrare così facile."

"È quello che voglio," risposi istintivamente, sputando fuori le parole prima ancora di formulare la frase nella mia testa. "Far parte di un branco."

Lo sentivo nel profondo delle mie ossa. Come tutti gli altri lupi, ero nata per stare in mezzo ai miei simili, anche con il mio retaggio semiumano. In qualche modo avrei trovato un modo per convincere Kaden a fidarsi di me e dimostrargli che potevo far parte del suo gruppo. Anche se avesse significato pulire tutti i bagni della città.

Quando incontrai di nuovo lo sguardo di Kaden, lui inclinò la testa verso di me: l'espressione sul suo volto sembrava quasi di... approvazione. Persino un lieve sorriso gli sfiorò la bocca. "A proposito, bell'ululato."

Arrossii, ma il suo tono era stato abbastanza leggero da non farmi sentire troppo in colpa. "Era la mia prima volta."

"Niente male. Anche se scommetto che potresti ululare più forte, nelle giuste circostanze."

Provai a deglutire, ma avevo la gola improvvisamente secca. "Magari potresti mostrarmi come fare."

Lui aprì la bocca per replicare, ma poi scosse la testa e guardò altrove per un attimo. "Forza. mi stanno aspettando."

Mentre tornavamo verso casa, alzai la testa annusando l'aria: l'odore della gente e del cibo si faceva sempre più intenso. Stella era andata avanti, lasciandomi a camminare con Kaden, anche se la sua compagnia era silenziosa. La cosa non mi dispiaceva, perché avevo molto da elaborare. L'euforia della caccia si era finalmente esaurita; non avrei mai immaginato che prendere parte a una cosa simile mi avrebbe elettrizzata così tanto. Dubitavo che sarei riuscita a dormire quella notte, per motivi completamente diversi dal solito.

Quando arrivammo a casa, restai di stucco. Il cortile di Kaden, normalmente vuoto, era illuminato da fili di luci e pieno di persone che chiacchieravano e ridevano, circondate da bambini e ragazzi che correvano in giro. Dovevano aver allestito tutto mentre eravamo a caccia. Il barbecue era già acceso, e la folla applaudì quando Kaden apparve salutando.

Mi fermai ai margini della foresta mentre enormi piatti con torri di pezzi di carne venivano portati fuori dalla cucina. Kaden si era posizionato davanti alla griglia, pronto a cucinare il cervo appena cacciato. Non mi aveva detto che ci sarebbe stato un barbecue, ma d'altronde sembrava che gli piacesse tenermi sulle spine. Mi chiesi se mi fosse permesso unirmi a loro. Non avevo mai visto tanti mutaforma dell'Ofiuco nello stesso posto, e sembravano conoscersi tutti. Mi sentivo un pesce fuor d'acqua, e non sapevo se avrei potuto mangiare insieme agli altri o se Kaden si aspettasse che tornassi dentro casa.

Mentre valutavo le mie opzioni, mi ritrovai a guardare i cuccioli di lupo. Lottavano nell'erba, ringhiando e mostrandosi i denti. Per me era ancora sconvolgente, ma erano così carini che non potevo fare a meno di sorridere. Un gruppo di adolescenti mi passò accanto, e sentii uno di loro raccontare della caccia. Doveva essere stato lui a uccidere il cervo.

Ancora una volta, fui travolta dal desiderio di far parte di quel mondo, di essere una di loro. Tutto quello che avevo sentito sul tredicesimo branco era falso. Non erano mostri, né fantasmi. Erano soltanto un altro branco; uno di quelli buoni, per di più. Forse Kaden aveva ragione, e anche tutto quello che sapevo sulle streghe del Sole e della Luna era sbagliato.

D'un tratto, colsi un movimento con la coda dell'occhio, e mi voltai per scoprire cosa fosse. Clayton stava venendo verso di me tenendo per mano un altro mutaforma, molto meno imponente di lui. Del resto, tutti erano più minuti di Clayton.

"Perchè non ti unisci alla festa?" Domandò. "Hai pur sempre partecipato alla caccia, anche se da lontano."

Abbassai un po' la testa. "Grazie. Non sapevo se..."

"Oh, ricordo come ci si sente, ma presto sarai una di noi," mi rassicurò l'altro uomo.

Clayton lo indicò per presentarmelo. "Questo è Grant. Il mio compagno."

Sbattei le palpebre, incapace di contenere la sorpresa. Non avevo mai visto dei compagni predestinati omosessuali.

"Voi... sentite il legame?"

"Certo che sì," rispose Clayton irrigidendosi un po'. "Perché non dovremmo?"

Sollevai le mani agitandole. "Mi dispiace, non intendevo offendervi! È che non sapevo fosse possibile. Nei lupi dello Zodiaco non ci sono coppie omosessuali."

Grant mi rivolse un sorriso compassionevole. "Io facevo parte del branco della Bilancia, ma me ne sono andato quando ho incontrato Clayton e ho sentito il legame di accoppiamento. È stato subito dopo aver compiuto ventidue anni e aver avuto il mio lupo, ma per fortuna non ero stato accoppiato alla Convergenza. Andai a fare un'escursione nei boschi, e il mio mondo cambiò quando m'imbattei per caso in Clayton, che era di pattuglia." Grant strinse la mano di Clayton e, per la prima volta, vidi il volto stoico della mia guardia addolcirsi. Sembravano innamorati come qualsiasi altra coppia che avevo visto. Doveva essere vero. "Mi hanno permesso di unirmi al branco, e il resto è storia."

"È... è fantastico," balbettai. E lo pensavo davvero, ma la mia mente correva senza sosta. Se Grant non avesse lasciato i lupi dello Zodiaco, si sarebbe accoppiato con una femmina? O sarebbe semplicemente rimasto da solo?

Un pensiero più oscuro mi folgorò. Era possibile che le streghe del Sole controllassero anche i legami di accoppiamento? Avrebbero potuto usarli per manipolarci, spostando i mutaforma tra i branchi come pedine su una scacchiera, se quello che aveva detto Kaden era vero. Non sapevo perché avessero vietato gli accoppiamenti tra membri dello stesso sesso, ma ricordavo che qualcuno mi aveva spiegato che il legame poteva formarsi solo e soltanto per la procreazione, per conservare la purezza del sangue dei lupi. *Ma certo che lo userebbero contro di noi*, pensai disgustata.

La rabbia mi pervase. Le persone dovrebbero poter amare chi vogliono, non essere costrette ad amare chi l'incantesimo ha scelto per loro.

E se le mie teorie erano vere, allora significava che anche il mio legame con Jordan poteva non essere reale.

"Eccoti qua!" Stella mi distolse dai miei pensieri correndo verso di me, raggiante. "Vieni a sederti con noi. Kaden ci metterà un'eternità alla griglia, facciamo due chiacchiere nel frattempo."

Detto questo, mi prese per mano e mi trascinò fino a uno spiazzo d'erba dov'erano sedute altre mutaforma. Ne riconobbi qualcuna di sfuggita, ma Stella mi presentò subito le altre. Lavoravano tutte come insegnanti e mi fecero subito spazio nel cerchio.

"Com'è andata la caccia?" mi chiese la graziosa bionda di nome Marla, e mi ci volle un attimo per capire che si stava rivolgendo a me.

Mi schiarii la gola, sorpresa dalla naturalezza con cui mi coinvolsero nella conversazione. "Bene, credo. È stato fantastico poter assistere," aggiunsi, lasciandomi travolgere ancora una volta dallo stupore che avevo provato: gli odori della foresta, la coordinazione del branco, il modo in cui Kaden aveva diretto tutto in modo impeccabile...

"Scommetto che ti è piaciuto guardare Kaden, eh?" Chiese una mutaforma con morbidi ricci castani – Carly, se la memoria non m'ingannava. Il suo sorriso e la danza allusiva delle sue sopracciglia mi fecero arrossire.

"Ah, quanto vorrei che sentisse il legame di accoppiamento con me," disse Marla, portandosi una mano al petto con fare melodrammatico. "*Ucciderei* per essere la sua compagna. È così forte e sexy."

Stella quasi si strozzò, disgustata da quelle parole. "Devo ricordarti che è di mio fratello che stai parlando?"

"Che dire? Vorremmo tutte essere tue cognate," rispose Carly con una risata.

Sorrisi, scuotendo la testa e guardando le ragazze attorno a me. Per la prima volta non mi sentivo un'emarginata, e questo non era nemmeno il branco in cui ero nata. Eppure, non potevo fare a meno di chiedermi quanto a lungo potesse durare. E se avessero scoperto qualcosa di più sul mio conto – che ero semi umana, o che il mio compagno era un Leone – e avessero cambiato idea su di me?

Kaden era ancora in piedi davanti al barbecue, con una birra in una mano e l'utensile per girare la carne nell'altra. Accanto a lui, Jack e un altro mutaforma ridevano di qualcosa – qualcosa che fece appena incurvare anche le labbra di Kaden. Sembrava rilassato e quasi felice, ma anche da così lontano riuscivo a percepire il potere che sprigionava. Gli altri mutaforma lo guardavano in cerca di approvazione e gravitavano intorno a lui. Non c'era dubbio che fosse l'alfa.

Mentre continuavo a fissare la scena, lui alzò lo sguardo e osservò il cortile, traboccante di orgoglio e affetto. Era evidente che considerava l'intero branco come la sua famiglia.

Poi i suoi occhi si posarono su di me e sembrarono andare in fiamme. Lo sguardo che mi rivolse fu così intenso che mi fece mancare il respiro e impennare il battito cardiaco. Il mio corpo fu avvolto da una vampata di calore mentre continuava a scrutarmi, come se avesse individuato l'unico tassello fuori posto. Mi aspettavo quasi che si avvicinasse e mi chiedesse cosa ci facessi lì, ma poi si voltò per dire qualcosa a Jack.

Tornai a chiacchierare con le amiche di Stella, che mi parlavano del loro lavoro e della scuola, ma all'improvviso sentii di nuovo i suoi occhi su di me, come se mi stesse osservando.

Quella sensazione mi accompagnò per tutto il resto della nottata.

CAPITOLO DICIANNOVE

Quella notte, il peso dello sguardo di Kaden mi seguì fin dentro la mia stanza; qualsiasi tentativo di liberarmene fu inefficace. Feci una lunga doccia calda prima di mettermi a letto, decisa a rilassarmi. L'unica fortuna fu che, almeno quella sera, il fastidioso legame di accoppiamento non mi stava assillando. Stavo ancora smaltendo l'adrenalina della caccia, e mi ci vollero ore per addormentarmi.

Poi, d'un tratto, mi ritrovai di nuovo nel suo cortile, ma stavolta eravamo solo io e lui, in piedi sotto la luna. Il suo sguardo trovò il mio, immobilizzandomi ancora: tornai a domandarmi se per lui non fossi solo un'intrusa. Ma quando l'osservai meglio, mi resi conto che il calore che ardeva nei suoi occhi non era alimentato dalla rabbia o dall'odio. Era *fame*. Sembrava che volesse mangiarmi viva. Non riuscivo a capire se volesse uccidermi... o farmi sua.

Avanzò verso di me sotto il chiaro di luna che ci inondava, illuminandogli la mascella squadrata e le spalle larghe. Feci un passo indietro involontariamente e la mia schiena sfiorò il tronco di un albero. Mi fermai, un po' per non restare intrappolata, un po' per non perdere il contatto visivo con Kaden.

"Sei qui," ringhiò, camminando verso di me finché non fummo solo a un soffio di distanza. Ma non gli bastava: chinò il capo, restando con il viso a pochi centimetri dal mio. Avevo già visto quello sguardo negli uomini, ma mai rivolto a me. Fu come una scossa che attraversò tutto il mio corpo, fino a toccarmi nel profondo dell'anima.

"Sono qui," risposi senza fiato. Nessuna battutina sagace avrebbe potuto salvarmi.

Sollevò una mano e la portò sulla mia nuca. Le sue dita si aggrovigliarono tra i miei capelli. "Sei *mia*."

La possessività nella sua voce mi fece trasalire. Prima che potessi rendermene conto, colmò i pochi centimetri che ci separavano e io rimasi intrappolata tra l'albero e il calore del suo corpo. Le labbra di Kaden si avventarono sulle mie, reclamandomi, marchiandomi come sua. Mi sciolsi nella sua presa, in quella sensazione così... *giusta*. Non era il mio compagno, ma c'era qualcosa che mi faceva credere che fossimo destinati a stare insieme.

Avrei dovuto reagire. Avrei dovuto pretendere di sapere cosa gli faceva pensare di potermi reclamare in quel modo, senza che facessi parte del suo branco. Ma non ci riuscivo.

Avevo *bisogno* di lui.

Kaden mi afferrò con forza, spingendomi all'indietro, spalle all'albero. Allungai una mano per sfiorargli il viso e il collo, e lui rispose con un ringhio caldo sulle mie labbra. Il bacio che seguì quel verso famelico fu così impetuoso che pensai volesse farmi a pezzi e allontanarsi, per poi guardarmi dall'alto in basso.

Non riuscivo a riprendere fiato, tanto ero presa dal

momento. Nei suoi occhi la minaccia aveva lasciato posto alla lussuria, ma mi sentivo ancora più a disagio di quanto non lo fossi quando ero ignara delle sue intenzioni. Il suo sguardo possessivo continuava a farmi venire i brividi, mentre osservava ogni centimetro del mio corpo.

Fece scivolare la mano sul mio ventre, come aveva fatto durante l'addestramento, ma stavolta mise da parte le buone maniere e andò esattamente dove speravo che andasse. Le sue dita si spostarono più in basso, fino a toccarmi da sopra ai vestiti. Sentivo il calore della sua pelle anche attraverso la stoffa, ma con quella barriera tra di noi la pressione non era sufficiente: i miei fianchi si lanciarono in avanti disperati.

"Mi prenderò cura di te," disse.

Qualcosa si risvegliò nel mio profondo, un istinto animale primordiale a cui il mio cervello avrebbe dovuto ribellarsi. Tremavo per il desiderio mentre Kaden, incoraggiato dalla reazione del mio corpo, continuava a premere il suo sempre più forte su di me. Sentii la sagoma rovente della sua virilità attraverso gli strati di tessuto. Restai senza fiato, soffocata dal bisogno, un impeto selvaggio che non riuscivo a controllare.

Inclinai la testa per mostrargli la mia gola, lasciando che affondasse i denti nella pelle morbida. Il morso non fu abbastanza forte da farmi sanguinare, né tanto meno da farmi veramente male, ma m'inarcai d'istinto contro di lui nel tentativo di avvicinarmi di più. Desideravo segretamente che mi marchiasse come sua compagna, e che tutto il branco sapesse che ci appartenevamo. Mi strusciai su di lui come un animale in calore, cercando di saziare la mia fame. Lui non faceva che sfiorarmi la pelle con le labbra e la lingua, ma in qualche modo sentivo l'effetto del suo tocco in un posto completamente diverso – proprio tra le mie gambe. Mi lasciai sfuggire un gemito. Non mi ero mai bagnata tanto in vita mia, e volevo qualcosa di più che una semplice provocazione. Un sorriso apparve sul volto di Kaden in risposta ai miei versi. *Bastardo presuntuoso*. Ma cavolo, lo adoravo. Volevo vederlo sorridere così ogni giorno.

Le sue mani mi afferrarono ancora una volta per le spalle, e questa volta sentii qualcosa di affilato. Si era trasformato parzialmente, tirando fuori gli artigli. Quando abbassai lo sguardo, li vidi squarciare il tessuto della mia maglietta. Sembravano coltelli che affondavano nel burro. Non riuscii a trattenere un altro ansito quando i brandelli caddero a terra, lasciandomi nuda dalla vita in su. Kaden fece un passo indietro, lasciando che l'aria fresca lambisse la mia pelle. I capezzoli s'inturgidirono immediatamente, accarezzati dal soffio del vento notturno.

Lui scrutò il mio corpo come si contempla un'opera d'arte, mentre io faticavo ancora a respirare. Anche se avrei dovuto, non mi sentivo *affatto* vulnerabile. Raddrizzai un po' la schiena, come per presentarmi a lui.

Quando i suoi occhi ritrovarono i miei, traboccavano di possessività. Ero incredibilmente eccitata, più di quanto lo fossi mai stata prima, e allungai ancora una volta le mani verso Kaden. "Vuoi stare a guardarmi per tutta la notte o hai intenzione di far qualcosa?"

Il suo sguardo s'infiammò: aveva accettato la sfida. In un batter d'occhio, mi fu di nuovo addosso. Questa volta, anziché spingermi verso l'albero, mi tirò a sé. Mi lasciai stringere e affondai le dita nei suoi capelli scuri, lisci come la seta sotto i miei polpastrelli. Mi baciò con forza, ringhiando, posando le mani sulla mia pelle nuda, come se potesse lasciare il suo segno su di me, rivendicarmi e farmi sua per sempre.

In quel momento, *volevo* che lo facesse.

Si allontanò dalle mie labbra e mi cinse un seno con la mano. Il suo tocco era così leggero da farmi venire la pelle d'oca ma, di colpo, mi pizzicò il capezzolo tra il pollice e l'indice. Sentii un'improvvisa esplosione di dolore nel piacere. Lui mi guardò negli occhi come per studiare la mia reazione, e io gemetti di nuovo, desiderando di più.

Come per assaggiare la lussuria nella mia voce, mi baciò di nuovo. La sua lingua abbracciò la mia con una delicatezza straziante ma, quando si tirò indietro e mi fissò, grondava di peccato. Infilai le mani sotto la sua maglietta. Volevo vedere di più, sentire la sua pelle sotto le dita. Per qualche istante lasciò che le mie mani vagassero sui suoi muscoli scolpiti nel marmo; poi emise un suono profondo, a metà tra un gemito e un ringhio. Riuscii a sentirlo vibrare nel suo petto, ma subito dopo spinse via le mie mani per spogliarsi.

Avevo visto Kaden a torso nudo un sacco di volte, anzi, praticamente andava sempre in giro senza maglietta, ma stavolta mi permisi di studiare ogni dettaglio. Mi sembrava di essere al cospetto di una scultura, e volevo leccare ogni solco del suo petto, scendere più in basso e sentire che sapore aveva la sua virilità. Era un impulso che non avevo mai provato prima, ma avevo la sensazione che avrei potuto fargli perdere la testa con la bocca, e volevo provarci.

"Non so a cosa stai pensando, ma ti sta facendo eccitare," disse. "Ne sento l'odore."

Senza esitare, infilò una mano tra di noi e dentro i miei pantaloni... fin sotto il tessuto dei miei slip. Tirai di colpo il fiato quando per la prima volta toccò le mie labbra, separandole e disegnando vortici sul mio clitoride. Mi provocò per qualche secondo, facendomi inarcare verso il suo tocco, e poi sentii un dito dentro di me. Era una sensazione a me estranea, dato che nessuno mi aveva mai toccata in quel modo, ma non potei fare a meno di arrendermi al piacere, desiderando di più.

Kaden tirò via la mano e si *leccò* le dita, chiudendo gli occhi come se non avesse mai assaporato niente di più dolce. Quando li riaprì, bruciavano di desiderio. Mi spinse di nuovo contro l'albero, reclamando la mia bocca con la sua, chiedendomi di lasciarlo entrare. Le sue mani scivolarono lungo il mio corpo e d'un tratto tirò di nuovo fuori gli artigli: in men che non si dica, mi strappò di dosso i pantaloni senza il minimo sforzo.

Quando li gettò per aria non mi preoccupai neanche di controllare dove fossero atterrati. Che importanza aveva quando Kaden era davanti a me, che mi spogliava e mi guardava *in quel modo*? Sarei tornata a casa nuda, se era questo che voleva.

La sua bocca si avventò sulla mia gola. Mi diede un morso passionale proprio nel punto in cui il mio battito era più percettibile. Allungai le mani per toccarlo di nuovo, ma Kaden ringhiò, bloccandole sopra la mia testa con una delle sue, immobilizzandomi al tronco dell'albero. Testai la resistenza della sua presa, ma era più che solida. La costrizione non mi aveva mai eccitata, ma quella notte sembrava essere costellata di prime volte.

"È questo che vuoi?" ringhiò Kaden, pressandomi con forza contro l'albero alle mie spalle. Inarcai la schiena, cercando di strofinare ogni centimetro del mio corpo su di lui per ottenere il sollievo di cui avevo bisogno. Pulsavo di desiderio e avrei detto qualsiasi cosa per farmi toccare di nuovo da lui, per sentire la sua dura, grossa erezione dentro di me.

"Sì," gemetti. "Sì, ti prego."

Kaden lo tirò fuori dai pantaloni, stringendolo con una

mano e muovendola su e giù un paio di volte. Lo guardai con occhi ingordi, desiderosa di vedere ciò che fino ad allora avevo solo sentito premere su di me. Dovetti sforzarmi per star ferma, perché avrei voluto allungare una mano per sostituirla alla sua. *Un'altra volta,* mi sussurrò la mia mente. *Userai le mani e la bocca un'altra volta.* Quell'idea mi fece tremare.

Mi afferrò per i fianchi e mi sollevò, avvolgendosi le mie gambe intorno alla vita. Avevo ancora la schiena premuta contro il tronco ruvido, quando fece scorrere la sua lunghezza tra le mie pieghe. Ripeté quel movimento un paio di volte, facendomi venire brividi in tutto il corpo, e poi si spinse dentro di me. L'improvvisa sensazione di appagamento mi fece ansimare e gemere: per la prima volta nella mia vita, mi sentivo completa.

Si tirò indietro e poi mi penetrò ancora, spingendosi più in fondo, facendomi saltare sulla sua erezione. In quella posizione, riusciva a sfiorare lo stesso punto che avevano trovato le sue dita. Un tremolio mi corse lungo la spina dorsale, invogliandomi a prenderlo ancora più in profondità. Assecondai i suoi movimenti, lasciandolo senza parole: tirò di colpo il fiato, ma mi lasciò aggrappare alle sue braccia. Gli andai incontro, spinta dopo spinta, inseguendo quel piacere. Si accumulava nel mio ventre, liquido e caldo, e i miei ansiti rochi si trasformarono in piccoli gemiti.

"Sei così fottutamente sexy. Lo prendi così bene," disse, sfiorando con i denti i muscoli tesi del mio collo. Feci scivolare una mano sulla sua nuca, alla ricerca di qualcosa di più solido a cui mantenermi. Lui ringhiò e le sue labbra si avventarono di nuovo sulle mie, cercando la mia lingua.

Mi morse il labbro inferiore, abbastanza forte da farmi capire che sarebbe rimasto gonfio per ore. Il dolore si mescolò

al piacere, portandomi sempre più vicina all'apice del desiderio. Spinsi i fianchi verso i suoi: volevo, no, avevo *bisogno* di ogni suo caldo centimetro dentro di me. *Ci sono quasi. Ci sono quasi...*
 Inspirai profondamente e–
 La porta si spalancò, strappandomi via dal mio sogno.
 Balzai in piedi all'istante, pronta a fuggire, perché troppi anni passati a casa di mio padre mi avevano insegnato a mettermi immediatamente in modalità difensiva.
 Kaden si precipitò in camera mia, artigli spianati, guardandosi intorno con aria furente. Sbattei le palpebre, cercando di trascinare l'ultima parte della mia coscienza nel mondo reale e via dalla radura illuminata dalla luna, dove Kaden mi stava facendo godere e urlare il suo nome.
 Dopo un attimo, i suoi occhi atterrarono su di me. "Stai bene?"
 "Cosa?" Era l'ultima cosa che mi aspettavo dicesse. Abbandonai la posizione di combattimento che avevo assunto d'istinto – *allarga i piedi*, quasi sentivo dire alla voce di Kaden – e incrociai le braccia sul petto. "Che ci fai in camera mia?"
 "Ho sentito dei rumori. Pensavo che qualcuno si fosse intrufolato e ti avesse attaccata."
 Cosa? Oh. Sentii un'ondata di calore tingermi le guance e cercai di farmi piccola. Improvvisamente mi resi conto che l'oggetto del mio sogno erotico era proprio di fronte a me, e io indossavo solo un reggiseno sportivo e dei pantaloncini. Certo, la nudità era naturale per i mutaforma, ma era difficile ricordarselo quando il mio corpo era ancora accaldato e il desiderio così spasmodico.
 "Non è successo niente," risposi, cercando di trasmettere quanta più spavalderia possibile. "Stavo solo sognando."

Come se la mia consapevolezza di essere mezza nuda avesse innescato la sua, gli occhi di Kaden caddero sul mio seno e poi scesero ancora, seguendo le curve del mio corpo. Per un attimo mi chiesi se stessi ancora dormendo, se quello non fosse uno strano metasogno da cui non mi ero ancora svegliata, ma poi lui inspirò e chiuse gli occhi.

"Odori di sesso," disse.

Ero ancora così presa dalla mia fantasia onirica, che quando pronunciò quelle parole la sua voce mi fece correre un altro brivido di desiderio lungo la schiena. Riuscivo a immaginarlo mentre diceva altre cose del genere, simili a quelle che mi aveva sussurrato nel sogno. Le sue parole mi fecero venire la pelle d'oca, come una carezza inaspettata.

Quando riaprì gli occhi, erano severi e furiosi. "Stavi sognando il tuo compagno del branco del Leone?"

"Cosa?" Domandai, cercando di riprendermi dalla trance in cui mi trascinava la sua voce. "No, io–"

"Non farlo. Non sotto il mio tetto. Non m'importa chi vuoi tra le gambe, ma tieni le tue fantasie su quell'idiota lontane da me."

Aprii la bocca per correggerlo, ma cosa diavolo avrei dovuto dire? *A dir la verità, nel mio sogno non c'era il mio compagno. C'eri tu.* In che modo avrebbe migliorato la situazione?

Una parte di me voleva rincorrere il momento precedente, riaccendere la fame che sembrava aver consumato Kaden mentre i suoi occhi divoravano il mio corpo. Invece era arrabbiato. Almeno conoscevo già il Kaden arrabbiato; il fatto che mi avesse guardata con desiderio era fuori dall'ordinario, e probabilmente non aveva significato nulla. Menzionarlo avrebbe solo creato un conflitto, e io non ne avevo bisogno.

"Esci dalla mia stanza," scelsi di dire, adattandomi al modo in cui eravamo soliti interagire.

Un altro lampo balenò negli occhi di Kaden, che per un attimo sembrò pronto a controbattere. Poi scosse semplicemente la testa e uscì, sbattendo la porta dietro di sé.

Feci un respiro profondo e tremante. Cercai di calmare il mio cuore palpitante, ma non riuscivo a smettere di pensare a quanto fosse stato eccitante il mio sogno. Non avevo mai fatto sesso. I mutaforma del branco del Cancro neanche mi toccavano. Ero uscita con un umano quando frequentavo l'università, ma i miei genitori mi avevano proibito di vederlo perché non era il mio compagno. E naturalmente il mio compagno non mi voleva – neanche io volevo lui, ma questo non leniva il dolore del rifiuto. E, come se non bastasse, adesso i miei sogni sarebbero stati infestati anche da Kaden.

I miei sogni vividi e incredibilmente realistici. Cavolo, non poteva aspettare qualche altro secondo prima di piombare in camera mia?

CAPITOLO VENTI

I giorni successivi trascorsero con non poco imbarazzo. Kaden non menzionò l'accaduto nella mia stanza e io seguii il suo esempio. Ciò non cambiava il fatto che l'incidente di mezzanotte aleggiava tra noi come un tanfo nell'aria. Nessuno dei due provò ad allentare la tensione: a quel punto, aspettavo solo che una goccia facesse traboccare il vaso. Sembrava che dedicassimo più tempo a ignorarlo, a distogliere con cura lo sguardo l'uno dall'altra e a mettere quanta più distanza tra di noi, e questo mi faceva impazzire.

La cosa peggiore era che ogni volta sembravamo accorgerci di essere troppo vicini, e ci sforzavamo ridicolmente di far finta di niente. Era più difficile quando tutto il corpo di Kaden era premuto contro il mio in una presa, o m'immobilizzava a terra dopo avermi fatta cadere, ma non avevo modo di lasciarmi trasportare dall'attrazione fisica mentre cercavo di divincolarmi dalla sua morsa o di tirargli un pugno. Nei momenti di pausa, però, nulla poteva impedire alla mia mente di fantasticare, e mi ritrovavo a dover chiedere a Kaden di ripetermi molte cose.

L'allenamento sembrava diventare sempre più fisico e il combattimento corpo a corpo sempre più ravvicinato, man mano che io miglioravo e lui doveva davvero impegnarsi per mettermi al tappeto. Non si distraeva tanto quanto me, ma a volte lo sorprendevo a fissarmi intensamente, quasi con lo stesso sguardo ardente che aveva nel mio sogno. La capacità del mio cervello di evocarne il ricordo era inquietante.

Era sempre più evidente che tra me e Kaden ci fosse un'intensa chimica, e non potevo fingere che lui non la sentisse. Non che avesse importanza. Come se il legame di accoppiamento potesse percepire che stavo pensando a qualcun altro, nel mio ventre gli strattoni che mi ricordavano di Jordan diventavano sempre più difficili da ignorare. Ogni volta che mi lasciavo prendere dal desiderio, che mi permettevo di ammirare i muscoli di Kaden o di annegare nei suoi occhi, le mie viscere si contorcevano. Era simile a un prurito che non riuscivo a grattare, alla sensazione che qualcosa fosse sempre fuori posto. Mi ricordava che avrei dovuto essere da tutt'altra parte in quel momento. Mi chiedevo se la dea della Luna, spettatrice del mio calvario, lo trovasse divertente. Rifiutata dal mio vero compagno e soffocata dal desiderio per un altro mutaforma.

Mi grattai lo stomaco nervosamente mentre camminavamo, cercando di liberarmi di quella strana attrazione. Scossi persino la testa, come se potessi fisicamente allontanare i miei pensieri. Feci del mio meglio per concentrarmi su dove eravamo diretti io e Kaden. Quel giorno avremmo saltato l'allenamento corpo a corpo – il che era in egual misura una delusione e un sollievo. Invece, per qualche motivo che ancora non mi aveva spiegato, stavamo percorrendo il perimetro del territorio del branco dell'Ofiuco.

Guardai Kaden marciare accanto a me, con la sua

camicia nera e i soliti jeans. Avrei voluto essere accoppiata con qualcuno come lui, invece che con Jordan. Almeno Kaden non mi aveva mai guardata con tanta crudeltà, né mi aveva ferita quasi a morte.

Ma non era lui il mio compagno.

Chi stavo prendendo in giro? Che fossimo predestinati o meno, io *volevo* Kaden. Oltre a essere sexy da morire, era tutto ciò che un alfa doveva essere, e ci sarei andata volentieri a letto anche solo per alleviare un po' di quel formicolio costante tra le mie cosce. Se non avessi fatto qualcosa al più presto, sarei potuta implodere.

Kaden mi lanciò un'occhiata, come se avesse percepito il mio sguardo. Nonostante la chimica che c'era tra noi, era sempre il primo ad allontanarsi e trovava in ogni occasione il modo di farmi capire chiaramente che non mi voleva.

"Come vanno le pulizie alla scuola?" Chiese mentre continuavamo a camminare nella foresta. Era una calda giornata d'inizio luglio e la luce del sole filtrava attraverso le fronde degli alberi, scaldandomi le spalle.

"Bene," risposi, sorpresa che si fosse preso il disturbo di fare due chiacchiere. "Adoro vedere Stella al lavoro con i cuccioli."

Stella aveva un dono straordinario nel rapportarsi con i bambini. Fu una delle prime cose che notai quando entrai nella sua classe all'asilo. Avevo passato decisamente troppo tempo a osservarla insegnare e ad ammirare i bambini che interagivano con lei, prima di ricordarmi che ero lì per pulire e non per starmene a guardare.

Mi ci vollero giorni per pulire l'edificio da cima a fondo, ogni stanza, tranne quella in cui tenevano l'enorme e terrificante serpente. Non mi sarei mai neanche avvicinata a quella cosa. Non riuscivo a credere che lo custodissero in una scuola, dove poteva sibilare ai bambini. Sospettavo che volesse mangiarli, ma Stella mi disse che era innocuo. *Certo*.

Dovevo ancora abituarmi a essere circondata da cuccioli di lupo. Era incredibile vedere un bambino correre in giro e poi trasformarsi un attimo dopo. Sembrava che accadesse soprattutto quando si arrabbiavano. Non avevo mai avuto a che fare con piccoli e inquieti mutaforma, ma gli insegnanti se la cavavano bene. Sembravano abituati a gestire piccoli lupi capaci di superare anche l'umano adulto più veloce.

"Che ci facciamo qui fuori?" Domandai.

"Voglio mostrarti i diversi percorsi che usiamo per le ronde e a cosa devi prestare attenzione quando sei di pattuglia."

Spalancai gli occhi. "Wow, sembra quasi che tu stia iniziando a fidarti un po' di me."

"Non illuderti. È un test, come gli altri."

Naturalmente. Tutto era un test, e nessuno mi diceva che voto avessi preso.

Continuammo ad addentrarci nella foresta e, per mia sorpresa, scoprii che Kaden era in vena di spiegazioni. "La maggior parte dei branchi non ha idea di dove viviamo, e vorrei che le cose restassero così. Il mistero che ci circonda ci ha tenuti al sicuro per tutto questo tempo, ma dobbiamo essere pronti a un attacco, ora più che mai. Dopo la Convergenza, potremmo essere nel mirino dei lupi dello Zodiaco, soprattutto visto come sono andate le cose." Fece una pausa, posando il suo sguardo pesante su di me. "E visto che sei qui..."

Ricambiai con altrettanta freddezza. "Beh, volevi comunque usarmi come esca."

Lui emise una specie di grugnito. "E lo farò, quando saremo pronti."

Continuammo ad avanzare, camminando a passi pesanti lungo le salite e nel fango, e non potei fare a meno di pensare che sarebbe stato molto più facile se ci fossimo trasformati. Ero sempre stata abituata a portare la macchina fotografica, o almeno il telefono, durante le mie escursioni; stavolta, invece, ero a mani vuote. Forse, se mi fossi comportata bene, Kaden mi avrebbe permesso di avere un telefono. Lasciai andare un lungo sospiro e lui mi guardò.

"Che c'è?" Domandò.

"Niente. È solo che... vorrei tanto avere la mia reflex."

Lui non disse nulla, perciò continuai. "All'università mi sono laureata in Fotografia, e la natura è sempre stata il mio soggetto preferito. Questa foresta è così bella che vorrei immortalarla, ma... beh, non ho una fotocamera."

"Che fine ha fatto la tua?" Chiese Kaden continuando a sorprendermi. "L'hai dovuta lasciare alla Convergenza?"

"No, me l'hanno rotta prima. Non ho saputo tenere a freno la lingua con il figlio del beta del Cancro, e lui e la sua compagna hanno deciso che sarebbe stato un modo divertente per farmela pagare. Avevo alcune foto sul telefono, ma ora non ho neanche quello."

I suoi occhi azzurri e severi mi scrutarono da capo a piedi. "Sono stati loro a procurarti tutte quelle cicatrici?"

Arrossii davanti a quella domanda inaspettata, imbarazzata dal fatto che avesse visto così tanto di me, comprese tutte le parti del mio corpo che mi facevano vergognare. "Alcune, sì."

"E le altre?"

"La maggior parte me le ha fatte mio padre," dissi, sconvolta dall'ira che addensava la sua voce.

Kaden emise un ringhio, un suono profondo e terrificante che mi fece rizzare i peli sulle braccia. "Se non fosse già morto, lo ucciderei con le mie mani."

Rimasi come pietrificata mentre ascoltavo l'eco delle sue parole nella mia testa. "Lo... lo faresti davvero?"

Lui continuò a camminare, lasciando che il silenzio ci avvolgesse di nuovo. Lo fissai per un attimo, cercando di capire il significato di quell'affermazione, prima di riprendere il passo e raggiungerlo. Lui... l'avrebbe fatto *per me*? O era solo arrabbiato perché un alfa aveva trattato in quel modo un membro del suo branco e, ancor peggio, la sua stessa *figlia*?

Sentii che tra noi c'era un nuovo legame, e avevo tutta l'intenzione di esplorarlo. Mi ritrovai a balbettare, incapace di tenere la bocca chiusa. "Sono stata fortunata, comunque, visto che mi ha permesso di andare all'università. Beh, ha accettato solo perché l'ha convinto mio fratello. Tu ci sei andato all'università?"

"No, non ho potuto. Sono diventato alfa a diciott'anni." Era tornato ai suoi soliti modi scontrosi, tanto che non mi aspettavo che continuasse a parlare, ma poi mi sorprese ancora una volta. "Volevo andarci, avevo anche fatto domanda di ammissione e tutto il resto, ma poi i miei genitori sono stati uccisi. Ho dovuto lasciar perdere per prendermi cura di Stella e del branco."

"Dev'essere stato molto difficile," risposi. "Cosa avresti studiato?"

"Non lo so. Forse Astronomia. Ho ancora il telescopio montato sul tetto. Mi piace andare lassù per rilassarmi, ogni tanto. Mi aiuta a liberare la mente."

Sorrisi immaginandolo sotto le stelle. Stavo per chiedergli di più, ma si fermò di colpo, con un'espressione seria. Alzò lo sguardo verso il cielo e inspirò bruscamente.

Mi fermai accanto a lui. "Che succede?"

Lui imprecò sottovoce. "Abbiamo superato i confini del branco. Dobbiamo tornare indietro."

Detto questo, si voltò e cominciò a camminare. Mi affrettai a seguirlo, domandandomi quale fosse il problema, o come avesse fatto a capire che avevamo lasciato le terre del branco. Più di ogni altra cosa, però, ero delusa da quell'interruzione: finalmente Kaden aveva cominciato ad aprirsi con me, ma nel giro di un secondo aveva rialzato tutti i suoi muri.

All'improvviso, mi fece un rapido cenno con la testa. "Ayla, trasformati. Adesso," comandò.

Obbedii senza discutere. Non persi neanche tempo a spogliarmi. Stella mi aveva insegnato a ottimizzare i tempi e trasformarmi nel più breve tempo possibile in caso di emergenza, e ora ci riuscivo quasi come un lupo esperto. Non come un alfa, ovviamente. Kaden era già nella sua forma di lupo quando mi avvicinai a lui, lasciandomi alle spalle i miei vestiti a brandelli. Il suo sguardo era altrove, mentre notavo che le nostre zampe erano di dimensioni completamente diverse. Le mie, bianche come il latte, erano così piccole accanto alle sue, coperte di peli lucidi e neri.

Se fossi stata in forma umana non me ne sarei accorta, ma percepii chiaramente dei rumori: umani. Seguii lo sguardo di Kaden verso gli alberi davanti a noi. Tre maschi emersero tra le fronde verdi, ed erano abbastanza vicini da distinguere il simbolo dell'Ariete sulle loro braccia.

Mutaforma dell'Ariete.

Si disposero a ventaglio, venendo dritti verso di noi. Poi, quello di mezzo disse: "Prendete la ragazza. Ci serve viva."

Un basso ringhio rimbombò tra le fauci di Kaden. Un avvertimento. I tre maschi dell'Ariete lo ignorarono completamente, avvicinandosi a noi e trasformandosi in grossi lupi.

Il loro branco era alleato con quello del Leone, e poteva esserci un solo motivo per cui volevano catturarmi.

Cosa diavolo faccio ora? Mi ero allenata tanto per combattere in forma umana e per trasformarmi velocemente. Riuscivo a sentire l'odore di qualcosa che apparteneva al branco dell'Ofiuco a chilometri di distanza, ma a cosa mi sarebbe servito in quel momento? Non avevo mai combattuto nella mia forma animale, non eravamo ancora arrivati a quella parte dell'addestramento.

Kaden mi guardò e mosse le orecchie nere, facendo un cenno con la testa in direzione di Coronis. Se fossi stata in forma umana avrei aggrottato la fronte, ma mi limitai a scuotere la testa come meglio potevo. Lui ripeté il movimento, questa volta con un breve ringhio. Potevo giurare di aver visto qualcosa di simile alla disperazione nei suoi occhi.

Vuole che scappi, pensai. Neanche per sogno. Feci ancora di no con la testa: non avevo intenzione di lasciarlo solo. E poi, era un'idea stupida. Se avessero deciso di seguirmi, avrei condotto il branco dell'Ariete direttamente in città, e la luna non era ancora nel cielo per aiutarmi. No, non c'era altra scelta se non quella di restare e combattere.

Kaden e i lupi dell'Ariete continuavano a girare in tondo, ringhiando e alternando scatti a passi lenti e lunghi. Era da tempo che non sentivo questo tipo di tensione, o una minaccia così violenta. Avevo quasi dimenticato quanto potesse essere terrificante.

I loro ringhi si fecero più gutturali, più minacciosi, e io indietreggiai di qualche passo, ancora incerta su cosa fare. Un altro lupo emerse dall'ombra, un po' più a sinistra. Non lo vide nessuno, né i mutaforma dell'Ariete né Kaden. Guardai con orrore il lupo che si lanciava verso di lui.

Aprii la bocca per avvertirlo: non servì a nulla. Non

potevo far altro che abbaiare o ululare, e chissà se avrebbe capito. No, non c'era tempo per pensare. Mi lanciai sulla traiettoria del lupo, facendolo finire fuori strada. Cademmo entrambi sul fianco e io rotolai subito in piedi, accovacciata e pronta a combattere. Mostrai i canini al mio avversario, che scosse tutto il corpo come per scrollarsi di dosso dell'acqua. Poi mi saltò addosso, troppo velocemente perché potessi schivarlo, e improvvisamente ci trovammo a lottare.

Le mosse che Kaden mi aveva insegnato non erano del tutto inutili per la mia lupa, e con i miei sensi potenziati era molto più facile reagire agli attacchi e contrastarli. Ci azzuffammo per un po' prima che riuscissi a stringere le mandibole attorno alla zampa posteriore del mutaforma. Morsi con forza, stringendo gli occhi mentre squarciavo la pelle e sentivo il sapore del suo sangue. Il mutaforma ululò e lottò per liberarsi. Con un grande strattone, riuscì finalmente a sfuggire dalla mia presa e si allontanò zoppicando frettolosamente.

Mi acquattai di nuovo, aspettandomi che si girasse e tornasse alla carica. Ero così concentrata su di lui, che l'attacco successivo mi colse completamente alla sprovvista. Più veloce di qualsiasi cosa avessi mai visto muoversi, una grossa massa di peli grigi corse verso di me. Proprio mentre mi giravo per affrontare il nuovo mutaforma, mi piombò sul fianco. Sembrava un treno merci che sfrecciava a tutta velocità. Mi fece fare un grande balzo in aria, e solo dopo diversi metri atterrai di peso al suolo, con una forza tale che tutto il fiato che avevo mi abbandonò in un brusco sbuffo. Per un attimo rimasi sdraiata, con il cervello che cercava di ritrovare l'orientamento, e poi arrivò il supplizio.

La mia soglia del dolore era cresciuta molto nel corso degli anni. Avevo sopportato a testa alta le punizioni di papà e Jackie e i pestaggi degli altri membri del branco del Cancro. Alla fine avevo imparato ad attendere inerme che il dolore svanisse, un respiro dopo l'altro, ma cosa potevo fare adesso che non riuscivo *neanche* a respirare?

Sentii le mie ossa scricchiolare: stavo tornando nella mia forma umana. *No, non adesso!* Pensai disperata, cercando di aggrapparmi alla forma animale. Fu come tentare di afferrare la nebbia. Mi scivolava tra le mani, e presto il manto bianco svanì, sostituito dalla pelle livida.

Quella era l'unica cosa che *non* avrei dovuto fare. Senza la mia lupa, non avrei avuto alcuna possibilità contro quei mutaforma. Persino dopo la trasformazione avevo faticato a contrastare l'esperienza dei lupi dell'Ariete. Provai a muovermi, a tirarmi su, ma fu tutto inutile. Il mio corpo umano era debole e gravemente ferito: non sarei riuscita ad alzarmi in piedi per un bel po'.

Da dove giacevo, riuscivo a malapena a vedere Kaden combattere con gli altri lupi. Si muovevano così velocemente che vedevo solo sprazzi di zanne, artigli e ciuffi di pelo che volavano in aria, e sentivo ogni tanto ringhi e guaiti che spezzavano il silenzio. Cercai di alzarmi per aiutarlo, di inspirare profondamente per prepararmi al dolore, ma non riuscivo a riprendere fiato. Quando provai a mettermi seduta, la testa iniziò a pulsare e il braccio cedette immediatamente.

"Kaden," provai a dire, ma non uscì alcun suono dalle mie labbra. Sarei morta lì, così? Dopo tutto quello che avevo passato?

All'improvviso, non ci fu altro che silenzio. Rimasi perfettamente immobile, con il corpo teso e pronto all'arrivo di uno dei lupi dell'Ariete. Invece, un attimo dopo, a torreggiare su di me c'era Kaden, nella sua forma umana. Il sollievo che provai fu così forte che mi scappò un singhiozzo. Lui era vivo e i mutaforma dell'Ariete no. Grazie agli dèi.

Era completamente nudo, e all'inizio cercai di non spostare lo sguardo dal suo viso. Se non avessi sofferto così tanto, avrei dato un'occhiata a tutto il resto. D'altra parte, se stavo per morire, potevo anche sbirciare un po'. Cosa avrebbe potuto fare, uccidermi? Lasciai cadere lo sguardo sul suo petto: ogni fascio di muscoli era teso e gonfio, un'esibizione di perfezione. Poi i miei occhi scivolarono più in basso, sulla piccola scia di peli scuri che serpeggiava lungo gli addominali, e più giù, ancora più giù, fino al suo...

"Devo riportarti nel territorio del branco," disse Kaden, riportando il mio sguardo sul suo viso. "Qui non è sicuro. Potrebbero essercene altri."

Annuii, o almeno ci provai. Niente sembrava volersi muovere. Pregai che la guarigione da mutaforma facesse già effetto, ma forse le mie condizioni erano troppo gravi.

Kaden si abbassò per prendermi in braccio. Le sue mani erano delicate, più di quanto le avessi mai sentite; avrei voluto poterlo apprezzare. Quando mi sollevò da terra, mi sembrò di essere trafitta da infinite scariche di dolore, tanto che emisi un lamento strozzato.

"Mi dispiace," sussurrò Kaden. Aggrottai la fronte, sorpresa dall'insolito comportamento. "Tieni duro, farò presto."

Poi si mise a correre.

CAPITOLO VENTUNO

L a foresta divenne sfocata; le fitte chiome degli alberi proiettavano ombre così sature che, anche se ci fossimo mossi più lentamente, non sarei riuscita a distinguere nessun dettaglio. Ancora non riuscivo a riprendere fiato, a discapito dei miei sforzi. Pensavo che l'agonia si sarebbe placata man mano che procedevamo, ma le fitte acute e taglienti non mi permettevano neanche d'inspirare. I miei polmoni ci misero un attimo per capire che non stavano ricevendo l'ossigeno necessario e, dopo qualche altro tentativo di respirare, individuai finalmente la causa. Le mie costole.

"Non riesco a respirare," sussurrai con un filo di voce, cercando di attirare l'attenzione di Kaden. Era impegnato a correre, con gli occhi puntati davanti a sé. Sembrava che non mi avesse nemmeno sentita. Ero sbalordita dalla sua velocità. Io potevo correre così velocemente solo trasformandomi, ma forse questo era un altro vantaggio dell'essere un alfa. Cercai di attirare di nuovo la sua attenzione, battendo debolmente il pugno contro il suo petto e ripetendo ciò che avevo detto.

Finalmente Kaden mi guardò, scuotendo la testa. "Qui non siamo al sicuro. Dobbiamo continuare a muoverci."

Oh. Eravamo ancora fuori dai confini del branco. Non sapevo ancora come li avessero delimitati, né perché saremmo stati al sicuro al loro interno, visto che Kaden non aveva ancora condiviso quel segreto. Proprio quando aprii la bocca per chiederglielo, lui rallentò per annusare qualcosa nell'aria. Anch'io sentii una traccia, ma non mi sembrava odore di casa. Non ancora.

"Ti metto giù," disse Kaden, e io mi preparai al supplizio. Mi aveva tenuta così stretta durante la corsa che quasi non avevo subito contraccolpi, ma adesso avrei sofferto proprio come quando mi aveva presa in braccio. Strinsi i denti e cercai di trattenere i lamenti, ma non servì a nulla.

Kaden si accovacciò al mio fianco e mi guardò con aria preoccupata. Era la prima volta che mi rivolgeva uno sguardo simile, e mi colse di sorpresa. Quando mi aveva rapita, il mio benessere era stato l'ultimo dei suoi pensieri, e tutte le volte che mi faceva a pezzi durante l'allenamento non sembrava così interessato a limitare i danni. Provai a fatica a mettermi seduta, spaventata dal modo in cui mi guardava. Avevo bisogno che tornasse a essere il solito Kaden scontroso e noncurante, altrimenti significava che ero davvero in guai seri.

Kaden mi mise una mano sulla spalla, esercitando una pressione sufficiente a impedirmi di alzarmi ulteriormente. La ferita al fianco sembrò prendere fuoco quando insistetti per tirarmi su, e nel giro di un secondo mi accasciai di nuovo a terra, ansimando.

"Sta' giù, o dovrò costringerti." Il suo tono da alfa autoritario non lasciava spazio a proteste.

Lasciai andare uno sbuffo, incapace di far di più.

Cominciò a tastarmi le costole e io ne approfittai per osservarlo. Ammirai il naso fiero, gli occhi azzurri e carichi di determinazione e la mascella pronunciata. Poi il mio sguardo scivolò lungo il suo collo, fino al punto in cui iniziavano ad apparire gli schizzi di sangue: mi chiesi di chi fosse. Non sembrava ferito, quindi doveva essere degli altri lupi. Li aveva abbattuti tutti come se nulla fosse.

La pressione sulle mie costole mise a tacere il riverbero dei miei pensieri. Avevo perso il conto del numero di volte in cui ero stata ferita, ma questo non rendeva le cose più facili. Una volta svanita l'adrenalina, non c'era più nulla che mi proteggesse dal dolore. Sopravvivere ai pestaggi era la parte facile, ma le conseguenze non erano mai state magnanime. Come se non bastasse, la sensazione di non riuscire a respirare stava per mandarmi nel panico. Cercai disperatamente di aggrapparmi a qualsiasi parvenza di controllo.

"Ti hanno rotto diverse costole usando la carica dell'Ariete," m'informò Kaden.

"Ma non mi dire," mormorai, perdendo la punta di sarcasmo che volevo dare alle mie parole nell'agonia.

Kaden mi guardò cupo. "Le costole ti hanno quasi perforato i polmoni quando ti sei ritrasformata. Devo rimetterle a posto prima di poterti spostare."

Annuii, inclinando la testa all'indietro per farmi accarezzare dai tenui raggi di sole che filtravano attraverso i rami. Kaden era stato così delicato da posarmi su una distesa di muschio, perciò non c'erano bastoni o pietre a pungermi la schiena, mentre facevo del mio meglio per rilassarmi e aspettare l'imminente dolore.

Quando arrivò, chiusi gli occhi e lasciai andare un respiro sibilante.

"Bene," disse Kaden con voce profonda e soave.

Allungai una mano verso il suo braccio tatuato, e lui me lo lasciò afferrare senza opporsi.

"Guardami," lo sentii dire. Feci di no con la testa. Se l'avessi fatto sarei scoppiata a piangere, e ce la stavo mettendo tutta per trattenere le lacrime, incoraggiate anche solo dal dolore che mi dilaniava. "Guardami," ripeté, e stavolta mi sforzai di aprire gli occhi. I suoi erano intensi, del colore di cui si tinge il cielo proprio dopo un tramonto, e mi parve di annegarci dentro.

"Non so se posso farcela," ansimai alla fine, perché Kaden sembrava in attesa di una risposta. Intanto, aveva tolto la mano dal mio sterno, probabilmente per evitare che gridassi rivelando la nostra posizione al branco dell'Ariete.

"Sì che puoi." Non c'era ombra di dubbio nelle sue parole, ma io ero tutt'altro che convinta. "Pronta?"

"No," mugugnai. "Ma non starai certo ad ascoltarmi, quindi fallo e basta."

Continuò a manovrare le mie costole e io feci del mio meglio per restare immobile. La sua voce vellutata non smise mai di echeggiare nelle mie orecchie: non l'avevo mai sentito parlare tanto a lungo, ma non avevo idea di cosa stesse dicendo. Le parole sembravano tutte confuse nella mia mente, ma mi aggrappai a quel suono ipnotico, cercando di concentrarmi solo e soltanto sul suo ritmo, non sulla foresta intorno a noi, sulle sue dita che mi toccavano o sul panico che cresceva dentro di me mentre lottavo per respirare.

Poi Kaden mi prese il mento, inclinandomi di nuovo la testa verso il basso. Non mi ero nemmeno accorta di aver distolto lo sguardo da lui. *Ecco l'alfa prepotente,* pensai senza opporre resistenza.

"Ayla," Il mio nome, che di rado usava per chiamarmi, suonava così strano pronunciato dalle sue labbra. Quel giorno, però, sembrava assediare la sua mente. "Devo occuparmi di te, adesso. Non riusciremo a tornare a Coronis in queste condizioni. Se ti muovo, rischio di spostarti di nuovo le costole." Fece una pausa come se stesse scegliendo con cura le parole, masticandole prima di sputarle fuori. "Sarà un po' strano, ma ho bisogno che ti fidi di me."

Esitai solo un attimo. Nessuno era venuto in mio soccorso così prontamente nella mia vita. Quando ci avevano attaccati, aveva cercato di farmi scappare, anche se era un'idea stupida e per niente razionale. Mi aveva mostrato più lealtà nelle poche settimane che avevo passato lì di quanta ne avessi conosciuta in ventidue anni nel branco del Cancro. Se mi avesse voluta morta, avrebbe potuto lasciarmi nelle grinfie del branco dell'Ariete. Ogni singola cosa che aveva fatto per me, dal momento in cui mi aveva catturata, mi aveva fatto capire quanta fiducia meritasse.

"Mi fido di te, Kaden," dissi. Ed era vero.

Annuì e si sistemò più comodamente accanto al mio fianco ferito. Si chinò su di me, e pensai che volesse esaminare meglio la ferita. Il suo fiato mi sfiorò il fianco e io rabbrividii: la carne martoriata bruciava furiosamente sotto il calore del suo respiro. Poi aprì la bocca e iniziò a *leccarmi*.

La sua lingua era calda, umida e non del tutto sgradevole. Cominciò dalla sporgenza dell'anca e risalì lambendo la mia pelle ipersensibile. Volevo spingerlo via e chiedergli a che razza di gioco stesse giocando, ma prima che riuscissi a trovare le parole giuste, i suoi occhi incontrarono i miei e io serrai le labbra.

Lentamente, fece scorrere di nuovo la lingua sulla mia ferita, e non fu una sensazione... terribile. Anzi, riportò la mia mente al sogno che avevo fatto, e al modo in cui Kaden mi aveva leccata per ragioni completamente diverse. Rimasi immobile, evitando gli occhi di Kaden mentre continuava a leccarmi il fianco su e giù, con la sua lingua rovente e quasi lenitiva.

Minuto dopo minuto, sentii le mie guance prendere colore: fui oltremodo grata per il sangue che mi ricopriva, così forse Kaden non avrebbe notato quel rossore se avesse alzato lo sguardo. Il dolore si stava attenuando e qualcos'altro cominciò a germogliare dentro di me. Sembrava che andasse a tempo con la lingua di Kaden, un profondo palpito che non preferii non analizzare. Era troppo simile al desiderio per essere confortante, e questa volta non avrei avuto spiegazioni per l'odore della mia lussuria, se Kaden l'avesse avvertito.

Man mano che continuava, cominciai a percepire meno il dolore e più la presenza della sua lingua, che accarezzava la mia carne nuda con una lentezza straziante. Decisi di provare a fare un respiro profondo, tesa per l'inevitabile agonia. Non arrivò.

Sbattei le palpebre, provando a capire il nesso tra la lingua di Kaden e la scomparsa del mio dolore. Mi stava *guarendo*? Avrei dovuto spingerlo via o dirgli che stavo finalmente bene, ma non lo feci. Non l'avrei mai ammesso, ma non volevo che smettesse.

Kaden ritenne necessario proseguire per qualche minuto, e notai che l'affievolirsi del dolore era direttamente proporzionale all'accelerazione del mio battito. Premetti i palmi delle mani sul muschio sotto di me per impedirmi di fare qualcosa d'incredibilmente stupido, come tirarlo più vicino e scoprire se la sua lingua sarebbe stata altrettanto miracolosa su altri punti più sensibili.

Alla fine Kaden si tirò su, leccandosi le labbra come se avesse assaporato qualcosa di delizioso. Lo guardai con il fiato in gola, in attesa della sua prossima mossa. I suoi occhi si posarono sulla pelle che la sua lingua aveva accarezzato, poi vagarono sul resto del mio corpo.

Le sue pupille si dilatarono mentre ne osservava ogni centimetro. Poi, come se si fosse accorto solo in quel momento che ero nuda – che eravamo *entrambi* nudi – distolse lo sguardo e si schiarì la gola. La tensione sessuale che era scomparsa nella foga della lotta e nella fretta di riportarmi nelle terre del branco dell'Ofiuco tornò con prepotenza.

"Va meglio?" domandò con tono roco, come se si fosse sforzato di tirar fuori la voce.

Passai una mano sulla pelle immacolata. La ferita era completamente sparita, come se non fossi mai stata attaccata. Incredibile.

"Non sapevo avessi poteri curativi," risposi cambiando argomento, visto che non ero sicura che *meglio* fosse la parola più adatta per descrivere come mi sentivo. Speravo disperatamente che non ne sentisse l'odore e che non lo sottolineasse come aveva fatto quella notte nella mia stanza.

Kaden mi rivolse un sorriso, tornando a essere il solito alfa presuntuoso. "Tutti i mutaforma dell'Ofiuco hanno la saliva curativa. È il potere del nostro branco." Poi mostrò i denti. "Insieme al morso velenoso."

"Lo terrò a mente," dissi con un filo d'ironia. "Pensavo che solo i lupi della Vergine potessero curare gli altri."

"Lo fanno meglio di noi, ma dato che sono l'alfa il mio potere curativo è più forte."

"Davvero?" Domandai, cercando di non lasciar trasparire alcuna emozione.

"Chi pensi ti abbia guarita quando ti abbiamo trovata?"

Sgranai gli occhi al pensiero che quella volta mi avesse spogliata e curata. Non saranno mica stati suoi quei vestiti così larghi? Rievocare quei momenti fece tornare a galla altre domande che avevo messo da parte. Uno dei suoi lupi mi aveva morsa e io ero svenuta. "Il morso velenoso... è così che mi avete messa k.o.?"

"Sì, una piccola quantità del nostro veleno funziona come un normale tranquillante. Stella si è assicurata di non morderti troppo a lungo per non ucciderti."

"È stata *Stella*?" Chiesi sconvolta. "E io che pensavo fossimo amiche."

Kaden si alzò in piedi, spolverandosi il terreno dalle cosce nude per poi tendermi una mano. "Riesci a camminare?"

"Forse." Quando l'afferrai, l'ombra di un sorriso balenò sul mio viso al ricordo della prima volta che fece lo stesso gesto. Neanche questa volta provò a scagliarmi sopra la sua spalla. Mi tirò su, facendomi praticamente catapultare in piedi e dritta contro il suo petto.

Allungai le mani, guidata dall'istinto di cui avevo imparato a fidarmi negli allenamenti con Kaden e, prima che la razionalità potesse interferire, toccai la sua pelle nuda. Lui mi teneva per le braccia, con forza sufficiente da impedirmi di muovermi, mentre le mie mani riposavano sul suo petto nudo. Sotto i palmi, sentivo il cuore battergli alla stessa velocità del mio.

Era così vicino che il suo odore m'inebriava: quello strano profumo di muschio mi faceva pensare a una fitta foresta sotto la luce della luna. *Casa*, pensai. Il suo respiro mi vellicava le labbra e il collo. Il rossore che si era spento fece la sua ricomparsa, impossibile da nascondere a quella distanza. Kaden inspirò, annusandomi, e io mi avvicinai quasi involontariamente. Sentivo una forte attrazione verso di lui, simile a quella costante del legame di accoppiamento con Jordan, ma non identica. Se in quel caso il richiamo era come una mano che mi schiacciava sempre lo stomaco, stringendolo e contorcendolo, quello verso Kaden era naturale: sembrava dettato dal destino.

Gli occhi dell'alfa si posarono sulle mie labbra. Non riuscii a resistere all'impulso di leccarmele, e per un attimo fui certa di aver sentito un ringhio profondo vibrare nell'aria tra di noi. Poi mi allontanò da lui senza troppe cerimonie.

"Avresti dovuto ascoltarmi," disse Kaden voltandosi.

Sentii qualcosa di sospettosamente simile alla delusione annidarsi dentro di me. Avevo *desiderato* che annullasse la distanza che ci separava, a prescindere dalle ripercussioni che avrebbe avuto.

"Ti avevo detto di scappare," aggiunse. "Avresti potuto farti ammazzare. Sei ancora in fase di addestramento, ed essere toccata dalla Luna non ti aiuta in pieno giorno. C'è ancora il sole, nel caso non te ne fossi accorta."

"Scappando non avrei fatto altro che portarli dritti dal branco," ribattei inviperita, incapace di trattenermi. *Dannazione*, era così irritante. Non sapevo se a farmi perdere le staffe fossero più i suoi sbalzi d'umore o il fatto che mi comandava come se fosse il mio alfa, cosa che non era. "Sono rimasta solo per evitare che ti uccidessero."

"Non ho bisogno del tuo aiuto," ringhiò, voltandosi verso di me.

Incrociai le braccia sul mio seno nudo. "Questo l'hai reso *più* che chiaro."

I suoi occhi si posarono sulle curve che stavo coprendo. Si passò una mano tra i capelli e lasciò andare un lungo sospiro. "Forza, dobbiamo tornare indietro. Devo avvertire il branco che stanno iniziando a curiosare intorno ai nostri confini, che ti stanno cercando. Torneranno più numerosi, e dobbiamo prepararci ad affrontarli."

Detto questo, cominciò a camminare senza neanche controllare che lo stessi seguendo. La consapevolezza di essere un bersaglio fece risvegliare un pensiero in me, un'idea che da tempo aveva messo le radici nella mia mente. Era stato il mio legame con Jordan a condurre il branco dell'Ariete da noi? Era per questo che ci avevano trovati così facilmente?

Scossi la testa. Ci avrei pensato più avanti, magari con dei vestiti addosso. Seguii Kaden verso la città, rimuginando sugli eventi appena accaduti e cercando di dargli un senso. Purtroppo, l'unica cosa che ottenni furono altre domande e troppe poche risposte.

CAPITOLO VENTIDUE

Mi sorprese quanto tutto stesse procedendo normalmente nei giorni successivi. Purtroppo, il fatto di essere quasi morta non mi liberò dai miei doveri di inserviente, e nemmeno Kaden sembrava pensare che avessi bisogno di una pausa. La mattina dopo l'attacco, al mio risveglio, trovai un biglietto con su scritto di continuare a pulire la scuola. Di Kaden neanche l'ombra.

"E va bene," mormorai staccando il pezzo di carta dal frigorifero. Quel pomeriggio, domandai a Stella se potesse dedicarmi un altro po' di tempo e insegnarmi a combattere nella mia forma di lupo. Le spiegai cos'era accaduto, probabilmente perdendo tempo, visto che Kaden sembrava condividere tutto con lei. Quasi sicuramente le aveva raccontato l'accaduto nei dettagli, tranne per la parte in cui aveva leccato il mio corpo nudo. Avevo la sensazione che quello non l'avrebbe detto a nessuno.

"Credo sia inutile dirti di andarci piano, dato che abbiamo un bel problema per le mani," disse Stella. "Naturalmente dovrò chiedere il permesso, ma posso mostrarti una mossa o due, oggi."

"Buona fortuna," risposi. "Non riesco a scambiare neanche una parola con Kaden. Adesso ha anche messo Clayton ad addestrarmi al combattimento. Sembra quasi che mi stia evitando."

"È solo impegnato," mi rassicurò. "C'è molto da fare ora che sappiamo che il branco dell'Ariete ci sta dando la caccia. Due mutaforma sono scappati, quello che ti ha atterrata e quello che hai ferito. Sono sicura che, mentre parliamo, stanno segnalando al branco del Leone il luogo in cui vi hanno trovati."

Sospirai. Era colpa mia. E forse Stella aveva ragione: Kaden era troppo occupato con le "cose da alfa" per continuare ad addestrare qualcuno che non faceva nemmeno parte del suo branco, e che lo aveva addirittura messo in pericolo. Ma non potevo ignorare che la sua latitanza era iniziata dal momento in cui ci eravamo quasi baciati – e in cui probabilmente aveva di nuovo fiutato il mio desiderio, stavolta diretto a lui.

Nei giorni successivi evitai di pensarci il più possibile. Stella m'insegnò a combattere nella mia forma di lupo, e ogni sera mi esercitavo a muovermi tra le chiazze di luce lunare. Volevo essere sicura di non trovarmi mai più inerme e incapace di lottare. Mi stavo evolvendo, e una parte primordiale di me era fiera dei rapidi progressi che stavo facendo. Non sarei mai più stata alla mercé di nessuno.

Su un piano puramente oggettivo, Clayton era un insegnante molto migliore. Mi lodava quando lo meritavo e non conosceva insulti, ma mi mancava comunque l'addestramento con Kaden. Non è che avessi qualcosa contro Clayton, tutt'altro. Dopo il barbecue, lo consideravo quasi un amico. Ma non era Kaden, e mi mancava il contatto fisico che l'allenamento ci costringeva ad avere.

Intanto, in città, cominciai a notare dei cambiamenti. Tutte le entrate e le uscite di Coronis erano sorvegliate ventiquattro ore su ventiquattro. Ogni cittadino sembrava in stato di massima allerta, con gli sguardi puntati sulla foresta; i bambini venivano accompagnati da un adulto ovunque andassero. Anch'io ero in guardia, e continuavo a ripetermi che il modo ossessivo con cui mi guardavo intorno era per scovare una minaccia, non certo Kaden.

Sul serio, il numero di sparizione che aveva messo in scena era impressionante. Se mai l'avessi trovato gli avrei chiesto d'insegnarmi a usare quel trucco. L'unico lato positivo era che non facevo più sogni inappropriati su di lui.

Finalmente arrivò la notte della luna piena, che Stella glorificava da giorni. C'era fermento nell'aria, e provavo lo stesso brivido di eccitazione che riempiva la voce di Stella ogni volta che ne parlava. Sarebbe stata la prima luna piena che avrei sperimentato dopo aver ricevuto la mia lupa, e non avevo idea di cosa aspettarmi. Avrei finalmente rivisto Kaden quella sera?

Il tramonto affrescava il cielo quando scesi le scale, trovando Stella pronta ad aspettarmi. Indossava un vestitino rosso e sensuale che metteva in mostra le sue lunghe gambe; le brillavano gli occhi. Aveva detto anche a me d'indossare qualcosa di carino, e io avevo optato per un vestito corto e svolazzante, di quelli che ti solleticano la pelle mentre cammini.

"Sei pronta per la festa della luna piena?" Chiese. "Devo avvertirti, può diventare piuttosto movimentata."

Abbassai lo sguardo sul mio vestito, domandandomi se fosse troppo o troppo poco elegante. "In che senso?"

"Beh, la luna piena amplifica le emozioni, ci sono sempre un sacco di liti... e tanto, tanto sesso."
Le feci un sorriso. "È per questo che ti sei messa in tiro? Speri di avere fortuna?"
Lei ricambiò con un occhiolino. "Ehi, solo perché non ho trovato un compagno non vuol dire che non posso divertirmi un po', giusto?"
"Dovrei preoccuparmi? Sarà una specie di vera e propria orgia nella foresta?"
"Non direi," rispose ridendo. "Non questa volta, almeno. Le nostre femmine vanno in calore nove mesi prima dell'entrata in vigore del segno dell'Ofiuco, quindi verso la metà di marzo. Quella sì che è un'enorme orgia, ma non è in questo periodo dell'anno, grazie al cielo."
"Anche il branco del Cancro organizzava degli eventi in occasione della luna piena, ma io non sono mai stata invitata. Non sono sicura di essere la benvenuta nemmeno stasera."
Dato che non facevo ancora parte del branco, non sapevo nemmeno se mi fosse *permesso* partecipare. Aggrottai la fronte, prendendo una bottiglia d'acqua dal frigorifero e buttandola tutta giù. Ero ansiosa di dimostrare il mio valore al branco, ma probabilmente Kaden non me l'avrebbe mai lasciato fare.
"Ma certo che sei la benvenuta," disse Stella. "Vero, Kaden?"
Se avessi ancora avuto l'acqua in bocca, probabilmente l'avrei sputata. Non avevo neanche sentito Kaden entrare ma, quando mi voltai verso la porta sul retro, lui era lì. Il mio battito impennò fuori controllo. Aveva un aspetto incredibilmente delizioso, per qualche motivo che non riuscivo a identificare, e volevo quasi leccargli la mascella per scoprire se il suo sapore fosse altrettanto buono.

Inspirai e distolsi rapidamente lo sguardo, scacciando quei pensieri.

"Va bene," rispose lui. "Basta che ti comporti bene."

Tornò fuori, e io mi chiesi perché fosse venuto in cucina. Forse mi stava *davvero* evitando.

Sorrisi a Stella, cercando di non rimuginarci troppo. A prescindere da quello che stava succedendo con lui, almeno avrei passato più tempo con il branco. "Sembra che verrò con voi."

Stella batté le mani, saltellando sui tacchi alti. "Non vedo l'ora. Scommetto che troveremo qualcuno anche per te."

Risi e scossi la testa, consapevole del fatto che non sarebbe successo. Anche se l'avessi voluto, e non era affatto così – la mia mente era già abbastanza tormentata dalle fantasie su Kaden e Jordan – dubitavo che qualcuno volesse avere a che fare con la lupa emarginata e ancora accoppiata con un Leone.

Al calar della notte, c'inoltrammo nella foresta. Nonostante Kaden mi avesse dato il permesso, una sgradevole sensazione di disagio mi attanagliava lo stomaco. Mi avrebbero accolta davvero? Desideravo essere un membro del branco, ma continuavo a sentirmi dire: "Dobbiamo prima assicurarci di poterci fidare."

L'inquietudine, mista all'impazienza, ribolliva fastidiosamente nelle mie vene.

D'un tratto, Kaden apparve tra gli alberi, quasi come un fantasma, e io mi ritrovai a fissarlo senza neanche battere le ciglia. Non aveva la maglietta – *sconvolgente* – e i miei occhi gravitarono immediatamente sui suoi muscoli, che si muovevano a ogni passo. Per quante volte distogliessi lo sguardo, dopo pochi secondi era di nuovo incollato a Kaden. Volevo lanciarmi su di lui, premere il corpo sul suo, divorarlo. *Che diavolo ho che non va?* Mi domandai. Di solito riuscivo a contenere quei pensieri inappropriati.

La situazione peggiorò ulteriormente quando Kaden iniziò a guardarmi. Aveva un'espressione accigliata, come se stesse cercando di capire qualcosa. Ma che problema aveva? E perché era così dannatamente sexy? Volevo leccare ogni centimetro del suo corpo come un ghiacciolo.

Stella camminava in mezzo a noi, beatamente ignara della tensione sessuale che aleggiava nell'aria così forte che avrei potuto morderla. Ero fastidiosamente sensibile a ogni movimento del corpo di Kaden: ogni respiro, ogni fruscio di tessuto, ogni morbido passo contro il terreno. Quando ci unimmo al resto del branco nella radura, ero al limite dell'eccitazione e persino respirare era una tortura. Cercai disperatamente di darmi un contegno, ed ero così concentrata che per un attimo non mi accorsi di quanti mutaforma mi stessero fissando. All'inizio pensai che fosse perché mi stavo comportando in modo strano, ma no. Avevano tutti lo stesso sguardo... affamato.

Jack fece qualche passo verso di me, sfoggiando uno dei suoi incantevoli sorrisi. Nei suoi occhi c'era un luccichio malizioso che smascherava le sue intenzioni. "Ayla. Sei davvero incantevole stasera. Ti va di unirti a me per il resto della festa?"

Prima che potessi rispondere, Kaden si mise tra di noi, riempiendo l'aria con l'eco del suo ringhio. "Sta' lontano da lei," disse.

Fissai l'alfa sotto shock. Jack indietreggiò immediatamente, abbassando la testa. Se fosse stato in forma di lupo, di sicuro avrebbe avuto la coda tra le gambe.

"Che diavolo ti prende?" Domandai a Kaden. "Magari volevo andare con lui. Te lo sei chiesto, per caso?"

Lui mi rivolse uno sguardo omicida. "Tu non vai da nessuna parte."

"Che succede?" Chiese Stella preoccupata.

"Fa' in modo che restino tutti qui," le disse Kaden. Poi mi sollevò, caricandomi su una spalla. Urlai per la sorpresa.

"Mettimi giù!" Gridai, battendo i pugni contro la sua schiena mentre mi portava via dalla festa, verso la casa. "Cosa diavolo pensi di fare?"

Senza degnarmi di una risposta, continuò ad arrancare tra foglie e rami, portandomi in braccio come se fossi una bambina disubbidiente. Cercai di liberarmi, ma mi arresi quando la presa delle sue dita si fece quasi dolorosa. Era troppo forte.

Appena fummo lontani dal branco, Kaden si fermò e mi rimise in piedi sull'erba. "Che sta succedendo? Ogni singolo maschio non accoppiato ti sta facendo gli occhi dolci stasera."

"Non lo so," risposi fissandolo. "Vorrei saperlo anch'io."

Kaden corrugò la fronte, avvicinandosi e inspirando profondamente. Mi allontanai, ma nei suoi occhi vidi un lampo di quello che sembrava panico. "Cazzo," ringhiò. *Sì, pensai, è proprio quello che voglio.* "Devo portarti subito via di qui."

"Cosa c'è che non va?" Domandai, ma Kaden m'ignorò, guardandosi intorno come se stesse cercando qualcuno.

"Clayton," sbraitò, attirando subito l'attenzione del beta, che corse verso di noi. "Stasera guidi tu la caccia." Senza neanche aspettare una sua risposta, Kaden mi riperse in braccio e s'incamminò a passo spedito.

"Cosa stai facendo?" Chiesi ancora, cercando di respingere le ondate di desiderio che mi travolgevano al suo tocco. "Non vado da nessuna parte con te. Voglio delle risposte."

Riuscii a dimenarmi abbastanza da liberarmi, e grazie agli allenamenti con Kaden atterrai con grazia sul terreno. Sfrecciai subito via e riuscii a schivare Kaden, nonostante una parte di me volesse lasciarsi catturare. Era incredibilmente difficile pensare, tempestata dalle vampate di desiderio che mi facevano pulsare la testa come un secondo cuore. Alla fine, mi prese per un braccio e mi trascinò per i pochi metri che ci separavano dalla casa. Non disse una sola parola finché non fummo dentro, e poi sbatté la porta, chiudendola a chiave.

"Stai andando in calore," disse.

Lo shock mi pietrificò come una secchiata d'acqua gelida, spegnendo momentaneamente le fiamme della libido. "Com'è possibile?"

"Hai un compagno, quindi sei fertile. E non hai un branco, perciò andrai in calore a ogni luna piena. Ciò significa che ogni maschio non accoppiato vorrà strapparti i vestiti di dosso." Si strinse il naso tra le dita, come se di colpo l'avesse colpito una fitta. "Ti ho portata qui per la tua sicurezza."

Incrociai le braccia sul petto, coprendomi i capezzoli ormai turgidi e ipersensibili, tanto che il solo contatto con la stoffa mi faceva perdere la testa. "È una follia. Hai intenzione di tenermi d'occhio tutta la notte?"

"Non lo so," rispose Kaden, con la voce frustrata quanto la sua espressione. "Ma dovevo portarti via di lì prima che qualcuno ti saltasse addosso." Si voltò, lanciandosi in una lunga serie di colorite imprecazioni. Se fossi stata più lucida, probabilmente avrei risposto con una battuta, ma in quel momento non pensavo ad altro che al desiderio. Dopo un po',

Kaden tornò a guardarmi con ritrovato autocontrollo. "Siediti. Vado a prenderti dell'acqua."

Obbedii, lasciandomi cadere su uno dei divani nel salotto. Mi sembrava di essere avvolta dalle fiamme. Chiusi gli occhi e provai a soffocare quelle sensazioni, ma non avevo più alcun controllo del mio corpo. "Sai che ti dico," dissi con le palpebre ancora chiuse, "Non mi piace affatto questa cosa."

"Siamo in due," ribatté Kaden.

Sobbalzai al suono della sua voce. Si era mosso di nuovo senza fare alcun rumore, o forse ero così fuori di me che non l'avevo sentito avvicinarsi. Si chinò su di me offrendomi un bicchiere d'acqua, e il mio corpo fremette, bramando il suo. Appena presi il bicchiere dalle sue mani, qualsiasi cosa avesse visto nel mio sguardo lo fece indietreggiare di colpo. Si sedette di fronte al tavolino, troppo lontano dalle mie mani. Era nel punto perfetto per essere divorato dai miei occhi, però, e mi ritrovai a leccarmi le labbra e a contorcermi sulla sedia. Kaden bevve d'un fiato l'acqua, e io fissai il movimento del suo pomo d'Adamo. Poi osservai i suoi avambracci mentre posava il bicchiere sul tavolo. Accidenti, non avevo idea che degli avambracci potessero essere così dannatamente sexy. Ogni centimetro di lui mi stava facendo perdere la testa. Poteva almeno avere la decenza di mettersi una maledetta maglietta.

"Dovresti allontanarti anche tu da me," dissi senza fiato, annaspando. "Neanche tu sei accoppiato."

"Non posso farlo."

"Perché?"

"Non posso lasciarti senza protezione durante il calore. Qualcuno deve tenerti al sicuro."

"Ma se resti..." Non ebbi il coraggio di continuare la frase.

Lui scosse la testa. "Io so controllarmi, a differenza degli altri."

Che peccato. Bevvi un altro sorso d'acqua e rivolsi lo sguardo fuori dalla finestra, sperando di trovare conforto nella luna e nelle stelle. "Allora che facciamo? Ce ne stiamo seduti qui e basta?"

"Oh, no," rispose Kaden, poggiando i gomiti sulle sue cosce. "Adesso andrà molto, molto peggio."

CAPITOLO VENTITRÉ

Con il levarsi della luna, il mio calore divenne quasi insopportabile. Cercai di sedermi, trattenuta solo per qualche minuto dal mio orgoglio, ma quando la luna superò la cresta degli alberi, stavo praticamente ansimando. Non avevo mai provato nulla di simile. Mi sentivo fuori controllo: era come se sotto la mia pelle ci fosse un animale selvaggio che cercava di liberarsi. Ero quasi certa che sarei morta se non avessi sentito il tocco di qualcuno, se non avessero placato la mia fame. Ero così eccitata che pensavo di poter esplodere.

Posai il bicchiere d'acqua e strinsi le mani a pugno, cercando con tutta me stessa di non strapparmi i vestiti di dosso. L'esigenza di farlo era insopportabile. Sentivo una pulsazione calda e incessante tra le mie gambe, e non so neanch'io come riuscii a evitare di strusciarmi sul divano. Cosa avrebbe pensato Kaden se mi fossi spogliata e avessi iniziato a strofinarmi sul suo divano per cercare di appagare quel bisogno *straziante*? Non avrei mai più potuto guardarlo in faccia.

Ma ancora peggiore era l'impulso di attraversare la distanza che ci separava. Cresceva e cresceva finché non dovetti alzarmi, o sarei morta proprio lì. "Sto impazzendo," dissi camminando avanti e indietro, cercando di scaricare l'energia. Non servì a nulla.

"Non puoi stare con il tuo compagno," rispose Kaden con un cipiglio sul viso. "Dev'essere questo il motivo."

Agitai le mani in aria e mi spostai dietro al divano, senza smettere di marciare freneticamente: dovevo allontanarmi da lui prima di fare qualcosa di terribilmente sbagliato. "Non lo voglio neanche il mio compagno!"

Kaden mi guardò severamente. "Il tuo corpo dice il contrario. Riesco a sentirne l'*odore*."

Una folata di rabbia soffiò sulle fiamme del desiderio che mi avvolgevano. Ero nella stessa situazione dell'altra notte nella mia stanza. Non volevo avere *niente* a che fare con Jordan. Perché non gli entrava in quella testa dura?

"Non è lui che voglio, io voglio–"

Mi misi di corsa una mano sulla bocca. Kaden sgranò gli occhi davanti alla mia ammissione. Maledizione, non volevo dirlo ad alta voce. Mi voltai, desiderando di non aver mai confessato quanto lo bramassi. Non mi ero mai sentita così vulnerabile nella mia vita, eppure l'imbarazzo non mitigò la voglia di saltargli addosso.

"Ayla..." Il suono del mio nome tra le sue labbra era così sensuale che mi fece tremare dal desiderio. Mi voltai e lo vidi stringere i braccioli della poltrona su cui era seduto, con le narici dilatate come se stesse inalando ogni sentore del mio odore. Lasciò andare un sospiro affannoso e chiuse gli occhi. "Non possiamo."

Per quanto ci provasse, non riuscì a nascondere la sfuma-

tura di lussuria nella sua voce. Fu abbastanza per farmi parlare senza riflettere. "Perché no?"
"Serrò un attimo la bocca come per mandare giù un boccone amaro. "Dovresti andare nella tua stanza. Guarda la TV. Leggi un libro. Prova a distrarti."
"Sappiamo entrambi che non servirà a nulla." Da sola non avrei ottenuto alcun risultato. Strinsi i denti, provando un'ultima volta a riprendere il controllo del mio corpo traditore, ma fu tutto inutile. Avevo bisogno di liberarmi. Avevo bisogno di *lui*.
Percorsi la distanza che ci separava come attratta da una calamita. Non era lo stesso richiamo che avevo sentito per Jordan, ma lo eguagliava in intensità. M'inginocchiai accanto alla sua poltrona, pronta a implorare, a umiliarmi, *a tutto*. Se avessi ancora avuto un briciolo di lucidità, il mio orgoglio mi avrebbe impedito di fare una cosa simile. Il mio corpo, però, era talmente bisognoso che non m'importava.
"Ayla." La sua voce risuonò come un avvertimento. Un avvertimento che io scelsi d'ignorare.
"Ti prego," sussurrai. "Ti prego, aiutami."
Vidi la sua determinazione infrangersi come un bicchiere di cristallo sul pavimento. Il controllo misurato che aveva sul suo corpo si allentò. Poi mollò la presa convulsa che aveva sulla poltrona e mi tirò sulle sue gambe. Il suo tocco fu come benzina sul fuoco che bruciava dentro di me. Mi sporsi in avanti per baciarlo, ma lui mi fermò posando una mano sulle mie labbra.
"Posso darti un po' di sollievo con le dita," disse. "Ma niente di più."
"Grazie," ansimai. Qualsiasi cosa pur di togliermi di dosso quel terribile calore e la sensazione di essere letteralmente soffocata dalla lussuria.

Mi spostò in una posizione più comoda e poi mi tirò su il vestito fino alle cosce. Un verso cavernoso e animalesco mi sfuggì dalla gola, quando le sue dita forti mi afferrarono le ginocchia e mi allargarono le gambe. Allungai frettolosamente una mano per togliermi gli slip, ma Kaden mi fermò.

"Sei completamente bagnata," disse così lentamente da farmi mugolare. Poi mi sfiorò la carne ardente con le nocche, e io tirai di colpo il fiato.

"Ti prego," implorai. "Non ti fermare."

Kaden inspirò a fondo e mi afferrò i fianchi per tenermi ferma.

"Queste non ti servono più," disse tirando il tessuto umido.

Annuii, cercando di non pensare al bisogno impellente e a come soltanto essere sfiorata mi avesse quasi fatta venire in una pozza di piacere. Poi sollevai leggermente i fianchi per lasciarmi sfilare la biancheria intima; sentii l'aria sulla mia pelle nuda e chiusi gli occhi, gemendo frustrata. Non era abbastanza. Mi sporsi verso Kaden e gli misi una mano sul petto. Avevo bisogno che mi toccasse. *Subito.*

Lui mi prese le mani e le bloccò sui miei fianchi. "Non farlo. Sono io a toccare te, non il contrario."

I suoi occhi erano gelidi e distanti: sembrava mi stesse parlando del tempo, non di come farmi raggiungere un orgasmo. Annuii e tremai sotto il suo sguardo, così bagnata che mi sembrava di gocciolare sulla poltrona.

Nonostante fossi annebbiata dal desiderio, mi fermai per un attimo. "Non vuoi farlo?"

"Lo voglio da morire. Mi è difficile anche solo starti vicino. Tutto ciò che *voglio*," rispose stringendo la presa attorno ai miei polsi, "è strapparti i vestiti e sbatterti fino a farti dimenticare il tuo nome."

Quelle parole mi fecero percorrere da un altro brivido di desiderio. Gemetti come se mi avesse appena accarezzata con la lingua. Era esattamente ciò che volevo anch'io, ed era un tale sollievo sapere di non essere l'unica a provare quelle sensazioni. Per un attimo avevo temuto che lo stesse facendo solo per senso del dovere o per pietà.

"Allora toccami," insistetti.

Con un ringhio, lasciò andare i miei polsi e allungò una mano per alleviare il dolore sordo tra le mie gambe. Poi trascinò delicatamente le dita tra le mie pieghe, spingendone uno dentro quel tanto che bastò per farmi tirare di colpo il fiato. Il mio corpo tremava senza controllo: volevo muovermi, rincorrere il suo tocco, renderlo più deciso.

"Maledizione, smettila di provocarmi," mi lamentai.

Kaden emise un verso a metà tra un gemito e una risata. Stavo per alzare lo sguardo su di lui, quando il suo pollice trovò il mio clitoride in un delizioso e tortuoso corteggiamento. Continuò ad accarezzarlo e, d'un tratto, fece scivolare due dita dentro di me. Strinsi così forte gli occhi che piccoli lampi di luce e scintille sembrarono danzare dietro le mie palpebre, mentre continuava a farmi godere con le dita, dandomi finalmente ciò di cui avevo bisogno. L'altra mano trovò il mio seno e i capezzoli frementi, e io non riuscii più a star ferma. Mi strusciai sulla sua mano, rincorrendo il piacere, desiderandone di più.

"Come fai a essere così bravo?" Chiesi annaspando.

"Non ho una compagna, ma non ho neanche fatto voto di castità."

Kaden aumentò il ritmo, assediando il mio clitoride con il pollice e infilando le dita dentro di me. Le spingeva in fondo e le tirava fuori, imitando ciò che avrebbe fatto con la sua lunghezza. Era quasi brutale, troppo veloce e troppo esperto per portarmi a un morbido orgasmo. No, mi avrebbe fatta cadere in un abisso di piacere fino ad allora inesplorato. Di certo non ero mai stata così abile con le *mie* dita.

Tremavo quasi spasmodicamente: strinsi le mani a pugno, conficcandomi le unghie nella pelle nel tentativo disperato di non toccarlo. Senza che potessi controllarlo, il bisogno che scorreva nelle mie vene sembrò fluire tutto tra le mie gambe, concentrandosi in un punto preciso per poi travolgermi da capo a piedi. L'intensità dell'orgasmo mi fece inarcare la schiena e gemere profondamente. Neanche allora Kaden si fermò: le sue dita continuavano a penetrarmi mentre venivo e mi dimenavo su di lui. Solo quando il piacere si placò lasciarono il mio corpo, e io mi abbandonai sul suo petto, tremante e senza fiato.

Lui tornò subito ad afferrare i braccioli della poltrona, stringendoli come se fosse l'unico modo per resistere all'impulso di toccarmi ancora. Aprii la bocca per ringraziarlo, ma un'altra ondata di desiderio mi travolse, impetuosa come un maremoto. Inarcai la schiena, gemendo alla sensazione del vestito che mi sfiorava i capezzoli.

"Non ha funzionato," mugolai disperata, cercando di non annegare nel mare di lussuria. Mi aggrappai alle spalle di Kaden e, quando i miei occhi trovarono i suoi, ci trovai il mio stesso desiderio profondo e indomabile. Probabilmente gli bastava annusarmi per capire quanto fossi insoddisfatta. Mi aveva appena fatta venire, ma quell'orgasmo sembrò peggiorare la situazione. "Mi sento sul punto di andare in fiamme. Kaden, ti prego..."

"Maledizione," imprecò, aggrottando la fronte per la frustrazione. "Hai bisogno di fare sesso. Non c'è altra soluzione."

"Cavolo, non farti prendere dall'entusiasmo, potresti rovinare l'atmosfera."

Non so come riuscii a tirar fuori tutto quel fiato, ma provai a usare il sarcasmo per darmi un contegno. Fu inutile. Mi ritrovai a strofinare il mio intimo bagnato e pulsante sulla lunghezza dura celata nei jeans di Kaden. Era evidente che mi desiderava, allora perché diavolo non era ancora dentro di me?

Mi prese per i fianchi, tenendomi ferma, ma quel gesto non fece che nutrire la mia eccitazione. "Ti rendi conto di cosa mi stai chiedendo?"

"Sì!" *Certo* che me ne rendevo conto. Mi sembrava di aver passato ore e ore a implorarlo. "Se non mi aiuti, dovrò trovare qualcun altro in grado di farlo."

"Neanche per sogno." Mi strinse i seni attraverso il tessuto del vestito, e quel tocco bastò per farmi gemere inerme. "L'unico uomo che ti toccherà stanotte sono io."

"Allora datti una mossa," lo incalzai. Poi, per un secondo, ritrovai un briciolo di buon senso. "Aspetta. Rimarrò incinta?"

Kaden scosse la testa. "Non credo. Non sono il tuo compagno."

Dovevo proprio aver perso la testa, perché mi sembrò di aver sentito dell'amarezza nella sua voce. Non ne ero del tutto certa, però, perché ero troppo presa dall'idea di avere dei cuccioli di lupo con Kaden. *È un peccato che non possa mettermi incinta,* disse una vocina nella mia mente. Poi scossi subito la testa, scacciando quel pensiero folle.

"Allora che problema c'è?" Domandai.

Mi pizzicò un capezzolo, e sentii una scarica di piacere misto a dolore attraversarmi. "Il problema è che non potrà accadere mai più. È solo per una notte. Lo capisci?"

"Sì," risposi chinandomi su di lui, inspirando il suo profumo muschioso e cercando di tenere a bada i miei istinti animali. Se nel mio sogno l'avevo desiderato, adesso lo bramavo con tutta me stessa. Non importava che fosse solo per una notte, avrei accettato qualsiasi cosa, purché mi prendesse subito. "Kaden, ti prego, fammi tua."

Le mie parole sembrarono abbattere un muro dentro di lui, un muro che stava tenendo su con ogni muscolo del suo corpo. Lo guardai mentre digrignava i denti; i suoi occhi risplendevano, illuminati dalle fiamme del desiderio. In quello sguardo vidi l'alfa che era in lui, il lupo minaccioso che mi aveva rapita, lo stesso che aveva minacciato di uccidermi se avessi fatto del male a qualcuno che amava. Con un solo gesto, afferrò il mio vestito e me lo sfilò da sopra la testa.

Non indossavo il reggiseno, perciò mi ritrovai completamente nuda davanti ai suoi occhi affamati e curiosi. Mi tirò a sé e premette il naso sul mio collo, inspirando il mio profumo, ma senza baciarmi. Niente baci.

"Come desideri, piccola lupa."

CAPITOLO VENTIQUATTRO

Kaden mi lanciò sul divano senza tante cerimonie, e mi guardò come un sovrano che torreggia sul suo regno. I suoi occhi accarezzarono ogni curva del mio corpo: le gambe, il seno, le cicatrici. Era tutto in bella mostra per lui, e per quanto fossi tentata di coprirmi, non lo feci. Forse la frenesia del calore mi aveva fatto un'iniezione di coraggio, oppure non mi ero mai sentita così a mio agio come con Kaden, ma per la prima volta volevo che mi vedesse. Ogni parte di me.

"Dio, sei bellissima." Quel complimento sfrecciò attraverso la densa nebbia della lussuria e mi fece stringere lo stomaco. Nessun uomo mi aveva mai detto nulla di simile.

Poi allungò le mani verso i suoi jeans e li sbottonò. Quando vidi il rigonfiamento nei suoi boxer, dovetti sforzarmi di tenere le mani a posto e la bocca chiusa. Volevo offrirmi di aiutarlo, ma dubitavo che avrebbe accettato. Fino ad allora, non aveva voluto neanche che lo toccassi: il fatto che stessimo per fare sesso probabilmente non avrebbe cambiato le cose. Lo stava facendo solo perché *doveva*, perché non avevamo altre opzioni.

Si tolse jeans e boxer, restando completamente nudo. Da quando le nostre strade si erano incrociate, l'avevo visto in diversi gradi di nudità, ma stavolta era diverso. Sapere *perché* era nudo aveva tutto un altro peso. Tutte le altre volte, avevo provato – in parte fallendo – a evitare di fissare il suo corpo scultoreo, ma questa volta lasciai che il mio sguardo vagasse sui suoi addominali, seguendo le linee marcate dei muscoli fino al suo inguine. Finalmente, mi permisi di dare una lunga occhiata.

La sua erezione era un'opera d'arte, perfettamente proporzionata alla sua stazza poderosa e dura come la roccia. Mi venne l'acquolina in bocca davanti a quella vista, e deglutii d'istinto. Volevo sedermi su di lui e prenderlo così in profondità da saziare una volta per tutte il mio appetito. Volevo leccare la vena in rilievo che lo percorreva, solo per scoprire se sarei riuscita a fargli perdere un po' il controllo. Avevo quasi troppe opzioni, e la cosa divertente era che non avrei saputo metterne in pratica neanche una. Il mio corpo, invece, sembrava pullulare di idee, nonostante la mancanza d'esperienza mi rendesse nervosa. Neanche la lussuria che minacciava di soffocarmi avrebbe potuto farmi dimenticare che non avevo mai fatto sesso prima d'allora.

Kaden si avvicinò a me come il predatore che era, e io inspirai tremante. S'inginocchiò davanti a dove giacevo, presentata a lui come un'offerta, e prese la sua lunghezza in mano. Lasciò vagare lo sguardo sulle mie gambe spalancate, con le pupille che si dilatavano alla vista del mio sesso. Una scintilla illeggibile balenò nei suoi occhi, poi strinse la presa sull'erezione.

"Se avessimo avuto più tempo, ti avrei fatta venire con la

bocca," disse. "Ma non credo sia ciò di cui hai bisogno adesso."

Emisi un piccolo mugolio e spinsi i fianchi verso di lui. Onestamente, l'idea era a dir poco allettante, ma aveva ragione. Avevo bisogno di sentirlo *dentro* di me. Nient'altro sarebbe bastato.

Quando alzò lo sguardo verso di me, i suoi occhi erano scuri, più scuri di quanto li avessi mai visti. Solo un sottile anello blu ornava le sue pupille dilatate. Mi desiderava anche lui. Quella consapevolezza m'inondò di desiderio e quasi lo trascinai sopra di me. D'un tratto, però, mi guardò corrucciando il viso: vide qualcosa oltre al mio desiderio carnale e irrefrenabile. "Non l'hai mai fatto, vero?"

Scossi la testa, ma non riuscii a trovare le parole. Cominciavo a sentirmi frustrata oltre ogni limite. Il mio corpo mi urlava di tirarlo più vicino, di allungare una mano ed essere io a farlo entrare dentro di me, ma la mia mente era bloccata dalla parte pratica. Avevo lo stomaco sottosopra per il timore di sbagliare qualcosa, ma ancora più forte era il bisogno che Kaden spegnesse il mio calore prendendomi selvaggiamente. "No, è la mia prima volta," riuscii a dire.

Lui fece una smorfia. Sembrava che stesse ricorrendo a tutta la sua forza di volontà per trattenersi. "Lo capisci che appena sarò dentro di te, non riuscirò a trattenermi, vero? Proverò ad andarci piano, ma il calore lo rende difficile."

Non mi ero resa conto che anche lui fosse così eccitato dal mio calore, ma in quel momento notai l'increspatura tra le sue sopracciglia e la tensione delle spalle e della mascella. Stava facendo di tutto per non prendermi senza alcun freno. Il pensiero che mi desiderasse così tanto non fece che aumentare la mia eccitazione: gemetti e inarcai i fianchi.

Non mi avrebbe fatto del male, ne ero certa. "Ti prego, fallo e basta."

Kaden mi prese per i fianchi, espirando tanto a lungo che mi parve avesse trattenuto il fiato fino ad allora. Guardandomi negli occhi, fece scivolare la sua erezione tra le mie labbra bagnate, accarezzandole un paio di volte prima di spingersi dentro di me. Mi penetrò con una lentezza straziante. Si stava trattenendo. Gli tremavano le braccia mentre continuava a tenermi ferma per i fianchi, facendomi quasi male. Ricambiai il suo sguardo, osservando la sua reazione mentre mi faceva sua. Ero indubbiamente combattuta: volevo lasciar vagare i miei occhi verso il basso, per vedere la sua carne che spariva nella mia, ma il suo viso ebbe la meglio. Quando fu completamente dentro, stava praticamente tremando. Mi spostai appena per abituarmi alle sue dimensioni.

"Va tutto bene?" La sua voce era talmente spezzata che compresi a malapena le parole.

"Sì. Non fermarti." Feci per spostarmi ancora un po', ma le sue mani strinsero con vigore i miei fianchi. Non era doloroso come l'avevo immaginato, ma non mi ero mai sentita così *piena*.

Kaden ringhiò, si tirò fuori e sprofondò di nuovo nel mio sesso ardente. Mi lasciai sfuggire un verso, incapace di trattenermi, e lo afferrai per le braccia. Volevo qualcosa a cui aggrapparmi. Si spinse ancora una volta dentro di me, lentamente ma con decisione, e sentii il leggero tremore che lo percorreva. Quel che restava del disagio svanì e i miei fianchi presero vita, sollevandosi per incoraggiarlo. Avevo bisogno di qualcosa *di più* per saziare la bestia famelica annidata nel mio ventre.

"Andiamo," ansimai mentre si tirava quasi completamente fuori. "Prendimi. Più forte. Non mi farai male. Non potresti mai farmi male."

"È questo che vuoi?" I suoi occhi incontrarono i miei, traboccanti di desiderio. Poi affondò con forza dentro di me, fino alla base della sua erezione.

"Sì!" Esclamai senza fiato sollevando il bacino per accoglierlo. In risposta, lui mi spinse di nuovo giù, tenendomi ferma. L'autorità di quel gesto mi fece gemere.

Poi lo tirò fuori, solo per sprofondare di nuovo nel mio intimo bagnato con più velocità e impeto. Aumentò il ritmo fino a farlo diventare quasi punitivo, senza mai lasciarmi sollevare i fianchi verso di lui. Aveva il controllo completo della situazione, e lo *adoravo*.

Mentre mi prendeva e la mia pelle diventava un tutt'uno con la sua, i nostri istinti animali presero il sopravvento e ci portarono alla frenesia. Quella sensazione aumentò a ogni spinta, fino a quando non mi sembrò di poter toccare le stelle, desiderando che non finisse mai. Kaden era una macchina: manteneva un respiro profondo e costante mentre affondava dentro di me ancora e ancora, portandomi sempre più vicina al piacere.

"Oh, sei fantastica," disse. "Sembri fatta su misura per me."

"Più forte," risposi ansimante. "Ci sono quasi."

Dal modo in cui il suo respiro si fece affannoso, capii che anche lui era sul punto di venire. Dovetti piantare i piedi per non sbilanciarmi, e alla fine mi lasciò spingere i fianchi verso di lui, mentre le sue mani scivolarono in basso per stringermi il sedere. Quando mi sollevò, la sua lunghezza accarezzò un nuovo punto, un punto di cui neanche conoscevo l'esistenza, e il mio piacere raggiunse nuove vette.

Il suo gemito, il primo che sentii provenire dalla sua

bocca, fu la mia disfatta. Esplosi in un piacere sfrenato. Avvolsi le gambe attorno alla sua vita, tirandolo più vicino per prendendolo fino in fondo. Da quel momento, non riuscii più a trattenermi: assecondai le sue spinte con il movimento del bacino, cavalcando le onde dell'orgasmo. Sotto la coltre dell'estasi, sentivo la sua lunghezza pulsare e rilasciare il suo piacere, caldo e liquido come lava. La sensazione di calore nel mio intimo prolungò l'orgasmo, intensificandolo.

Quando tornai in me, le mie ossa sembravano fatte di gelatina. Mi abbandonai sul divano mentre Kaden si tirava fuori, lento e delicato. Mi sentivo diversa, ma finalmente *appagata*. Il mio respiro era affannoso, quasi come se avessi corso una maratona. Dovetti starmene stesa per qualche minuto, prima di riuscire a parlare.

"Grazie." Fu tutto quello che riuscii a dire con un filo di voce, neanche avessi urlato per ore. Probabilmente l'avevo fatto, verso la fine. Non ricordavo tutto con chiarezza. *È stato fantastico*, pensai. E avrei voluto dirlo, ma sapevo che non sarebbe stato il caso. Quando guardai Kaden, che ancora si stagliava su di me, nei suoi occhi non c'era alcuna emozione.

"Faccio solo il mio dovere," rispose.

Mi accigliai e mi resi conto che non mi aveva mai baciata, nemmeno una volta. Dopotutto, era solo sesso. Niente di più, niente di meno.

Non ebbi il tempo di rimuginare, perché un'altra ondata di desiderio accecante mi travolse. Gemetti e mi ritrovai a sollevare di nuovo i fianchi verso di lui, con i capezzoli turgidi e la pelle d'oca. Non riuscii a trattenermi: lasciai scivolare le mie mani tra le gambe, alla disperata ricerca di un maggiore sollievo.

"Perché non smette?" Chiesi quando fui di nuovo in grado di formulare frasi di senso compiuto. La situazione non sembrava migliorare, e ogni ondata di desiderio mi trasformava sempre più in un animale privo di raziocinio, incapace di seguire il filo dei miei pensieri.

"Mettiti a carponi," ordinò.

Obbedii immediatamente, inarcando la schiena e presentandomi a lui. Kaden fece scorrere una mano lungo la mia spina dorsale e io rabbrividii. La scia del suo tocco mi faceva rizzare i peli sulle braccia. Mi spinsi all'indietro, cercando la sua erezione: quando la trovai, rimasi di stucco. Era ancora duro e pronto per ricominciare. Aveva ragione: il mio calore stava avendo la meglio anche su di lui. Era più bravo a mantenere il controllo, ma sentivo la sua lunghezza pulsare mentre mi strusciavo su di lui, cercando d'incoraggiarlo a prendermi. Poi, esaudendo le mie preghiere, spinse di riflesso i fianchi in avanti. Non riuscii a nascondere il sorriso sul mio volto.

D'un tratto, sentii la sua mano scivolarmi sulla schiena e avvolgersi i miei capelli intorno al pugno. Chiusi gli occhi, cercando di ritrovare un briciolo di razionalità, ma senza risultati. Tirò leggermente, alimentando le fiamme del mio piacere e facendomi mugolare disperata. Volevo che mi usasse, mi possedesse, mi profanasse. Qualsiasi cosa, purché non lasciasse passare un altro secondo.

Spinse il suo membro dentro di me con forza, lasciando da parte qualsiasi riguardo, e si chinò sulla mia schiena. "Staremo qui tutta la notte," mi ringhiò all'orecchio. "Ti sbatterò fino al sorgere del sole. In ogni modo e posizione immaginabile. Questo è ciò che ottieni chiedendo il mio aiuto, Ayla."

Il mio nome sulle sue labbra fu la più sensuale delle provocazioni. Come per dimostrare la sua tesi, mi penetrò con forza e mi tirò i capelli in modo da scoprirmi il collo. La prima volta che avevamo fatto sesso non mi aveva toccata, a eccezione delle sue mani sui miei fianchi, ma ora le cose erano cambiate. La sua determinazione si era sgretolata e la diga che tratteneva il suo impeto aveva ceduto.

Si piegò su di me, pelle contro pelle, facendomi sentire tutto il peso del suo corpo massiccio. Il suo respiro era caldo e inebriante sul mio collo, mentre si spingeva dentro di me abbastanza forte da spostarmi sempre più in avanti sul divano. Mi appoggiai meglio al bracciolo e mi spinsi di nuovo contro di lui. Per tutta risposta, la mano che mi teneva la vita scivolò verso il basso, accarezzandomi il ventre e insinuandosi tra le mie gambe.

Con le dita, separò le mie pieghe bagnate, trovando il mio clitoride. Gettai la testa all'indietro, lasciandogli libero accesso alla mia gola. Lui morse il solco tra la spalla e il collo, senza mai smettere di penetrarmi con un ardore irrefrenabile. Ogni spinta mi portava più vicina all'orlo del precipizio. Il confine tra dolore e piacere sembrò svanire, quando la sua lingua lambì la pelle arrossata dal morso selvaggio.

"Adesso non pensi al tuo compagno del Leone, vero?" La sua voce accarezzò il mio orecchio, morbida come le fusa di un gatto. Un brivido mi fece inarcare la schiena mentre un altro orgasmo mi travolse freneticamente. Non c'era spazio per Jordan nella mia testa. Esisteva solo Kaden, che si stava prendendo cura di me in modi che non avrei mai immaginato possibili.

Le braccia e le gambe mi cedettero, ma Kaden mi tenne sollevata, continuando a spingersi dentro di me più e più volte. Nella sua gola ribollì un verso a metà tra un gemito e un ringhio. In quella posizione, la sua lunghezza sfregava il punto G a ogni spinta e il mio corpo si rianimava, inseguendo quel desiderio come se ne andasse della mia vita. Pochi istanti dopo, venni di nuovo sulla sua erezione, *urlando* e ansimando. Mi sembrava che la carne attorno alle mie ossa si stesse sciogliendo. Mi chiedevo se fosse normale godere così tanto.

Alla fine, Kaden lasciò andare i miei fianchi e io mi accasciai sul divano, distendendo le gambe tremanti. Quando mi diede un colpetto con il ginocchio per attirare la mia attenzione, mi girai su un fianco. I suoi occhi mi guardavano affamati, arrabbiati, *ardenti*.

Aprii la bocca nel tentativo di fargli una domanda, ma un'altra ondata di desiderio m'investì, e questa volta non mi preoccupai nemmeno di trattenere i gemiti. Allungai una mano verso di lui, che si lasciò tirare più vicino. Quando presi la sua lunghezza tra le mani, s'irrigidì e spalancò gli occhi, ma non mi fermai. Mi misi a cavalcioni su di lui e feci scivolare la sua dura erezione dentro di me, perdendo la testa ancora una volta. Lo cavalcai come un animale, muovendo il bacino e ansimando spasmodicamente, prendendomi il mio piacere mentre mi fissava. Mi afferrò il seno e lo strinse, e le lingue di fuoco nei suoi occhi mi fecero capire che il desiderio era corrisposto. Poi venni su di lui, un'esplosione calda e liquida, mungendo il suo piacere mentre saltavo su e giù e urlavo il suo nome.

Ogni volta che pensavo che il calore si sarebbe placato e che avremmo avuto qualche minuto per riposare, un'altra ondata mi travolgeva e Kaden mi prendeva di nuovo, trovando ogni volta nuove posizioni. A un certo punto ci spostammo sul pavimento, e lui si mise sopra, sotto e dietro di me. Sentire il suo peso addosso aveva un che di rassicurante, mentre i suoi ansiti rochi seguivano il ritmo delle spinte furenti. Ogni volta che alzavo lo sguardo chiedendo *di più*, lui mi accontentava. Anche quando facemmo una breve pausa per prendere un po' d'acqua dalla cucina, finì per piegarmi sul bancone e prendermi da dietro, insinuando le dita tra i miei glutei, portandomi a un livello inesplorato di piacere. Mentre tornavamo verso il divano, mi prese in braccio e affondò di nuovo la sua lunga asta dentro di me, sollevandomi e avvolgendosi le mie gambe attorno alla vita. Fu incredibile, rude e selvaggio. Lo facemmo come animali, sopraffatti dai nostri istinti più primordiali, incapaci di fermarci. Sicuramente, l'indomani mattina, ogni arto del nostro corpo sarebbe stato dolorante, ma questo non ci fermò.

Sapevo che avrei custodito ricordi vividi di quella notte per anni e anni a venire, ma tutto ciò che potevo fare era vivere il momento, annegando negli occhi e nel corpo di Kaden mentre mi prendeva ancora e ancora, sempre pronto per un altro giro, sempre disposto a portarmi all'orgasmo. E ogni volta il bisogno l'uno dell'altra non faceva che aumentare.

Sembrava che andasse avanti all'infinito, fino a quando, *finalmente*, la luna si ritirò e nel cielo cominciarono a comparire le deboli tracce dell'alba. Rotolai via da Kaden e mi abbandonai sul pavimento, così stanca che avrei voluto restare lì per ore. Sapevo che prima o poi avremmo dovuto alzarci – eravamo ancora in salotto, dove chiunque avrebbe potuto vederci – ma in quel momento, l'unica cosa che volevo fare era dormire.

Ero indolenzita dalla testa ai piedi, ma nel modo migliore possibile, e mi ci vollero diversi minuti per realizzare ciò che avevamo fatto. Avevo appena passato l'intera notte a fare sesso sfrenato e selvaggio con Kaden, e mi era piaciuto. Molto. Se il numero di orgasmi che avevamo condiviso era un indice affidabile, era piaciuto anche a lui.

Kaden mi prese tra le braccia e mi portò in camera mia, aprendo la porta con un calcio. Mentre mi posava sul letto, mi chiesi come facesse ad avere ancora le forze per camminare, figurarsi per portarmi in braccio. Alzai gli occhi verso di lui con un sorriso timido, ma era troppo concentrato a evitare il mio sguardo. Aveva di nuovo la solita espressione gelida e illeggibile: mi fece rivoltare lo stomaco. Quindi era così che sarebbe andata.

Aveva fatto sesso con me solo per senso del dovere, e ora che la lussuria totalizzante ci aveva abbandonato, non mi voleva più. Mi aveva detto chiaramente che era solo per una notte, dal momento che sarei letteralmente morta se non mi avesse aiutata. E in tutte quelle ore non mi aveva mai baciata, nemmeno *una* volta.

"Non succederà mai più," disse. Poi se ne andò senza dire un'altra parola. Il boato della porta che si sbatté alle spalle vibrò sotto la mia pelle.

Chiusi gli occhi, nauseata dall'umiliazione. Ero stata rifiutata, di nuovo, dall'unico uomo che pensavo potesse davvero tenere a me. Come diavolo avrei fatto a vivere sotto il suo stesso tetto?

CAPITOLO VENTICINQUE

Volevo fare la doccia, ma non riuscivo neanche a muovermi. Ero esausta, sì, ma ad ancorarmi al letto era più che altro la vergogna. Man mano che tornavo in me, mi rendevo sempre più conto della gravità della situazione. Il calore era finito, insieme alla frenesia dell'accoppiamento, e non potevo credere di aver davvero fatto e detto tutte quelle cose.

Non uscirò mai più da questa stanza, pensai sprofondando con il viso nel cuscino. Per un attimo ponderai l'idea di urlarci dentro, ma ero troppo stanca persino per quello. Non avrei mai più potuto guardare Kaden in faccia, né nessun altro membro del branco. No, quella stanza sarebbe stata il mio unico rifugio.

Riuscii ad addormentarmi per un po', immensamente grata per la tregua dai miei pensieri fuori controllo. Avevo dolori da capo a piedi, come se avessi fatto dieci allenamenti di fila con Kaden, o mi avesse fatto tirare pugni al sacco per ore e ore, invece dei soliti venti minuti. *Beh, ci avete dato dentro per diversi round,* mi prese in giro la voce nella mia testa. *Sta' zitta*, le risposi, rivoltandomi nel letto e corrucciando il volto per il dolore che indolenziva ogni muscolo.

A mezzogiorno circa, qualcuno bussò alla mia porta. "Stai bene?" Domandò Stella senza entrare. "Kaden ti ha fatto qualcosa?"

Cavolo, sì. Mi ha fatto un'infinità di cose, in una miriade di posizioni diverse, pensai, e quasi scoppiai a ridere immaginando la faccia che avrebbe fatto Stella davanti a quelle parole. "Sì, sto bene," risposi sperando che non smascherasse la palese bugia. Se avessi aperto la porta, sicuramente sulla mia fronte avrebbe letto a caratteri cubitali 'HO SOLO FATTO SESSO CON TUO FRATELLO PER TUTTA LA NOTTE'.

"Okay," disse, per poi fare una pausa sospettosamente lunga. "Fammi sapere se hai bisogno di qualcosa."

Mi chiesi se potesse sentirne l'odore. Cavolo, e se la sera prima mi avesse sentita tutta la città? Dovevano aver capito cos'avevo, proprio come Kaden. Non era riuscito a portarmi via dalla festa in tempo, e probabilmente tutti sapevano esattamente cos'era successo a casa sua. Non ci sarebbe voluta molta immaginazione. Il che significava che non avrei mai più potuto guardare *nessuno* in faccia.

Non avrei mai superato l'imbarazzo. Presi a pugni il cuscino per sprimacciarlo, ma soprattutto perché avevo bisogno di sfogarmi. Odiavo non essere in grado di controllare il mio corpo. Mi ero sentita più animale che umana, come se non avessi alcun freno, alcun giudizio. La sera prima, nel bel mezzo del calore, aggrovigliata a Kaden che faceva del suo meglio per soddisfare il desiderio travolgente del mio corpo, non mi sarebbe neanche importato se tutto il branco ci avesse visti.

Emisi un lamento, dimenandomi sul materasso per

trovare una posizione più comoda. Avrei fatto qualsiasi cosa per liberarmi del legame d'accoppiamento. Lo *odiavo*. Mi aveva trasformata in una bestia incapace di controllarsi, e la cosa peggiore era che sarebbe successo ancora, perché io e Jordan non saremmo mai stati insieme. Neanche se fosse apparso dal nulla con un mazzo di fiori, implorandomi in ginocchio di essere la sua compagna. *Sì, certo, quando gli asini voleranno*, pensai amareggiata. Ero condannata a passare ogni luna piena in quello stato.

Rimasi tutto il giorno nella mia stanza, dormendo a fasi alterne e dando al mio corpo il tempo di recuperare le forze. Alla fine mi alzai per fare una doccia e, quando aprii la porta, trovai un vassoio di cibo sul pavimento. *Stella, che sia benedetta*. Divorai tutto come se non avessi mai mangiato in vita mia, e poi bevvi quelli che sembrarono litri e litri d'acqua. Era esattamente ciò di cui avevo bisogno per riprendermi.

Proprio dopo che si fece buio, sentii di nuovo bussare alla mia porta. Lasciai andare un lungo sospiro, spaventata all'idea che Stella potesse aver deciso di entrare e interrogarmi. "Sto bene, Stella. Sono solo stanca."

"Sono io." La voce di Kaden mi fece sobbalzare. Mi misi immediatamente seduta, e d'improvviso l'assopimento dell'ora tarda svanì. Cosa poteva volere? "Posso entrare?"

Restai immobile, immaginando che fosse tornato per scusarsi e dirmi quanto la notte scorsa fosse stata importante per lui, ma poi mi scrollai di dosso quella fantasia. "Sì."

Mentre superava la soglia della porta, mi sforzai di capire cosa diavolo fare con il mio corpo. Alla fine mi sistemai sul letto, con le gambe incrociate e le mani in grembo. Non che avrebbe avuto importanza.

Kaden si guardò intorno, evitando con attenzione di

voltarsi verso di me. "Vuoi andare a fare un giro di rifornimento, domani?"

Wow, quindi non aveva alcuna intenzione di parlare della nottata di sesso sfrenato. Avremmo semplicemente voltato pagina, tornando alla nostra routine come se non fosse mai successo nulla. Come se non conoscessi il suono che faceva quando veniva dentro di me. "Certo."

"Fatti trovare pronta alle sette. Non fare tardi."

Incrociai le braccia sul petto. "Nessun problema."

Kaden aprì la bocca come per dire qualcos'altro, ma poi fece un cenno con la testa e uscì dalla stanza, chiudendosi la porta alle spalle. Espirai a lungo, sgonfiandomi come un palloncino. Non mi aspettavo nulla di diverso da lui, ma ero comunque delusa. Forse avrei preferito che si fosse arrabbiato con me o qualcosa del genere. Almeno, se mi avesse affrontata, avremmo potuto parlare di quello che era successo. Ma no, avremmo lasciato che la cosa si arenasse tra di noi e andasse in putrefazione.

―――

Aprii gli occhi quasi esattamente all'alba, molto più consapevole e vigile, e mi alzai di scatto dal letto per prepararmi. Feci la doccia e mi vestii, ma saltai la colazione, ancora troppo in imbarazzo per vedere Stella. Kaden, però, non riuscii a evitarlo. Era in piedi davanti allo sportello del furgone parcheggiato nel suo vialetto, intento a parlare a bassa voce con Clayton. Sentii un nodo stringersi nella mia gola, quando mi accorsi che c'erano anche altre persone nel veicolo. Avrebbero detto qualcosa dell'altra sera? Magari potevamo far finta che non fosse mai successo e dimenticare tutto come aveva fatto Kaden. Cominciavo a pensare che fosse la cosa migliore.

Quando Kaden mi vide avvicinarsi, tacque e lasciò che i suoi occhi vagassero su di me, ma il suo sguardo non era sensuale. Sembrava piuttosto quello di un padre che voleva assicurarsi che il mio abbigliamento non fosse troppo sexy.

"Fa' attenzione," disse. "Gli altri branchi ci stanno cercando, ed è pericoloso anche solo spostarsi su quattro ruote. Potrebbero seguire le vostre tracce fin qui."

"Tu non vieni?" Domandai.

Kaden scosse la testa. I suoi occhi erano di nuovo completamente vuoti e gelidi mentre sosteneva il mio sguardo. "Sei disposta a metterti in pericolo per aiutare un branco che non è nemmeno il tuo?"

Annuii, raddrizzando la schiena e sollevando il mento. "Darei la mia vita per questo branco, se fosse necessario."

Ed era vero. Lui si era assicurato di precisare che quello non era il mio branco, ma io sentivo di appartenere a quel posto. Anche se ero ancora sepolta dall'imbarazzo per la frenesia del calore, sapevo di voler essere una di loro. Non importava quanto tempo ci sarebbe voluto, avrei dimostrato a Kaden che lo meritavo.

Kaden mi fissò per un altro secondo, come per testare la mia sincerità. Lasciai che me la leggesse in volto e, alla fine, annuì. "Sali sul furgone."

Dopodiché si voltò e andò via, come se niente fosse. *Siamo tornati alla normalità,* pensai salendo a bordo. C'erano sei lupi nel furgone, e la maggior parte erano amici di Kaden. Clayton era al volante, e io presi posto accanto a Jack e un altro ragazzo che avevo già visto in città. Quest'ultimo aveva la stessa stazza di Kaden, imponente e muscolosa, ma i suoi capelli lunghi e biondi ricordavano quelli di un surfista. Mi voltai verso la fila di sedili sul retro, trovandoci due membri del branco che avevo incontrato solo una o due volte. Erano gemelli e sembravano dei guerrieri, con gli stessi occhi verde smeraldo e i capelli color caramello.

La ragazza mi sorrise con aria sfrontata. "Benvenuta a bordo. Io sono Harper. Questo è mio fratello, Dane."

"Ayla," mi presentai con un cenno della testa.

"Oh, fidati, so benissimo chi sei," rispose Harper, sorridendo allusiva. "Dopo l'altra notte, lo sanno tutti."

Jack si schiarì la gola. "Già, a proposito... Mi dispiace tanto, Ayla. Non mi ero accorto che..."

Le mie guance si tinsero di rosso per la vergogna. "Va tutto bene. Dico davvero."

Lui si strofinò la nuca, poi continuò. "Già, ma sul serio, non avevo idea che fossi in calore, né tantomeno che fossi la donna di Kaden."

"Non sono la *sua* donna, te lo assicuro," ribattei.

"Il segno del morso sul tuo collo dice il contrario," commentò il ragazzo accanto a Jack. "Io sono Tanner, comunque. Ti stringerei la mano, ma non voglio che Kaden strappi a morsi la mia."

Scoppiarono tutti in una fragorosa risata, tranne me. Desiderai che il sedile del furgone mi risucchiasse fino a farmi scomparire. Non sapevano quale fosse la verità: Kaden non mi voleva affatto. Non in quel senso.

Clayton chiuse lo sportello e si voltò verso di noi. "Ti stanno dando fastidio, Ayla? Vuoi che li faccia scendere e correre dietro di noi?"

Lo guardai con l'accenno di un sorriso sul volto. Il buon vecchio Clayton era diventato protettivo come un fratello maggiore. E pensare che all'inizio trovavo odioso che mi seguisse dappertutto. "No, va tutto bene."

Scrollò le sue larghe e possenti spalle e si sistemò sul sedile del guidatore. "Come vuoi, ma di' soltanto una parola e li butto fuori."

"Oh, andiamo, stiamo solo scherzando," lo rassicurò Harper dandomi una pacca sulla spalla. "Sono felice che ci sia un'altra ragazza nel gruppo."

"Soprattutto una che sappia tenere Kaden a bada," aggiunse Tanner con un sorrisetto.

Mi rilassai un po'. A quanto pareva, non mi stavano prendendo in giro per mettermi in imbarazzo, ma per dimostrare una sorta di cameratismo. Avendo passato la maggior parte della mia vita a subire atti di bullismo, non era facile per me cogliere la differenza. Ecco come ci si sentiva ad avere degli amici, a far parte di un vero branco.

"Avete tutti la cintura?" Domandò Clayton guardandoci dallo specchietto retrovisore, con occhi sorridenti. Nessuno si prese la briga di rispondergli, così mise in moto, lasciando il vialetto di Kaden.

"Cosa dobbiamo prendere?" Chiesi dopo un po'. Mi resi conto che, per la prima volta da quando ero stata portata lì, stavamo lasciando il territorio del branco. Non riuscivo a contenere l'emozione: finalmente, avrei potuto ottenere delle risposte.

"Ciò che non riusciamo a reperire in città," rispose Tanner, fissandomi come se si aspettasse di vedermi soddisfatta dalla sua risposta. *Ma dai, non l'avrei mai detto.*

"Abbiamo punti di consegna sicuri in tutta la provincia," aggiunse Jack. "Ci sono delle persone per cui lavoriamo e da cui acquistiamo alcuni prodotti che raccolgono delle provviste per noi, e una o due volte al mese facciamo un giro di rifornimento."

Provincia. Non sapevo se Jack intendesse lasciarselo

sfuggire, ma mi ci aggrappai come a un'ancora di salvezza. Era il primo vero indizio che avevo sulla nostra posizione. Significava che eravamo in Canada, non negli Stati Uniti.
"Che provincia?"
Jack mi lanciò un'occhiata sbigottita. *Fregato.*
Harper ridacchiò dal sedile posteriore. "Non ti hanno detto granché, vero? Siamo nel Manitoba. Hai mai sentito parlare del Narcisse Snake Dens?"
Aggrottai la fronte. "No."
Harper si avvicinò, appoggiandosi allo schienale del mio sedile. "È pieno di serpenti giarrettiera dai fianchi rossi. Sono fantastici. Si nascondono nelle loro tane in inverno e le lasciano solo in primavera. È il luogo con la concentrazione più alta di esemplari *nel mondo*. Dovresti andarci, una volta. È importante prendersene cura, dato che il loro numero è in calo, ed è un luogo interessante da visitare."
"Cos'è successo?" Domandai. I serpenti giarrettiera erano ovunque, perché mai si preoccupavano tanto di salvaguardarli? "Ai serpenti, intendo. Perché ce ne sono sempre di meno?" Aggiunsi davanti alla confusione sul volto di Harper.
"Un paio di decenni fa, una grande gelata ne ha uccisi un bel po' prima che potessero svernare, suscitando la preoccupazione di alcuni ecologisti. Poi c'era la strada statale 17 che tagliava proprio il loro cammino verso le tane, e ogni anno, prima che costruissero i tunnel, venivano investiti quasi diecimila esemplari. Oggi come oggi, se viene investito anche solo un migliaio di serpenti è un campanello d'allarme," spiegò con orgoglio, come se la questione le stesse davvero a cuore.
"Come fai a sapere tutte queste cose?" Sapevo che i membri del branco dell'Ofiuco erano chiamati 'portatori di

serpenti', e che Kaden e gli altri mutaforma portavano il tatuaggio di un serpente, ma niente di più.

"L'area del Narciss Snake Dens fa parte delle terre dell'Ofiuco, insieme alle altre riserve naturali che la circondano," m'informò Harper. "Uno dei compiti che affidiamo ai giovani membri del branco è quello di occuparsi della manutenzione delle recinzioni, per evitare che i serpenti vengano investiti."

Aveva senso. Anche il branco del Cancro proteggeva i suoi territori e la fauna selvatica, in particolare i granchi della zona. "L'ha fatto anche Kaden?"

"Oh, sì. Era bravissimo," rispose Jack con un sorriso.

Non riuscivo a immaginare un giovane Kaden che fermava il traffico per aiutare un serpente ad attraversare la strada. D'altra parte, era lo stesso ragazzo che aveva un telescopio sul tetto di casa sua per guardare le stelle. C'era molto di più in lui, sotto quella superficie scontrosa, e desideravo disperatamente poter conoscere ogni suo lato. *Ma hai rovinato tutto*, rispose la voce nella mia testa. Allontanai i miei pensieri invadenti e optai per una battuta. "E io che pensavo ci fosse tutta un'altra ragione per il vostro soprannome d'incantatori di serpenti."

Harper agitò le sopracciglia con fare allusivo. "Per quanto ne so, sei tu quella che incanta i serpenti. Quello di Kaden, almeno."

Tutti si misero a ridacchiare, e persino io sorrisi scuotendo la testa. La risata si spense quando Clayton prese la parola. "Tenete gli occhi aperti. Stiamo lasciando le terre del branco."

Scrutai fuori dal finestrino, ma tutto ciò che vidi furono alberi e cespugli. Sembrava che gli altri avessero un sesto senso, e non avevo idea di cosa cercare. Non c'erano segni visibili, e non vidi nessuno guardarsi intorno alla ricerca di qualcosa. Si limitarono ad annuire, mentre Tanner strinse la mano a pugno.

"Come fate a saperlo?" Domandai.

"È naturale per i membri del branco," rispose Tanner, o forse dovrei dire 'Capitan Ovvio'.

"È l'alfa a marcare il territorio," disse Jack.

"Intendi che lo marca... facendo pipì?" Tutti e sei si misero a ridere e io li osservai impassibile, aspettando una spiegazione.

Jack scosse la testa, dandomi un colpetto col gomito sul fianco. "Fanno così nel branco del Cancro? So che i lupi dello Zodiaco sono arretrati, ma non pensavo fino a questo punto."

Sbuffai e scossi la testa. *E va bene, tenetevi i vostri segreti.* Doveva essere una di quelle cose che era concesso sapere solo ai mutaforma dell'Ofiuco.

Passammo il resto del tragitto a chiacchierare, e mi sorprese quanto fosse facile parlare con loro. Non mi esclusero mai dalla conversazione. Se fossi stata con i lupi del Cancro, sarebbe stato un viaggio silenzioso e lungo, e mi sarebbe stato imposto di non rivolgere la parola a nessuno.

Dopo circa un'ora, arrivammo in una città, rallentando fino a raggiungere un deposito. Era enorme, con file su file di edifici metallici. Non avrei mai pensato che un deposito potesse occupare un intero isolato, ma non avevo mai trascorso molto tempo in una città.

Clayton si avvicinò con il furgone a un magazzino. Avevamo fatto così tante curve e tornanti che non avevo dubbi che mi sarei persa, se mi fossi messa a girovagare da sola. Quando parcheggiò, passarono tutti all'azione.

"In piedi," mi sollecitò Jack mentre slacciavo la cintura di sicurezza. "Non abbiamo tutto il giorno."

Scendemmo tutti di corsa. Clayton sbloccò la serratura del magazzino e lo aprì, mentre Dane, il più silenzioso, spalancò gli sportelli posteriori del furgone. L'unità era piena di scatole, che cominciarono ad ammassare nel retro del veicolo. Feci per dare una mano, ma d'un tratto mi si rizzarono i peli sulla nuca. Di solito succedeva quando qualcuno mi fissava, ma quando mi guardai intorno, non vidi nessuno. Gli altri mutaforma sembravano non essersi accorti di nulla, quindi mi scrollai di dosso quella sensazione.

Afferrai una scatola, ma stavolta fu una mano sulla spalla a fermarmi. Harper mi fece cenno di seguirla e ci allontanammo di qualche metro. La guardai accigliata. "Cosa c'è?"

L'atteggiamento scherzoso che aveva assunto fino a quel momento era ormai sparito. Quando mi guardò, i suoi occhi la fecero sembrare improvvisamente più grande. Non sapevo quanti anni avesse, ma in quel momento avrei detto almeno quaranta, anche se non sembrava averne più di venticinque. "Se vuoi andartene, non avrai un'occasione migliore di questa."

La fissai a bocca aperta, oltremodo confusa e presa alla sprovvista dalle sue parole.

"Nessuno di noi proverà a fermarti," aggiunse. "Non riteniamo giusto che Kaden ti costringa a rimanere con noi e ti tratti come una prigioniera. È un ottimo alfa, ma quando si tratta di vendicarsi dei Leoni non vede più ragione."

Mi sembrò che qualcuno mi avesse gettato una secchiata d'acqua gelida addosso. Ero stata così presa dall'addestramento – e da tutto il resto – che avevo completamente dimenticato di aver trascorso i primi giorni con il branco dell'Ofiuco in una cella. "Mi stai dicendo che dovrei scappare?" Domandai. "Come lo spieghereste a Kaden?"

"Gli diremo che ci sei sfuggita a una stazione di servizio. Ci hai chiesto di andare in bagno e quando abbiamo pensato di venire a controllare, te n'eri già andata da un pezzo."

"Avete pensato a tutto, eh?" Scossi la testa, tanto sorpresa quanto grata per la sua gentilezza. Era confortante sapere che avevano pensato a me, tanto da rendersi conto che forse non ero poi così contenta di essere tenuta prigioniera nelle terre del loro branco.

Non potevo negare che l'idea di andare da qualche altra parte fosse allettante. Sarei stata libera da Kaden e dai suoi sbalzi d'umore, non avrei dovuto essere l'inserviente di nessuno, non avrei dovuto dimostrare nulla a nessuno. Ma al pensiero di lasciare Coronis mi si strinse il petto. Mi piaceva quella piccola città, e anche i suoi abitanti. Avrei accettato qualsiasi cosa per restarci, anche di fare da esca per attirare il branco del Leone.

Avrei sopportato anche il rifiuto di Kaden.

Scossi la testa con decisione e sorrisi ad Harper. "Grazie per l'offerta, l'apprezzo molto. Ma penso di aver finalmente trovato il mio posto, ed è con il branco dell'Ofiuco. Spero di ottenere il permesso per farne parte, un giorno."

"Lo spero anch'io." Harper mi diede qualche pacca sulla spalla e poi tornò ad aiutare gli altri con le scatole.

Stavo per raggiungerla, quando colsi un movimento con la coda dell'occhio. Mi voltai di scatto per vedere – e sentire – dei mutaforma. Erano in sei, e non erano membri del branco dell'Ofiuco.

Avevo la sensazione che fossero lì per me.

CAPITOLO VENTISEI

Sentivo l'adrenalina pomparmi nelle vene mentre i sei lupi venivano verso di noi. Quando si avvicinarono, vidi il simbolo dell'Ariete che avevo visto sui mutaforma nella foresta, ma ce n'erano anche alcuni con quello del Toro. Un'ondata di rabbia s'infranse sull'adrenalina: non c'erano Leoni. Jordan non aveva mandato i membri del suo branco a cercarmi, solo le ultime ruote del suo carro. E *chiaramente* non valevo il suo tempo.

Quando mi guardai intorno, mi accorsi che ero l'unica a non essersi trasformata. Liberai subito la mia lupa: le mie ossa si dislocarono e riformarono, un manto folto e bianco ricoprì la mia pelle e i denti diventarono zanne aguzze. Accadde in fretta – ormai avevo fatto abbastanza pratica – e i miei vestiti si strapparono cadendo al suolo in brandelli di stoffa. Appena fui su quattro zampe invece che due, mi cimentai in un lungo e minaccioso ringhio.

All'improvviso, tutti si lanciarono in avanti, mostrando le fauci e pronti a combattere. Nell'aria il silenzio teso fu sostituito dai suoni della lotta: ringhi, latrati e colpi sordi. Vidi

Harper uscire dal magazzino e lanciarsi contro i mutaforma dell'Ariete. Anch'io ero in mezzo alla mischia, pronta a difendere me stessa e le persone che avevo messo in pericolo. Essendo membri dello stesso branco, loro potevano comunicare telepaticamente. Tutti tranne me. Ma non avrei permesso che questo mi fermasse.

Kaden non avrebbe mai dovuto lasciarmi venire qui, pensai mentre mordevo la zampa di un lupo del Toro.

Con la coda dell'occhio, vidi un mutaforma dell'Ariete che si preparava a caricare Harper. Sentii il fantasma del dolore di quando ero stata colpita dalla stessa mossa.

No! Balzai in avanti senza neanche rifletterci e scagliai via Harper, proprio mentre l'Ariete metteva a segno la sua carica letale. Per un attimo non sentii nulla, mentre cadevamo in un groviglio di pellicce e artigli. Mi preparai al dolore opprimente che ricordavo fin troppo bene, ma non arrivò con la stessa intensità. Mi aveva appena sfiorata, finendo per schiantarsi solo contro l'aria.

Diedi dei colpetti ad Harper con il naso, annusandola per assicurarmi che non fosse ferita e stesse bene. Lei ricambiò strusciando la testa su di me e agitando la coda color caramello. Nei suoi occhi vidi un luccichio inconfondibile di gratitudine. Ci voltammo entrambe indietro, preparandoci di nuovo alla lotta.

Ero certa di avere un vantaggio: mi volevano viva. Avevo più possibilità di sopravvivere di chiunque altro e, anche se non ero ancora un membro ufficiale del branco, sentivo un forte senso di lealtà verso gli altri.

Il lupo che aveva usato la carica dell'Ariete su di noi si era già ributtato nella mischia, andando contro Clayton con un altro del suo branco. *No, non esiste*, pensai. *Non farete del male a nessun altro.*

Studiai la scena, sfruttando i miei sensi potenziati per cogliere il momento perfetto per contrastare i nemici. Ecco. Un'apertura. Mi lanciai in avanti e morsi il collo dell'Ariete che aveva attaccato Harper. Era così concentrato a combattere contro Clayton che non si accorse di avere un fianco scoperto. Sentii uno scricchiolio e il morbido cedimento della carne sotto le mie fauci, insieme al sapore del sangue caldo che mi scorreva sulla lingua. Il mutaforma emise un guaito e si sottrasse alla mia presa in un debole ma convulso tentativo di fuga: non ottenne altro esito che accelerare la sua stessa fine. Senza perdere altro tempo, tornai a lottare.

Sembrava che il mio contributo fosse servito a qualcosa, perché i lupi dell'Ofiuco stavano avendo la meglio: vidi altri due mutaforma a terra, immobili. Gli altri lupi del Toro e dell'Ariete fecero un passo indietro mentre noi ci raggruppavamo, ringhiando e scattando contro di loro. Alla fine, i nostri aggressori si voltarono e scapparono. Li guardai andare via, con un cocktail di soddisfazione e adrenalina che scorreva impetuoso nelle mie vene.

Tutti intorno a me cominciarono a tornare in forma umana, e io seguii il loro esempio. Li osservai, cercando di capire se qualcuno fosse ferito. Nessuno sembrava versare in gravi condizioni, e notai solo qualche graffio e livido. Jack e Clayton sanguinavano, ma con il potere di guarigione dei mutaforma non c'era da preoccuparsi.

"Dobbiamo andarcene prima che tornino con i rinforzi," disse Clayton. "Non abbiamo molto tempo."

Ci dichiarammo tutti d'accordo e caricammo il resto delle provviste nel furgone. Eravamo completamente nudi, ma non importava: contava solo fare tutto il più in fretta possibile. Una volta finito, Clayton distribuì a tutti noi giacche e coperte e salimmo a bordo.

Mentre ci allontanavamo, un dubbio mi fece saltare il cuore in gola. "Riusciranno a seguire le nostre tracce fino a Coronis?"

"No," rispose Harper. Questa volta era seduta accanto a me, e Tanner aveva preso posto alle nostre spalle. "Non riusciranno a trovarci una volta che rientreremo nelle terre del branco," aggiunse. Aveva una strana espressione dipinta sul viso, mentre mi guardava.

"Che c'è?" Domandai.

"Mi hai salvato la vita. Stavo per essere presa in pieno dalla carica di quel lupo, ma mi hai spinta via. È stata una mossa da incoscienti. Ti ha quasi travolta al posto mio."

"Sono già sopravvissuta a una carica del branco dell'Ariete." *Solo grazie all'aiuto di Kaden,* mi ricordò la vocina nella mia testa. La misi subito a tacere: non avevo bisogno di pensare a Kaden, in quel momento. Non era neanche lì con noi. "Nessun altro dovrebbe patire quel dolore."

Harper mi osservò ancora per qualche istante, poi si voltò verso il finestrino. Non disse più nulla per il resto del viaggio, e mi accorsi che già mi mancava il suo sorriso spavaldo. In effetti, erano tutti piuttosto silenziosi. Avrei voluto fare due chiacchiere per smorzare la tensione della lotta o per scusarmi di aver messo tutti in pericolo, ma non volevo distrarli dai loro pensieri.

Il viaggio di ritorno a Coronis sembrò durare il doppio di quello dell'andata. Finalmente, Clayton parcheggiò nel vialetto di Kaden. Lui era in piedi con le braccia incrociate, i muscoli contratti e la mascella serrata.

Mentre scendevamo dal furgone, osservai il volto di Kaden. Il suo cipiglio s'inasprì alla vista dei nostri corpi semi nudi e del sangue che ci ricopriva, finché non venne correndo verso di noi. Mi afferrò il braccio e mi trascinò da parte. Il suo sguardo scandagliò il mio corpo, avvolto come meglio potevo in una piccola coperta.

"Cos'è successo?" ringhiò. "Sei ferita?"

Strattonai il braccio per liberarmi dalla sua presa e mi strinsi nella coperta, tentando di nascondere il mio corpo nudo. "Siamo stati attaccati, ma sto bene. Non devi guarirmi, se è questo che ti preoccupa."

Si fece serio, le labbra contratte in una linea perfettamente orizzontale. "Mutaforma dell'Ariete?"

"C'erano anche dei lupi del Toro."

Imprecò a denti stretti e si voltò verso Harper, che ci fissava con occhi sgranati. "Gliel'hai chiesto?"

Harper annuì e, sotto lo sguardo del suo alfa, raddrizzò la schiena. "Sì, ma ha rifiutato. Ha detto di voler rimanere con il branco."

Cosa? Sbattei le palpebre in stato di shock, lanciando occhiate prima a uno e poi all'altra. Non poteva essere vero. *No.*

"Come se l'è cavata nella lotta?" Domandò Kaden.

Harper sorrise. "Bene. Anzi, più che bene. Mi ha salvato la vita e ha persino ucciso un lupo dell'Ariete."

"Di cosa state parlando?" Chiesi, portandomi a un soffio dalla faccia di Kaden. "Era forse una specie di test?"

Kaden mi guardò senza l'ombra di un'emozione sul suo volto perfetto. Stentavo a credere che solo una manciata di ore prima eravamo nudi, insieme. "Sì, un test per verificare la lealtà delle reclute. Lo facciamo a tutti, senza eccezioni. Diamo ai mutaforma la possibilità di andarsene, persino di tradire il branco, se volessero. Così siamo in grado di scoprire da che parte stanno e le loro vere motivazioni."

"E l'attacco?" Chiesi urlandogli in faccia. "Anche quello faceva parte del test?"

"No, non era previsto, ma adesso nessuno avrà dubbi su di te."

"*Nessuno avrà dubbi su di me?* E chi avrebbe potuto averne se fossero morti tutti?" Gli premetti l'indice sul petto. "Hai messo *tutti* in pericolo solo per provare la mia lealtà. Il tuo stupido test avrebbe potuto costargli la vita!"

"Attenta," minacciò Kaden con un ringhio profondo. "Non dimenticare con chi stai parlando."

Una parte di me voleva tirarsi indietro di fronte al suo tono autorevole. Aveva già minacciato di uccidermi per molto meno, ma ora non m'importava. E poi, sapevo che non mi avrebbe mai fatto veramente del male. Non fisicamente, almeno. Ero esausta, coperta di sangue e davvero stufa del suo dannatissimo atteggiamento.

Mi piantai le mani sui fianchi. "Oh, so benissimo con chi sto parlando, caro alfa. Ho appena visto i membri del tuo branco combattere per salvarsi la pelle, tutto per difendere *me* in una battaglia che *non* doveva accadere. Non avresti mai dovuto lasciarmi uscire dalle terre del branco, o almeno avresti potuto avere le palle di venire con noi, visto che sapevi cosa sarebbe potuto accadere. Quindi puoi ficcarti quel tono dispotico su per le tue chiappe da alfa."

A quel punto, mi guardò esterrefatto e sollevò le sopracciglia. Tutti gli altri mutaforma mi fissavano come se avessi perso la testa. Al diavolo, ero quasi certa di aver perso la ragione molto tempo addietro, e non me ne importava più nulla. Non volevo che qualcun altro morisse per me.

Ero quasi certa che Kaden stesse per esplodere e infuriarsi con me, e sapevo che la sua ira mi avrebbe fatta tremare dalla paura. Invece, si limitò a incrociare le sue braccia muscolose e a fissarmi così a lungo che pensai che non avrebbe risposto affatto.

"Hai ragione," disse, lasciandomi a bocca aperta. Avevo ufficialmente perso la testa, o Kaden mi aveva appena *dato ragione*? "Non avrei dovuto mettere in pericolo né te né gli altri," continuò, e per un attimo sollevò la mano come per toccarmi il viso. La ritirò immediatamente. "O, come minimo, avrei dovuto essere lì per proteggerti. Ma dovevo essere sicuro della tua lealtà, prima di poterti invitare a unirti al branco."

Feci un passo indietro. "Tu... Cosa?"

Vidi un bagliore negli occhi di Kaden, una luce che non avevo mai visto prima. Sembrava quasi soddisfazione. "Hai dimostrato di essere leale e hai superato tutte le nostre prove. Ti invito a diventare un membro del branco dell'Ofiuco, se lo desideri."

Lo fissai per qualche istante, in preda alla più totale euforia. Fin da quando Stella mi aveva portata in giro per Coronis, non avevo desiderato altro. La rabbia si affievolì e un sorriso danzò sul mio viso quando capii la sincerità delle parole di Kaden. Mi stava davvero offrendo di far parte del suo branco. A me, che ero sempre stata rifiutata e indesiderata. Fino a quel momento.

Senza neanche pensarci, mi lanciai verso di lui e lo strinsi forte tra le braccia. "Grazie."

Lui sbuffò, preso alla sprovvista. Rimase rigido come una tavola di legno mentre lo abbracciavo. "Cosa diavolo stai facendo?"

"Si chiamano *abbracci*, Kaden," risposi. "Le persone senza impedimenti emotivi li usano per mostrare gratitudine."

"Sei insopportabile," disse, senza però allontanarmi.

Quando mi allontanai da lui, gli altri mutaforma si fecero avanti per congratularsi con me, dandomi il benvenuto nel branco. Kaden ci guardò con un'espressione incredibilmente simile all'orgoglio. *Il mio alfa*, mi ripetei su di giri. Ma non riuscii a scacciare il pensiero successivo, che fece a pezzi il mio cuore.

Dovrebbe essere anche il mio compagno.

CAPITOLO VENTISETTE

Ci vediamo in città al tramonto, diceva il biglietto. L'avevo letto così tante volte che le lettere avevano perso la loro forma, mischiandosi in un groviglio di fili sotto il mio sguardo confuso. Dopo il nostro sfortunato giro di rifornimento, avevo pranzato al volo e fatto una doccia, trovando il pezzo di carta ad aspettarmi sul letto. Sembrava la grafia di Stella, non quella di Kaden, e non ero sicura di cosa pensare.

Quando il sole scese sotto l'orizzonte, uscii finalmente di casa. Appena fui all'esterno, sentii una musica lontana, che sembrava provenire dal centro della città. L'atmosfera somigliava a quella della notte di luna piena, ma quel giorno non c'era nulla da festeggiare.

Mi fermai ai margini della piazza della città e la fissai. Tutti i mutaforma dell'Ofiuco che vivevano a Coronis sembravano essere lì. Sull'erba erano stati disposti dei tavoli, ricoperti di cibo e bevande: rimasi a fissare la scena per qualche istante, mentre tutti chiacchieravano e sorridevano. Non c'era neanche un filo di tensione nell'aria, solo calma e allegria. Sembrava che quella giornataccia e l'attacco fossero stati solo un brutto sogno.

Stella emerse dalla folla e cominciò a camminare verso di me con un enorme sorriso. "Vieni," disse, facendomi cenno di avvicinarmi al gruppo in festa.

Le andai incontro verso i tavoli, e decine di sguardi si posarono su di me. Una donna anziana, che non avevo mai incontrato prima, mi raggiunse. "Ayla," sorrise come se fossimo state amiche d'infanzia, invece che perfette sconosciute. "Benvenuta nel branco!"

"Grazie," risposi, raggiungendo Stella a un tavolo imbandito con ogni leccornia. Se dovevo parlare con ogni singolo membro del branco dell'Ofiuco, decisi che l'avrei fatto a stomaco pieno. Un altro paio di mutaforma mi fermò per congratularsi; erano tutti così gentili, e mi sembrava di non meritare tante attenzioni.

"Ayla!"

Mi girai e vidi Stella che veniva verso di me con due piatti pieni di cibo, e tirai un sospiro di sollievo.

Me ne passò uno sorridendo a trentadue denti. "Sembra che tu ne abbia bisogno."

"Che sta succedendo?" Indicai la piazza agitando la forchetta. "Cosa stiamo festeggiando?"

Stella scoppiò a ridere. "Te, stupidina. È la tua festa di benvenuto nel branco."

La fissai per qualche istante, con le corde vocali annodate in gola. Non avevo mai festeggiato neanche un compleanno nella mia vita. Certo, Wesley e Mira mi facevano dei regali e mi auguravano buon compleanno, ma mio padre non aveva mai ritenuto necessario celebrare il suo più grande errore.

"Questo..." Non riuscivo a trovare le parole, improvvisamente travolta da una miriade di emozioni. Era troppo. Non mi ero mai sentita così *a casa*, prima d'allora. Ancora stentavo a credere che fosse tutto vero. Facevo parte del branco dell'Ofiuco, e avevo una famiglia.

Stella sembrò leggermi come un libro aperto, perché mi abbracciò e mi condusse in una zona più tranquilla del parco, lontano dalla folla di mutaforma. "Mi dispiace non averti detto del test. Non potevo. Mi sono sentita così in colpa a mandarti lì senza avvertirti. E poi sei stata attaccata e... Avrei dovuto essere lì."

"Va tutto bene." Ora che la rabbia era svanita, riuscivo a comprendere un po' meglio le azioni di Kaden. La sua priorità era il branco, e doveva assicurarsi che non li avrei traditi, prima di potersi fidare completamente di me e accettarmi come membro. Mi aveva dato la possibilità di scappare, e probabilmente non era venuto con noi per evitare che la sua presenza potesse influenzare la mia decisione. "Sono solo contenta che nessuno si sia fatto male."

"Normalmente ci sono ancora più test da superare, sai," rispose. "Ci vuole un anno, se non due, per essere invitati a far parte del branco. Ma visto che hai difeso gli altri e salvato la vita ad Harper, Kaden ha detto ai membri anziani che non servivano altre prove della tua lealtà."

Inclinai la testa, riflettendo sulle sue parole. Anche nel branco del Cancro c'erano dei membri anziani che mio padre avrebbe dovuto ascoltare, ma lui aveva sempre ignorato i loro consigli. Sembrava che nel branco dell'Ofiuco avessero più influenza. Ma la domanda più impellente era: Kaden sapeva che saremmo stati attaccati? Aveva pianificato tutto fin dall'inizio per farmi accettare più velocemente nel branco?

"Sono così felice che ti sia unita a noi," disse Stella, prendendo la mia mano e stringendola.

"Anch'io."

Un altro gruppo di mutaforma si unì a noi, e riconobbi immediatamente Grant, il compagno di Clayton. "Benvenuta nel branco," disse stringendomi la mano, quasi come fossimo a un colloquio di lavoro. "Ero certo che anche tu avresti passato i test."

Mi ricordai che anche lui veniva da un altro branco, e mi chiesi quanto tempo ci avesse messo a superare le prove. Prima che potessi chiederglielo, però, altri mutaforma si fecero avanti per salutarmi. Feci un gran sorriso a tutti, cercando di ricordare i nomi di ognuno di loro.

Potrei abituarmici, decisi dopo aver scambiato due chiacchiere con i miei nuovi concittadini. Il loro entusiasmo era un po' travolgente, ma era così bello sentire di *appartenere* a un posto. Un posto in cui nessuno aveva mai menzionato il mio sangue semi umano, o i miei capelli rossi, o mi aveva trattata come un rifiuto. Sì, potevo decisamente abituarmici.

"Allora, adesso sono un membro ufficiale? Così, di punto in bianco?" Domandai a Stella appena fummo di nuovo da sole.

"Non ancora. Devi partecipare al rituale d'iniziazione. Dopodiché sarai un vero membro del branco."

"Rituale d'iniziazione?" Il mio battito accelerò al pensiero di una cerimonia. Cos'avrei dovuto fare? E come sarebbe stato, senza le streghe del Sole e il loro incantesimo?

Stella mi rivolse un sorriso misterioso. "Vedrai. Non hai nulla di cui preoccuparti, sta' tranquilla."

Ogni volta che qualcuno mi diceva di non preoccuparmi, il mio corpo non faceva che entrare in modalità panico. Sospirai e finii di mangiare, ma questa volta, quando alzai lo sguardo, trovai Kaden a fissarmi. Non l'avevo ancora visto fino a quel momento. Quando si voltò per parlare con Clayton, lasciai che i miei occhi si soffermassero sul suo profilo. Il desiderio si risvegliò nel mio ventre, ma era diverso da quello dell'altra sera. Questa volta non c'erano il calore o la luna piena a forzarlo. Era naturale.

Si voltò di nuovo verso di me, e io sostenni il suo sguardo persino quando sentii le mie guance colorarsi per l'imbarazzo. Anche da quella distanza, tra noi due volavano scintille, e improvvisamente mi fu più difficile respirare. O stare ferma. Mi costrinsi a distogliere di nuovo lo sguardo, anche se sentivo il suo sulla mia nuca. Con il cuore che batteva all'impazzata, mi ritrovai a cercarlo di nuovo, gli occhi che tornavano sempre su di lui, anche mentre conversavo con gli altri mutaforma.

Eravamo attratti l'uno dall'altra, non c'era dubbio. Volevo andare da lui, capire esattamente a cosa stesse pensando mentre mi fissava in quel modo, ma non ebbi il tempo tra tutte quelle conversazioni. Per fortuna, Stella rimase al mio fianco e mi aiutò a destreggiarmi tra una chiacchiera e l'altra. Mentre mi presentava la madre di uno dei suoi studenti, i miei occhi tornarono su Kaden.

Peccato non sia il mio vero compagno, mi ripetei, travolta da un'ondata di tristezza. Era tutto ciò che un alfa doveva essere, e non potevo negare ciò che provavo per lui. Ma no, il mio compagno era quello psicopatico di Jordan. *Quant'è ingiusto il mondo*, pensai sospirando e voltandomi, trascinata via da quelle riflessioni da una piccola mano che strinse la mia.

Sorrisi al piccolo mutaforma che mi guardava raggiante e scacciai la tristezza. Non era il momento di pensarci. Avevo tutto ciò che avevo sempre desiderato: una famiglia, una casa e un branco in cui sentirmi accettata e al sicuro. Avrei dovuto festeggiare, non struggermi per l'unica cosa che non avevo ottenuto.

Alla fine, dopo quelle che sembrarono ore di presentazioni interminabili e di volti che si confondevano fino a diventarne uno solo, Kaden invitò la folla a fare silenzio. La luna era alta nel cielo notturno, ancora quasi piena, e gettava abbastanza luce su tutti i presenti. Teneva in mano qualcosa, un lungo oggetto che assomigliava a un bastone. Presto, il branco si riunì e Kaden si fermò davanti a me.

"Ayla Beros, vuoi diventare un membro a tutti gli effetti del branco dell'Ofiuco?" Domandò.

Diedi un'occhiata più da vicino al bastone. Era di metallo e aveva una strana cresta che lo percorreva a spirale. *Un serpente,* capii quando lo sollevò. "Sì," risposi decisa.

Alle mie parole, il bronzo cominciò a *trasformarsi*. Di riflesso, feci un passo all'indietro mentre il serpente prendeva vita. Sapevo che non era reale, frutto di qualche magia, ma non volevo avvicinarmici comunque.

"Cos'è quello?" Chiesi a Kaden, che lo portava sempre più vicino a me. "No, grazie. Non vado matta per i serpenti."

Kaden mi lanciò un'occhiata severa. "Non fare la codarda. Porgimi il braccio."

Feci una smorfia e allungai il braccio. Lui toccò il mio palmo con il bastone, e il serpente vi scivolò sopra, gelido come il metallo di cui era fatto. Kaden lo guidò facendolo avvolgere intorno al mio braccio, e lasciando che la coda si attorcigliasse attorno al suo. Era quasi come il rituale delle streghe del Sole, in cui legavano le mani delle nuove coppie con un nastro. Dubitavo però che la stoffa somigliasse alla pelle fredda di un serpente. Rabbrividii, ma poi Kaden iniziò a parlare: il mio disagio svanì mentre iniziava a pronunciare la formula del giuramento.

"Giuri di rimanere fedele al branco dell'Ofiuco fino al tuo ultimo respiro?" Chiese. "Di diventare un tutt'uno con il branco e i suoi membri, rinunciando al tuo branco di nascita, e di non cercare mai più la loro guida o il loro sostegno?"

Come se l'avessi mai fatto, pensai. "Lo giuro."

La voce di Kaden si fece profonda mentre continuava a celebrare il rituale. "Ripeti dopo di me: io, Ayla Beros, accetto l'offerta del serpente."

Ripetei le sue parole e il serpente strinse la presa, premendo le dita di Kaden sul mio braccio con forza tale da lasciarmi un leggero livido. Poi, il rettile mi guardò con occhi spenti e chiaramente privi di vita, eppure ebbi la sensazione che *qualcosa* lì dentro mi stesse scrutando nel profondo. Un attimo dopo, troppo velocemente perché potessi pensare di evitarlo, affondò le zanne nella parte superiore del mio braccio. "Ahi!" Esclamai sonoramente, sobbalzando per la sorpresa.

Le dita di Kaden strinsero con forza il mio braccio. Stavolta non era il serpente a volerlo, però: era lui. "Resta ferma." Un attimo dopo, il rettile aprì le fauci e sibilò, strisciando di nuovo intorno al mio braccio. "Adesso, fai parte del branco."

Kaden lasciò andare la presa, e io guardai i segni del morso trasformarsi nel simbolo incandescente dell'Ofiuco, lo stesso che aveva ogni altro mutaforma del branco. Sentii il veleno del serpente diffondersi nelle mie vene, e per un attimo temetti il peggio. Per mia sorpresa, invece, non sentii alcun dolore. Il liquido fluiva mischiandosi con il mio sangue, e percepii immediatamente una forza nuova.

Sollevai il braccio per guardare meglio il marchio del branco. Quando alzai lo sguardo per incontrare quello di Kaden, i suoi occhi traboccavano di soddisfazione.

Adesso ero una portatrice di serpenti.

CAPITOLO VENTOTTO

Era notte fonda quando la festa cominciò finalmente a volgere al termine. I mutaforma adoravano festeggiare sotto la luna, ma alla fine la maggior parte delle persone decise che era ora di andare a dormire, ed era arrivato anche il nostro turno.

"Andiamo a casa," disse Stella, coprendosi la bocca con una mano per sbadigliare. "Ho ballato così tanto che non mi sento più i piedi."

Casa. Sembrava così reale, adesso. Anche se, probabilmente, le cose sarebbero cambiate dal momento che ero un membro del branco a tutti gli effetti. Non avrei più avuto bisogno di guardie che mi seguissero, e prima o poi avrei dovuto trovare un altro posto dove vivere. Dubitavo che Kaden mi avrebbe fatta rimanere lì ancora per molto.

"Sono così felice che tu sia una di noi," disse Stella mentre tornavamo a casa. "Dovrò insegnarti come funzionano il morso velenoso e la saliva curativa."

Arrossii ricordando la lingua di Kaden che leccava la mia ferita. "So già come funzionano, più o meno."

"Giusto, certo. Mi dispiace averti morsa alla Convergenza, ma mi sono assicurata di non iniettarti troppo veleno. Volevo farti perdere i sensi, non ucciderti."

Stavo per aprire la bocca per correggerla, ma mi fermai. Quello che era successo con Kaden doveva rimanere tra noi due. Non ero sicura di quanto sapessero gli altri, ma probabilmente Kaden non voleva che tutto diventasse di dominio pubblico.

"Oh, un'altra buona notizia," continuò Stella. "Adesso che sei un membro del branco, non andrai più in calore ogni mese. So che hai avuto qualche problema con l'ultima luna piena. Adesso dovrai preoccupartene solo una volta all'anno."

"Che sollievo," risposi. Così sarebbe stato molto più gestibile. Ma... Era per questo che Kaden si era affrettato a farmi diventare un membro del branco? Per evitare di dover replicare la notte del mio calore? Sentii un peso sul petto al pensiero che quello fosse il vero motivo per cui si era impegnato a farmi accettare nel branco così presto. Non perché me lo meritassi o perché mi fossi dimostrata affidabile, ma perché non voleva più essere costretto a fare sesso con me.

Quando entrammo in casa, non c'era traccia di Kaden. Aveva lasciato la festa un po' prima di noi. Mi chiesi dove fosse andato, se fosse a tenere il broncio nella sua stanza o a fare una passeggiata meditabonda nella foresta, facendo qualsiasi cosa facessero gli alfa per marcare il territorio del branco.

Dopo aver dato la buonanotte a Stella, mi sedetti sul letto e toccai il simbolo dell'Ofiuco sul mio braccio. Non avevo mai portato quello del Cancro, né avevo potuto usare l'armatura del granchio, ma ora sentivo il potere del morso velenoso e della saliva curativa scorrere nelle mie vene. Ero davvero una di loro, anche se avevo la sensazione che non mi sarebbero mai piaciuti i serpenti tanto quanto ad Harper e agli altri.

Ma meritavo davvero di far parte di quel branco? Un tonfo sordo sul tetto mi fece balzare sull'attenti. Pensai subito a un attacco, e il mio cuore iniziò a battere all'impazzata. Sentii un altro rumore, quindi corsi fuori dalla mia stanza per vedere se anche Stella o Kaden l'avessero avvertito. Nessuna delle due porte era aperta. Guardai la porta di Stella e poi mi voltai verso quella di Kaden. Mi avvicinai e bussai. "Kaden? Ci sei?"

Nessuna risposta. Strinsi la maniglia tra le dita. Non ero mai entrata nella sua stanza, visto che mi era stato addirittura proibito di pulirla. Tuttavia, visto che la porta non era chiusa a chiave, trattenni il respiro e la aprii lentamente. Non c'era nessuno. Mi guardai intorno, trovandola sorprendentemente pulita e spoglia, senza i tocchi personali che affollavano la stanza di Stella. Vidi una foto di quelli che dovevano essere i suoi genitori in una cornice sulla scrivania, accanto a un computer chiuso.

"Kaden?" Lo chiamai di nuovo, tanto per sicurezza. La porta scorrevole che affacciava sul patio era aperta. Diedi un'occhiata all'esterno, domandandomi perché non fosse chiusa. Uscii sul balcone e guardai in alto. Non c'era una sola nuvola nel cielo, le stelle brillavano luminose e la luna proiettava ancora un piacevole bagliore sulla foresta. Rimasi a fissare quel quadro per qualche istante, prima che qualcosa attirasse la mia attenzione. Una scala. Kaden mi aveva detto di avere un telescopio sul tetto, e mi sentii una stupida per aver pensato che un aggressore sarebbe riuscito ad avvicinarsi tanto senza allertare nessuno.

Mi spostai dall'altra parte del balcone, da dove riuscii

finalmente a vederlo: era seduto sulla parte più piatta del tetto, con un occhio premuto sull'oculare del telescopio. D'impulso, salii le scale per raggiungerlo. Dovevo chiedergli il vero motivo per cui mi aveva accettata nel branco, o non sarei mai riuscita a dormire.

Anche se ero certa che mi avesse sentita arrivare da un pezzo, non alzò lo sguardo su di me finché non mi sedetti accanto a lui. "Ti avevo detto di non entrare in camera mia."

"Ho sentito un rumore e volevo accertarmi che fosse tutto okay." Ricevendo solo un grugnito in risposta, continuai. "Cosa stai guardando?"

"La costellazione dell'Ofiuco è incredibilmente luminosa, stanotte." Con un gesto della mano, m'invitò a farmi avanti per usare il telescopio.

Non sapevo esattamente cosa guardare, quindi mi tirai indietro. Ai miei occhi, sembravano solo un mucchio di stelle luccicanti. "Carina."

Lui scosse la testa. "Si trova proprio sotto la costellazione di Ercole, che sicuramente conosci meglio. 'Ofiuco' deriva dalla parola greca che significa portatore di serpenti. La costellazione sembra un uomo che tiene in mano un serpente."

"Giusto." Tornai a guardare attraverso il telescopio, strizzando gli occhi per individuare una figura simile a un uomo tra le stelle. Kaden era così vicino che sentivo il calore del suo corpo riempire i pochi centimetri che ci separavano, e faticai a concentrarmi sulle costellazioni davanti a me. Il fatto che ora fosse il mio alfa avrebbe dovuto farmi esitare, invece scoprii di desiderarlo ancora più ardentemente.

Quando mi voltai verso di lui, i suoi occhi erano fissi su di me: per quanto fossero scuri, scintillavano sotto il chiaro di luna. "Come ti senti adesso che sei una di noi?"

"Bene," risposi. "Ma Stella mi ha detto che adesso che faccio parte del branco, non andrò in calore ogni mese."

"È così."

Sollevai il mento per sostenere il suo sguardo. "Kaden, devo saperlo. È per questo che mi hai accettata nel branco? Per impedirmi di andare in calore così spesso?"

Kaden serrò la mascella. Sembrava colto di sorpresa, come se non si aspettasse una domanda così diretta. "Anche. Ho deciso di metterti alla prova dal momento in cui ti abbiamo catturata, ma la luna piena ha accelerato un po' i tempi."

Sbuffai. "Sapevo che c'era qualcosa sotto. Sarei diventata comunque un membro? Anche senza il problema del calore?"

"L'ho fatto per proteggerti," ringhiò Kaden.

Lasciai andare una risata amareggiata. "È stato così terribile? Quello che è successo tra di noi? Trovi il mio corpo così ripugnante?"

Kaden chiuse gli occhi e fece un respiro profondo. "No. Non è come pensi."

"Allora *cosa*?" Allungai la mano e afferrai il viso di Kaden. Volevo che aprisse gli occhi, volevo vedere se era sincero. Lui si scostò come se il mio tocco l'avesse ferito, e io ritrassi rapidamente la mano, con il cuore spezzato per il modo in cui aveva rifiutato quel contatto.

Mi alzai, incapace di sopportare il suo rifiuto per un altro secondo, ma mentre mi allontanavo, lui saltò in piedi e fece un passo verso di me.

"Ayla." La sua mano si chiuse intorno al mio polso e mi voltai di nuovo verso di lui. Nei suoi occhi vidi riflessi i miei stessi sentimenti: senso di colpa, lussuria e un bisogno soffocante. Mi trascinò più vicino e, prima ancora che mi rendessi conto di ciò che stava accadendo, le sue labbra si avventarono sulle mie.

La sua mano scivolò fino a cingermi la nuca e mi tirò così vicina a lui che i nostri corpi si fusero insieme. Gemetti nella sua bocca, sciogliendomi tra le sue braccia mentre le nostre labbra s'incontravano. Mi strinse a sé come se gli appartenessi, mentre la sua lingua accarezzava la mia in una danza erotica che mi fece andare in fiamme. Durante la nostra notte di sesso selvaggio e fuori controllo non mi aveva mai baciata, e ora sapevo di essermi persa qualcosa d'incredibile.

Potrei continuare all'infinito, pensai mentre la sua bocca reclamava la mia. Non riuscivo a respirare, a pensare, a muovermi – e non m'importava minimamente. Mi baciò come se stesse aspettando quel momento da anni, stringendo i miei capelli nel pugno e inclinandomi la testa esattamente come voleva lui. Mi baciò così come mi aveva fatta sua quella notte di luna piena, come se non riuscisse a controllarsi, come un animale guidato solo e soltanto dai suoi istinti – e io ricambiai con altrettanta veemenza.

Poi, di colpo, Kaden si allontanò, mettendo un'insopportabile distanza tra di noi. "No. Non posso."

Sbattei le palpebre e mi portai una mano sulle labbra, che sapevano ancora di lui. "Non puoi, o non vuoi?"

Kaden scosse la testa. "Mi rifiuto di stare con qualcuno che ha già un compagno. Ci sono già passato e non accadrà mai più. La prima volta mi ha quasi ucciso."

Tirai di colpo il fiato davanti a quella scoperta. "Non provo niente per il mio compagno. Ti prego, credimi. Non lo voglio. Preferirei *morire* che stare con lui."

"Non importa, il legame ci sarà sempre. Se Jordan si presentasse qui, in questo momento, e schioccasse le dita, tu correresti subito al suo fianco. Non si tratta di volerlo o meno."

Aggrottai la fronte. "Vorrei che avessi più fiducia in me."

Kaden si strofinò il viso con entrambe le mani, frustrato. Poi mi guardò con aria tormentata. "Sono stato innamorato di una ragazza, in passato. Si chiamava Eileen. Eravamo solo bambini quando c'infatuammo l'uno dell'altra, e tutti si aspettavano che saremmo diventati compagni una volta diventati adulti. Ma il legame di coppia non si è mai manifestato tra di noi. Decidemmo che non aveva importanza, che avremmo trovato un modo per far funzionare le cose. Sarebbe stata la femmina alfa del branco."

"Un giorno andammo a incontrare il branco del Sagittario per degli scambi commerciali. È l'unico branco che ci ha sempre trattato con gentilezza, e ho lavorato duramente per costruire un buon rapporto con loro. Quando il beta del loro branco si trasformò, lui ed Eileen sentirono il legame di accoppiamento. Lei cercò di opporsi con tutta se stessa, perché voleva stare con me, ma non poté far nulla. Il nostro amore non fu abbastanza, alla fine. Doveva andare dal suo compagno." Kaden mi guardò dritto negli occhi e, anche se non l'avevo mai visto così vulnerabile, la sua voce non lasciava trapelare alcuna emozione. "Il dolore ci ha distrutti. Ci faceva male anche solo guardarci. Si è unita al branco del Sagittario e da allora non l'ho più vista. Quindi no, Ayla, il punto non è che non ho fiducia in te. Ho già percorso questa strada, e non mi ha portato a nulla di buono."

Concluso il suo discorso, mi passò accanto andando verso il bordo del tetto. Mi sembrava che il mio cuore stesse per esplodere.

"Kaden, aspetta–" dissi, ma era già sparito.

Saltò giù dal tetto e atterrò sull'erba come se nulla fosse, poi scomparve nella foresta dietro la casa. Non potei far altro che guardarlo andare via, mentre la mia anima si frantumava in un milione di pezzi. Cosa avrei potuto dirgli, comunque? Era chiaro che non avrebbe mai creduto che volevo solo lui.

E la cosa peggiore era che, se fossi stata completamente onesta con me stessa, non ero sicura di cosa sarebbe successo se avessi rivisto Jordan. Il legame di accoppiamento si era affievolito fino a diventare un ronzio sordo che riuscivo a ignorare, ma avevo la sensazione che se Jordan fosse apparso davanti a me, sarebbe stato molto più difficile resistere. Non potevo biasimare Kaden.

Senza contare che, in quanto alfa, doveva trovare la sua compagna. La femmina che gli avrebbe dato dei figli e che avrebbe guidato il branco con lui. E non potevo essere io.

La gelosia mi dilaniò a quel pensiero, insieme a una profonda tristezza che mi mise letteralmente in ginocchio. Come avrei fatto a vivere in quel branco, desiderando il mio alfa con ogni fibra del mio essere? O peggio, guardandolo accoppiarsi con un'altra, sapendo che sarei stata per sempre sola e indesiderata?

CAPITOLO VENTINOVE

La mattina seguente scesi in cucina e mi fermai di scatto. Kaden era l'ultima persona che mi aspettavo di vedere, dopo il modo in cui se n'era andato solo poche ore prima, eppure era lì. Se ne stava in piedi davanti alla macchina del caffè, con una camicia che aderiva perfettamente ai suoi muscoli e un paio di jeans che facevano del suo sedere una vera opera d'arte. Lo fissai per qualche secondo, sentendomi sprofondare in un pozzo senza fondo di desiderio e solitudine. I suoi capelli scuri erano scompigliati, come se non avesse dormito bene, e il suo volto sembrava ormai perennemente imbronciato. Distolsi lo sguardo e mi diressi verso il frigorifero per cercare qualcosa da mettere sotto i denti.

D'un tratto, si schiarì la gola. "Vai al centro ricreativo, quando finisci."

"Buongiorno anche a te," brontolai. "Sono ancora l'inserviente, quindi?"

Senza degnarsi di guardarmi, figurarsi di darmi una risposta, Kaden uscì dalla porta. Agitai le mani per la frustrazione, guardandolo andar via. *Come se nulla fosse accaduto, di nuovo.* Si comportava come se non ci fossimo mai baciati. Io, invece, sentivo ancora il suo sapore sulle labbra. Con un sospiro, chiusi il frigorifero e uscii di casa.

Il centro ricreativo si trovava in piena città e, quando entrai, guardai con orgoglio l'ingresso tirato a lucido. Grazie a me, sembrava più un luogo di ritrovo per i cittadini e meno un gigantesco capannone che non vedeva la luce da anni. Non avrei mai dimenticato la quantità di batuffoli di polvere che si erano accumulati in quel posto, per non parlare della muffa nei bagni. Mi venivano i brividi solo a pensarci. Quella mattina, però, tutto risplendeva. Allora perché ero lì?

Vidi Clayton uscire da una delle stanze e farmi un cenno con la mano. "Bene, sei arrivata. Vieni, gli altri sono già qui."

"Gli altri?" Chiesi seguendolo all'interno. "Che succede?"

Stella, Harper, Jack, Dane e Tanner erano seduti intorno a un lungo tavolo, mentre Kaden camminava nervosamente dall'altra parte della stanza. Stella m'invitò a prendere posto accanto a lei e io lo feci senza far domande, lanciando un'occhiata ai volti intorno a me. Avevano tutti un'aria cupa, tanto che mi chiesi se non fosse morto qualcuno mentre dormivo.

Una volta che anche io e Clayton ci sedemmo, Kaden si fermò e si voltò verso di noi. "Vi ho riuniti tutti qui per definire un piano. Dobbiamo stanare i Leoni. Non possiamo starcene con le mani in mano e lasciare che ci attacchino ogni volta che ci allontaniamo dalle nostre terre. Il giro di rifornimento di ieri è stato un chiaro avvertimento. Fortunatamente, non sanno dove siamo e come entrare nei nostri confini, altrimenti sarebbero già qui."

"Cos'hai in mente?" Domandò Harper, seduta accanto al suo gemello, Dane, che ancora non avevo mai sentito parlare.

"Mi metterò in contatto con loro. Chiederò al loro alfa, Dixon, d'incontrarci in territorio neutrale per consegnargli Ayla." Gli occhi di Kaden si spostarono su di me. "Sarà la nostra esca."

Neanche per sogno, furono le prime parole che mi vennero in mente. Tuttavia, le respinsi subito, visto che era quello che avevo accettato quando mi avevano catturata. Di certo non morivo dalla voglia di farlo. Un'infinità di cose potevano andare storte, cose che mi avrebbero fatta finire prigioniera del branco dei Leoni. O morta.

"Sei sicuro che la vogliano ancora?" Chiese Jack.

Kaden, l'unico che ancora stava in piedi, incrociò le braccia con fare da vero alfa. "Il branco del Leone continua a mandare altri lupi a cercarla. L'erede dell'alfa non rinuncerà mai a catturarla. È la sua *compagna*." Pronunciò l'ultima parola quasi come fosse velenosa.

"Sì, ma l'ha rifiutata," gli ricordò Stella.

"E ha quasi sterminato il suo branco," aggiunse Tanner.

"Questo non cambia il fatto che ha bisogno di trovarla," spiegò Clayton. "L'attrazione verso una compagna è insostenibile. Deve trovarla, anche solo per cercare di spezzare il legame d'accoppiamento."

"Non vorrei interrompere questo adorabile viaggio lungo il viale dei ricordi," li interruppi, incapace di nascondere l'amarezza nella mia voce, "ma possiamo tornare alla parte in cui faccio da esca? Hai intenzione di consegnarmi sul serio?"

"Certo che no," rispose Kaden quasi scocciato dalla mia domanda. "Tu ci servi solo per convincerli a incontrarci. Dopodiché sfiderò l'alfa a duello e, una volta vinto, faremo a pezzi il resto dei Leoni."

"Sei sicuro di essere abbastanza forte?" Rabbrividii terrorizzata al ricordo della ferocia dell'alfa del Leone e di come aveva ucciso mio padre. O di come i suoi lupi avessero attaccato così rapidamente, insieme ai loro alleati, abbattendo brutalmente il resto del mio vecchio branco in pochi minuti. Erano addestrati alla battaglia, e ci superavano in numero.

"Non sarà un problema," rispose Kaden.

Alzai gli occhi al cielo. *Che la dea della Luna mi salvi dall'arroganza degli alfa,* pensai. "Come fai a essere così sicuro di vincere?"

"Kaden è toccato dalla Luna," disse Stella. "Tutti gli alfa del nostro branco lo sono stati, fin dall'alba dei tempi."

Rimasi esterrefatta, e mi voltai di nuovo verso Kaden. Questo spiegava come mai il mio strano potere non l'avesse sorpreso, ma ero ancora scioccata dalla rivelazione. Che tipo di magia era in grado di evocare? E quanti altri segreti nascondeva? "Quindi nel vostro branco scorre *davvero* il sangue delle streghe della Luna? È la verità?"

"Per alcuni di noi è così, sì. Anche se è raro, al giorno d'oggi," spiegò Kaden. "La mia famiglia è sempre stata la più forte della stirpe."

Ero incredula. "Perché mai lo sto scoprendo solo ora?"

"Adesso che fai parte del branco, puoi conoscere la verità su di noi," rispose Harper, dando un colpetto a suo fratello. "Anche nella nostra famiglia scorre il sangue delle streghe della Luna. Dane, per esempio, riesce a vedere il passato nelle chiazze lunari."

Strabuzzai gli occhi quando Dane annuì, con le labbra serrate. Diedi un'occhiata al resto dei mutaforma seduti al tavolo, chiedendomi cos'altro potessero fare.

"Hai chiesto come marchiamo il nostro territorio," disse Clayton. "Kaden ha creato delle barriere magiche lungo i confini delle nostre terre. Ci tengono nascosti e proteggono

tutti coloro che si trovano al loro interno. Nessuno può trovarli o superarli senza il nostro permesso."
"Può anche diventare invisibile," aggiunse Stella, che trovai a sorridere maliziosamente. "Ci riesco anch'io."
Beh, questo spiegava molte cose. Kaden sembrava avere la capacità di avvicinarsi di soppiatto senza che me ne accorgessi, anche dopo aver ottenuto la mia lupa e i sensi potenziati. E tutte quelle volte che avevo avuto la sensazione che lui fosse vicino a me, a guardarmi... Lo fissai a occhi stretti, rendendomi conto che era sempre stato lì.
"È davvero notevole, ma basterà per affrontare i Leoni?" Chiesi con la mente ancora affollata dai dubbi. "Io ero lì, sapete. Avevo un bel posto in prima fila. Ho visto l'alfa del branco del Leone usare il suo ruggito. Le opzioni erano due: darsela a gambe o restare pietrificati. Ricordo ancora i fiotti di sangue che fuoriuscivano dalla gola di mio padre."
"Sarà abbastanza," disse Kaden.
"Io sono d'accordo con Ayla," continuò Tanner. "Credo che andare a cercare uno scontro con i Leoni sia un errore. Siamo al sicuro qui. Non possono trovarci se restiamo nelle terre del branco. Perché rischiare di perdere tutto?"
Kaden afferrò lo schienale di una sedia, sporgendosi in avanti e scrutandoci con uno sguardo intenso. "Perché non possiamo nasconderci per sempre. Anche se dimenticassimo che Ayla sarà sempre braccata dai Leoni, o che hanno ucciso i miei genitori, prima o poi arriveremo a una battaglia. I Leoni non si fermeranno finché tutti gli altri branchi non si piegheranno al loro dominio, compreso il nostro."
"Non lo sappiamo con certezza," ribatté Tanner. "Ci siamo nascosti per secoli. Perché dovremmo cambiare le cose proprio adesso?"
La presa di Kaden sullo schienale della sedia divenne

convulsa, tanto che pensai che avrebbe potuto romperla. "Il futuro del nostro branco dipende da questo. I miei genitori l'avevano già capito. Si erano accorti che stavamo diventando sempre di meno, che nascevano sempre meno legami d'accoppiamento all'interno del nostro branco e che la nostra sopravvivenza a lungo termine dipendeva dal ricongiungimento con i lupi dello Zodiaco. Se gli altri branchi non ci vogliono, li costringeremo ad accettarci. Anche a costo di cancellare la maggior parte di loro dalla faccia della Terra."

"E come pensi che questo vi renda diversi dai Leoni?" Domandai, irrigidita dalle sue parole.

Gli occhi di Kaden si posarono su di me, in fiamme. "Perché noi lo facciamo per sopravvivere. Non per dominare sugli altri."

Sostenni il suo sguardo, stringendo i pugni. "Sarà una differenza poco rilevante agli occhi di chi perderà la vita."

Kaden raddrizzò la schiena, gonfiando il petto. "Una volta sconfitto il branco del Leone, gli altri non opporranno molta resistenza. Eviteremo quanto più possibile inutili spargimenti di sangue."

Non aveva tutti i torti. Il branco del Leone era sempre stato uno dei due pilastri dei lupi dello Zodiaco, insieme al branco del Cancro. Ma avevo comunque la sensazione che il branco dell'Ofiuco fosse in netta inferiorità numerica.

"E le streghe della Luna?" Chiesi. "Non possono aiutarci come fanno quelle del Sole con gli altri branchi?"

"Sono anni che non le vediamo," rispose Stella scuotendo la testa. "Devono essersi nascoste dalle streghe del Sole e dagli altri lupi dello Zodiaco. Non sapremmo neanche come contattarle."

Maledizione. A quel punto stavo precipitando in un vortice di ansia e terrore, con lo stomaco che si contorceva sempre di più. Non mi piaceva affatto quel piano. C'erano così tante cose che potevano andare storte. Allo stesso tempo, però, capivo la posizione di Kaden: non potevamo nasconderci in attesa che i Leoni ci trovassero per sterminarci – come avevano fatto con il mio vecchio branco.

Sembrava che tutti aspettassero che io dicessi qualcosa. Ero il fulcro del loro piano, dopotutto, ma sapevo che non mi avrebbero costretta a fare nulla contro la mia volontà.

"E va bene, usatemi come esca." Mi misi a sedere più dritta e incontrai gli occhi di Kaden con nuova determinazione. "Voglio solo vendicarmi del branco del Leone per aver ucciso Wesley, e voglio Jordan *morto*. Non posso farlo con le mie mani a causa del legame, ma darò tutta me stessa per aiutarvi a porre fine alla sua vita."

Clayton si schiarì la gola. "Ayla, c'è qualcosa che devi sapere. Se uccidiamo l'erede dell'alfa del Leone, a causa del vostro legame... lo shock potrebbe uccidere anche te."

Tirai di colpo il fiato. Maledetto legame d'accoppiamento. Non faceva che crearmi problemi. Riflettei sulle sue parole solo per un secondo, ma la decisione era già presa. "Correrò il rischio. Non posso vivere così. Preferisco morire che essere legata a quell'idiota per sempre."

Sul volto di Kaden calò un'ombra minacciosa e omicida. "Do inizio ai preparativi."

Ci scambiammo tutti uno sguardo carico di cupa determinazione. Quello era il punto di non ritorno. Ero pronta, più di quanto non lo fossi mai stata prima.

Il branco del Leone poteva farsi sotto. Sarei morta scalciando e urlando, se necessario, e avrei portato con me quanti più maledetti Leoni possibile.

Più tardi, quella sera, non riuscivo a prendere sonno. Indossai una tuta e uscii di casa, poi feci un giro in città sotto la luce soffusa della luna. Passai davanti a tutti i luoghi che nelle ultime settimane avevo chiamato *casa* e la gola mi si strinse nella morsa dell'emozione. Ero appena diventata un vero membro del branco, e avrei già potuto perdere tutto. Non avevo altra scelta, però. Non sarei mai stata veramente libera dai Leoni finché il loro branco non fosse stato sconfitto e il mio legame d'accoppiamento con Jordan spezzato.

Mi fermai ai margini della città e chiusi gli occhi, cercando il richiamo che tante volte avevo fatto di tutto per ignorare. Era lì, irremovibile, come una catena avvolta intorno alla mia vita che cercava di trascinarmi verso i Leoni. Sud, mi disse, spingendomi a dirigermi nella direzione in cui doveva trovarsi Jordan. Mi scrollai di dosso quella sensazione con la bocca secca, spingendo il pensiero del mio compagno in un angolo remoto della mia mente.

Quanto sarebbe stato forte il legame una volta che ci saremmo ritrovati faccia a faccia? Sarei riuscita a sopportarlo o mi sarei buttata su di lui come un cucciolo innamorato? Questo pensiero mi terrorizzava più di ogni altra parte del piano. Dovevo prepararmi, temprare il mio cuore e assicurarmi di poter fuggire di nuovo, se necessario.

Passai l'ora successiva a teletrasportarmi tra le macchie di luce lunare, attraversando la città così velocemente che alberi ed edifici si confusero in fasci colorati senza inizio né fine. In quelle settimane mi ero esercitata a farlo ogni volta che potevo, ed ero diventata così brava che riuscivo ad atterrare e sparire all'istante da una macchia all'altra, a patto di avere un'idea chiara di dove volessi andare. Riuscivo anche a usare il mio potere più a lungo, senza stancarmi. In tutta onestà, dovevo riconoscere gran parte del merito all'addestramento con Kaden: mi ricordava che, per quanto una cosa fosse difficile, la costanza portava sempre risultati.

Mi fermai su una chiazza di luce per riprendere fiato, e finalmente sentii la stanchezza sopraffarmi. Forse così sarei riuscita a dormire.

"Spesso mi domando se se ne sia pentito," disse Kaden alle mie spalle, facendomi saltare in aria.

Mi voltai di scatto, con il cuore in gola. "Che cavolo! Non farlo mai più! Da quanto tempo sei lì?"

Rispose scrollando le spalle, appoggiato a un albero con le braccia incrociate. "Mi piace guardarti mentre ti alleni."

"L'invisibilità non ti dona," mormorai, prima di tornare a ciò che aveva detto. "Se *chi* si pente di *cosa*?"

"Il tuo compagno. L'erede dell'alfa del Leone." Kaden inclinò la testa. "Passerà tutte le notti steso nel suo letto, desiderando di non averti mai rifiutata?"

Scoppiai in una risata. "Dubito. Per lui ero solo una meticcia mezza umana. Non ero alla sua altezza."

"Allora è un idiota. Ho capito che c'era molto di più in te dal primo momento in cui ti ho incontrata."

Le sue parole mi fecero sciogliere. Ero sicura che non avesse idea di quanto significassero per me. Avevo conosciuto così poca gentilezza nella mia vita che mi aggrappavo a ogni blando spiraglio. Feci un passo verso di lui, incapace di fermarmi.

"Sei l'unico ad avermi vista per davvero," dissi con un filo di voce tremante. "Anche quando non ero che una lupa a pezzi, che non conosceva veramente se stessa."

Lui allungò una mano verso il mio viso, raccogliendo una ciocca di capelli rossi e sistemandomela dietro l'orecchio.

"Non eri a pezzi, piccola lupa. Eri trascurata e sola, avevi solo bisogno di qualcuno che credesse in te."

Un fiume di emozioni scorreva impetuoso dentro di me, soprattutto al pensiero di ciò che stavamo per affrontare.

"Kaden, se mi catturassero..."

"Non accadrà. Sei toccata dalla Luna, e dubito che i Leoni lo sappiano. Puoi usare il tuo dono per scappare, senza contare i tuoi nuovi poteri dell'Ofiuco."

"Non vedo l'ora d'imparare a usarli." Sollevai il mento, cercando di fare appello al mio coraggio. "E magari, la prossima volta, sarò io a guarire *te*."

"Hai così tanta voglia di leccarmi?" Domandò con tono profondo e sensuale.

"Vuoi davvero che risponda?" Risposi quasi senza fiato.

I suoi occhi caddero sulla mia bocca, come se ci stesse pensando seriamente. Poi distolse lo sguardo e si passò una mano tra i capelli. "No."

Ero abbastanza sicura che entrambi conoscessimo la risposta. Se fosse stato per me, saremmo già stati a rotolarci sul terreno, e la mia lingua avrebbe già assaporato il suo collo, il tatuaggio a forma di serpente e infine la sua enorme erezione. Stava immaginando la stessa cosa?

"Kaden." Dovevo dire qualcosa, o me ne sarei pentita per il resto della mia vita. "Qualsiasi cosa accada quando incontreremo i Leoni, ho bisogno che tu lo sappia: sei tu l'unico che voglio. Non lui."

La sua fronte si aggrottò e qualcosa di simile al dolore gli balenò sul viso. "So che adesso pensi che sia così, ma le cose cambieranno quando te lo troverai davanti."

"No, non cambierà nulla," ribattei con determinazione. "Hai creduto in me fino ad ora. Ti prego, fallo anche adesso."

"Vorrei poterlo fare, ma ci sono delle cose fuori dal

nostro controllo. Spero che tu mi dimostri che mi sbaglio." Scosse la testa, facendo una pausa. "Dovresti tornare a casa."
"Da sola?"
"Vado a fare un giro di perlustrazione."
"Giusto," risposi, sprofondando in un mare di delusione più velocemente del Titanic. "Ci vediamo, allora."

Mi voltai e mi diressi verso casa, sentendomi più scossa di prima. Mi ero messa in gioco, dicendo a Kaden quello che provavo per lui, ed ero stata respinta ancora una volta. Non potevo certo biasimarlo. Se avessi saputo che aveva una compagna, anch'io avrei fatto di tutto per proteggere il mio cuore.

Finché ero legata a Jordan, non avrei mai potuto stare con Kaden. Dovevo rompere il legame d'accoppiamento, o rischiavo di perdere per sempre la persona a cui tenevo di più.

CAPITOLO TRENTA

Il branco del Leone accettò d'incontrarci di lì a una settimana. Le loro terre si trovavano in Arizona, troppo distanti dal territorio dell'Ofiuco, nel Manitoba, ma ci comunicarono che avrebbero preso un volo fino in Canada. Un jet privato, naturalmente. I Leoni non badavano a spese.

L'incontro fu fissato su una piccola pista d'atterraggio a qualche ora di distanza, abbastanza lontana da essere territorio neutrale. Kaden li convinse a incontrarci di notte, in modo che potessi usare il mio potere per fuggire, se necessario. Inoltre, quando regnava il buio, le streghe del Sole sarebbero state più deboli, mentre quelli di noi che erano toccati dalla Luna avrebbero avuto un vantaggio. Pregai che fosse sufficiente, aumentando la frequenza delle mie suppliche man mano che i giorni passavano e l'ora dell'incontro si avvicinava.

A poche ore dalla partenza, il mio stomaco era tutto un groviglio di preoccupazione e ansia. Tutti nel branco sembravano essere nervosi, e chi poteva biasimarli? Il fatto che per tutta la settimana avessi a malapena visto Kaden, tra l'altro, non aiutava affatto. Era stato impegnato con i preparativi, mentre Stella e io avevamo raddoppiato gli allenamenti. Mi aveva insegnato a usare la saliva curativa e il morso velenoso, e anche a regolare la quantità di veleno che usciva dalle mie zanne. Ero pronta ad affrontare i Leoni come non mai.

Poi arrivò il momento di partire. Preparai una borsa, più che altro per dare l'illusione che volessero davvero consegnarmi al branco del Leone. Mentre la chiudevo, provai una stranissima sensazione di nostalgia. L'ultima volta che avevo fatto le valigie, la mia vita era cambiata in modi che non avrei mai potuto immaginare. Mi chiesi se sarebbe successo di nuovo, e pregai che, qualunque cosa fosse accaduta, sarei riuscita a rimanere con il mio nuovo branco.

Quando raggiunsi Stella nel cortile, notai diversi veicoli parcheggiati sul vialetto, ma di Kaden non c'era traccia.

"È andato lì in anticipo per perlustrare la zona e assicurarsi che il branco del Leone non abbia piazzato delle trappole. Questa volta avremo noi il coltello dalla parte del manico." Nei suoi occhi divamparono le fiamme, e capii che stava pensando alla morte dei suoi genitori. L'alfa del Leone aveva molti peccati per cui pagare.

Poi Stella salì su un SUV e mi fece cenno di seguirla. Si sedette sul retro, e non fui sorpresa di trovare Clayton al volante. Il veicolo era pieno di guerrieri, e ce n'era uno con altrettanti mutaforma proprio dietro di noi.

Il viaggio fu lungo, teso e silenzioso. Persino Stella non disse una parola. Io continuavo a strofinare le mani madide di sudore sui jeans, inutilmente. Cercai di concentrarmi sul panorama fuori dal finestrino, ma mi passava davanti agli occhi senza che me ne accorgessi. L'ultima volta che avevo visto i Leoni, ero scappata da loro terrorizzata. Ora stavo andando ad affrontarli faccia a faccia e, sebbene la paura fosse ancora assillante, non ero più la stessa ragazza di allora. Ero più forte, e non ero sola. Avevo un branco pronto a proteggermi.

Quando arrivammo, vidi Kaden in piedi con Harper e Dane. Si voltarono tutti e tre verso i furgoni, mentre parcheggiavamo in un campo vuoto accanto alla pista di atterraggio. Era scesa la notte, e intorno a noi, oltre a una foresta buia, c'era ben poco: un piccolo edificio con una torre e una pista, che aveva decisamente visto giorni migliori.

Appena scendemmo dal furgone, Kaden venne verso di noi. "Siete pronte?" Domandò a me e Stella, anche se i suoi occhi erano fissi su di me.

"Prontissime," risposi con fermezza.

Lui annuì. "I Leoni dovrebbero arrivare entro mezz'ora. Abbiamo esploratori che pattugliano la foresta nel caso in cui tentino di farci un agguato. Tutto ciò che possiamo fare, adesso, è aspettare."

Stella mi prese per mano. "Qualsiasi cosa accada, non dimenticare che ora sei una di noi."

Risposi con un sorriso affettuoso, scacciando le lacrime. "Grazie."

Gli altri mutaforma si misero in posizione intorno a noi, e aspettammo in silenzio che la luna calante si levasse dietro le nuvole. Ci sarebbe stata abbastanza luce lunare per poter usare il mio potere? Speravo di non doverlo scoprire a mie spese.

Un lupo grigio emerse dalla foresta, trottando verso Kaden con la lingua penzoloni fuori dalla bocca. Quando si trasformò, mi trovai davanti a un Jack *molto* nudo e senza alcun pudore. Era sexy, non c'era dubbio, ma non mi faceva battere il cuore come Kaden.

"Non c'è traccia dei Leoni o di altri branchi nei dintorni.

Negli ultimi due giorni non c'è stato alcun mutaforma qui," disse a Kaden.

"Bene," rispose il nostro alfa. Poi controllò il telefono corrucciando la fronte. "Avrebbero dovuto essere già qui."

"Devono essere in ritardo," lo rassicurò Stella.

"Forse." Kaden non sembrava affatto convinto. Anche gli altri membri del branco avevano un aspetto tetro, come se si aspettassero il peggio.

Decidemmo di continuare ad aspettare. Jack tornò nella sua forma di lupo per andare a curiosare ancora un po', ma con il passare dei minuti, alcuni degli altri guerrieri cominciarono a farsi irrequieti. Kaden scrutava il cielo notturno in maniera quasi ossessiva, anche se nessuno di noi aveva mai avvertito il rombo di un jet.

Dopo circa trenta minuti, Stella mi diede un colpetto al braccio e indicò il furgone con un cenno del capo. Prese un sacchetto di patatine e un po' d'acqua e m'invitò a sedermi sull'erba con lei.

"Pensi che non verranno?" Chiesi.

Lei continuò a fissare il cielo con una smorfia disgustata. "Penso che i Leoni non abbiano alcun senso dell'onore, e che non avremmo neanche dovuto provare a incontrarli. Probabilmente stanno tramando qualcosa, in questo momento."

Passarono ore, e del branco dei Leoni neanche l'ombra. A un certo punto, io e Stella ci appisolammo sull'erba, ma presto Kaden venne a svegliarci, teso come non mai.

"Non verranno," disse pieno di frustrazione.

"Ti hanno detto qualcosa? Ti hanno contattato?" Domandò Stella.

"No. Niente di niente."

Dannazione. Avevamo sopportato l'ansia e lo stress dell'attesa per nulla. Bastardi.

Salimmo di nuovo a bordo dei furgoni e ci preparammo ad andarcene. Durante il viaggio di ritorno, l'aria era ancora più densa di tensione. Riuscivo persino a percepire la rabbia di Kaden: quasi mi soffocava con la sua intensità.

"Troveremo un altro modo per stanarli," dissi dopo lunghi minuti di esitazione, quando incrociò il mio sguardo dallo specchietto retrovisore. Lui non rispose. Non sapevo se credesse alle mie parole, ma non tentai comunque di convincerlo.

Quando varcammo i confini delle nostre terre, era già l'alba. Gli altri mutaforma andarono a casa a dormire, e io e Stella seguimmo Kaden dentro casa. Lui sparì nella sua stanza senza fiatare, mentre Stella si mise a preparare del caffè sbadigliando. Fissai il sole, chiedendomi se avrei dovuto cercare di dormire qualche ora o accettare il fatto che non sarei riuscita a prendere sonno.

"Almeno abbiamo fatto un pisolino," mormorò Stella, strofinandosi gli occhi arrossati.

"Già. Vado a fare una doccia," dissi. "Magari mi aiuta a svegliarmi."

"Buona idea. La farò anch'io dopo di te."

Salii al piano di sopra ed entrai nella doccia. L'acqua calda mi aiutò subito a tirarmi su, e mi sentii molto meglio dopo aver lavato i capelli. Le docce sono un toccasana per lavare via tutte le schifezze della giornata e ricominciare da capo. Era proprio ciò di cui avevo bisogno.

Di colpo, però, un frastuono assordante mi fece cadere la saponetta dalle mani. Mi coprii le orecchie, guardandomi intorno, e poi capii che il rumore proveniva dalla città. Un allarme rimbombava in tutte le terre del branco, avvertendoci che eravamo in pericolo.

Era così forte che mi si rizzarono tutti i peli del corpo.

Entrai in piena modalità panico, fermandomi solo per prendere un asciugamano mentre uscivo nel corridoio. Per poco non andai a sbattere contro Kaden, che stava uscendo dalla sua stanza. Appena mi vide, mi prese per un braccio. "Forza, dobbiamo andarcene da qui."

"Che sta succedendo?" Domandai mentre mi trascinava giù per le scale.

"Stanno infrangendo le mie barriere lungo le terre del branco. Dovrebbe essere impossibile, ma sento che le stanno forzando. Non posso sbagliarmi."

"Sono i Leoni?" Chiesi raggiungendo nuove vette di terrore.

"Devono essere loro. Probabilmente sono sempre stati alla pista, e qualcuno ci ha seguiti fin qui." Sul suo volto calò un velo di rabbia incandescente. "Dovrebbe essere impossibile."

"Dove stiamo andando?" Chiesi, stringendo forte l'asciugamano per tenerlo avvolto intorno al mio corpo. Kaden sembrò accorgersi solo allora che ero mezza nuda, perché il suo sguardo si posò sulle mie spalle e scese lentamente lungo le mie gambe.

"Va' a vestirti. Dobbiamo andare nella piazza centrale e prepararci a combattere."

Sgranai gli occhi. Era proprio da Kaden trascinarmi di sotto e poi ordinarmi di correre su a vestirmi. Ormai, quasi nessuno stato di nudità mi metteva in soggezione, e probabilmente presto mi sarei trasformata, abbandonando di nuovo i vestiti chissà dove. Alla Convergenza, stare nuda davanti a tutti era stata una tortura, ma dopo le settimane passate a trasformarmi, mi sentivo molto più a mio agio.

Indossai velocemente una tuta, poi tornai di corsa al

piano di sotto. Con grande sorpresa, trovai Kaden ancora ad aspettarmi, mentre di Stella non c'era più traccia.

Corremmo insieme verso il centro della città, seguiti da altri mutaforma, alcuni dei quali già su quattro zampe. La piazza brulicava di gente, proprio come alla mia festa di benvenuto, ma questa volta non c'erano né risate né musica. Solo terrore e confusione.

Kaden emise un ululato che mi scosse nel profondo, attirando l'attenzione di tutti. I membri del branco si avvicinarono al loro alfa, guardandolo in cerca di risposte. Individuai Stella tra la folla, con gli occhi sgranati.

"Siamo sotto attacco," annunciò Kaden, suscitando un concerto di mormorii tra la folla. Sollevò subito una mano, mettendoli a tacere come un direttore d'orchestra. "Ci siamo preparati a lungo per questo momento. Ognuno di voi sa cosa fare. Guerrieri, prendete posizione. Tutti gli altri, correte ai rifugi. Seguite Clayton e Stella."

Kaden posò le mani sulle spalle di Stella, e i due si scambiarono uno sguardo carico d'affetto. Le disse qualcosa a bassa voce, troppo flebile perché potessi distinguere le parole nel fermento che mi circondava. Poi Stella abbracciò forte suo fratello, prima di staccarsi e raggiungere Clayton dall'altra parte della piazza. Intorno a loro si radunarono alcuni mutaforma e tutti i bambini. La guardai andare via con un groppo in gola, pregando che restassero tutti al sicuro, e poi mi voltai per raggiungere i guerrieri.

Kaden mi afferrò per il braccio. "Non così in fretta. Tu vai con Stella."

Mi liberai dalla sua presa con uno strattone. "No, voglio combattere per il mio branco."

"Loro sono qui per te," disse con un cipiglio. "Ma non

lascerò che ti prendano. Devi nasconderti con Stella e gli altri."

"Non ero l'esca?" Sputai fuori con una risata ironica. "E ora vuoi che mi nasconda? Non esiste."

"Ayla, non ho tempo per discutere con te." Cinse il mio viso con le mani, guardandomi dritto negli occhi. "Ho bisogno che tu vada via di qui e ti nasconda. Non posso perderti. Sei troppo importante per me."

Lo fissai a bocca aperta. "Sono... Cosa?"

Non aspettò un altro secondo. La sua bocca trovò la mia, calda e famelica, e mi baciò come se temesse che fosse l'ultima volta. Mi aggrappai alle sue spalle, concedendomi a lui e accettando tutto ciò che mi avrebbe dato. Le sue labbra, la lingua, le mani. *Tutto*, per tutto il tempo che potevo avere. Anche se si trattava solo di pochi secondi.

"Anche tu per me," risposi tra un bacio e l'altro, trascinata nella frenesia del momento. Nessuno dei due sembrava riuscire a fermarsi. "Ma devo restare e combattere. Non andrò a nascondermi mentre la mia gente muore per me."

Quelle parole misero un freno al nostro trasporto.

Kaden mi guardò con occhi severi. "Non farti costringere."

"Costringere?" Lasciai andare una risata di scherno, ma poi capii cosa intendeva dire. Ero un membro del branco, quindi poteva farmi fare tutto quello che voleva usando il suo comando alfa. Non l'avevo mai visto usarlo su nessuno prima d'allora, il che la diceva lunga su di lui. Mio padre non faceva che andare in giro a impartire comandi a tutti, e non avevo dubbi che il capobranco del Leone facesse lo stesso.

"Vai con Stella," ordinò. La sua voce non era che un ringhio gutturale, per metà umana e per metà animale.

Percepii tutto il potere delle sue parole e strinsi i denti, in attesa di piegarmi inevitabilmente al suo volere. Ma non accadde. *Oh. Questa è nuova*, pensai per un secondo. Poi sollevai il mento. "No."

Kaden mi fissò aggrottando la fronte. "Non ha funzionato. Non è possibile."

All'improvviso, un ululato attraversò l'aria, forte e chiaro come il suono di una campana. Mi si rizzarono i peli sulle braccia e Kaden imprecò sottovoce, spingendomi dietro di lui.

Fu l'unico avvertimento che ricevemmo prima che un'enorme armata entrasse in città. Le strade si riempirono di lupi, insieme a decine di umani che non si erano ancora trasformati. Sui loro corpi figuravano i marchi del branco del Leone, dell'Ariete e del Toro. Dietro di loro, scorsi un gruppo di donne in lunghe tuniche: le streghe del Sole. Dannazione, c'erano anche loro? Doveva essere stata la loro magia a distruggere le barriere di Kaden.

Poi, d'un tratto, fui travolta da una consapevolezza, e tutti i sentimenti che fin dalla Convergenza avevo spinto in fondo alla mia mente tornarono a galla con prepotenza. *Jordan*. Era lì, e i miei occhi non potevano fare a meno di cercarlo, affamati della sua vista.

Eccolo. In piedi accanto a suo padre, l'alfa del branco del Leone, ai margini della foresta.

Era venuto per me.

CAPITOLO TRENTUNO

Non vedevo Jordan dalla notte della Convergenza, e lo strattone alla base della spina dorsale provocato dal legame mi fece quasi cadere. Accidenti, era bellissimo. In quelle settimane lontana da lui, avevo dimenticato quanto fosse attraente. Avevo l'acquolina in bocca alla vista dei suoi perfetti capelli biondi e della sua mascella squadrata. Un calore sbocciò nel mio ventre, attirandomi verso di lui come un cane al guinzaglio.

A quanto pareva non ero l'unica a sentire il richiamo, perché gli occhi di Jordan incontrarono subito i miei. Mi rivolse un sorriso arrogante, guardandomi come se fossi di sua proprietà, e il nostro legame mi fece desiderare che fosse così. Tutto dentro di me gridava di correre da lui, mentre stringevo i pugni per resistere all'impulso. *Maledizione.* Forse sarei dovuta andare con Stella, dopotutto.

Mi voltai di nuovo verso Kaden e un po' della foschia che mi avvolgeva si schiarì. Era *lui* quello che volevo. Non Jordan. Finché mi fossi concentrata su questo, sarei riuscita a superare la battaglia.

I lupi ci circondarono bloccando ogni via d'uscita, e i nostri guerrieri si lanciarono immediatamente all'attacco. Senza nemmeno preoccuparsi di trasformarsi, Kaden balzò al mio fianco e colpì un nemico, facendolo volare a metri di distanza. Il mutaforma atterrò al suolo con un guaito e non si rialzò più.

Un attimo dopo, un maschio del branco del Leone aprì la bocca e usò il suo ruggito per disperdere le nostre forze, mentre li affrontavamo di petto. Sentii l'impulso di scappare, tanto che i miei muscoli si tesero per farlo, ma strinsi i denti e resistetti. Quando alzai di nuovo lo sguardo, Kaden era l'unico, insieme a me, a non essere fuggito. Con un ringhio, si avventò sul mutaforma a mani nude. Non passò neanche un secondo, prima che altri lupi si scagliassero su di lui.

Mi feci avanti per aiutarlo, ma colsi un movimento con la coda dell'occhio. Un gruppo di lupi si stava dirigendo nella direzione in cui erano andati Stella e tutti gli altri. Lupi dell'Ariete, pronti a mettere a segno la loro carica letale.

"Oh, neanche per sogno," mormorai rincorrendoli e strappandomi la maglietta. Mi trasformai per raggiungerli più velocemente e, non appena fui nella mia forma di lupa, mi sentii più vigile. Dal momento che era giorno, non avrei potuto usare la mia magia lunare, ma avevo comunque i poteri del branco dell'Ofiuco.

Saltai sul dorso del primo lupo e lo morsi, affondando le zanne nella sua carne con tutta la forza che avevo. Lasciai scorrere il veleno, assicurandomi che fosse abbastanza per ucciderlo. Lui cadde inerme, e io mi piazzai davanti a Stella, che nella sua forma di lupo stava facendo da scudo ad alcuni cuccioli con il suo corpo. Era tutta nera, come suo fratello, ma non grande quanto lui. Ringhiai ferocemente contro il resto dei lupi. Un altro esemplare si lanciò verso di noi, ma abbattei anche lui. Non avrei avuto pietà, proprio come mi avevano insegnato Stella e Kaden. Avrei preferito morire, piuttosto che lasciare che quei mutaforma facessero del male ai cuccioli del mio branco.

Grazie, sentii dire a Stella nella mia testa. Mi ci volle un attimo per ricordare che, in quanto membri dello stesso branco, potevamo comunicare telepaticamente dopo la trasformazione.

Vai, le dissi mentre mostravo i canini a un'altra lupa, sfidandola ad avvicinarsi abbastanza da poter usare il mio morso su di lei. Stella spinse via i cuccioli con il muso, e sparirono tutti insieme nella foresta.

In un battito di ciglia, una lupa – che ormai riconoscevo istintivamente come Harper – mi raggiunse con un salto e mi aiutò a sconfiggere gli ultimi lupi che si lanciavano all'inseguimento dei cuccioli. Una volta eliminata la minaccia, ci demmo un rapido buffetto con il muso e tornammo di corsa verso il centro della città.

Non feci fatica a individuare Kaden. Era ancora in forma umana, coperto di sangue, circondato da cadaveri di lupo che doveva aver ucciso a mani nude. Mi si gonfiò il petto d'orgoglio: quello era il *mio* alfa.

"Dixon!" gridò sopra il frastuono della lotta. "Vieni allo scoperto, maledetto codardo. Combatti con me. Alfa contro alfa, come ai vecchi tempi. O hai paura che ti batta?"

Tutti si fermarono, lasciando cadere le loro prede e voltandosi verso i rispettivi capobranco. La risata di Dixon risuonò ai margini della battaglia, da dove era rimasto a osservare tutto. "Non ho paura. Sei tu che dovresti averne."

L'alfa del Leone si trasformò, ruggendo nella sua forma di lupo. La sua pelliccia color oro catturava la luce del sole, che l'accarezzava tingendola di un rosso splendente. Era così grande e feroce che sembrava un vero leone.

Kaden si lanciò correndo verso di lui, trasformandosi in una mostruosa belva nera con zanne avvelenate: sembrava uscito da un incubo. Tutti i mutaforma dello Zodiaco lo consideravano malvagio, ma per quanto ne avesse l'aspetto, io sapevo che erano lontani anni luce dalla verità.

Dixon aspettò che Kaden si avvicinasse a lui e poi liberò il suo ruggito da Leone. Io ero abbastanza lontana da non sentirne gli effetti, ma Kaden si fermò a metà della sua corsa e scosse la testa. Lo vidi tremare, come se stesse lottando contro l'impulso di scappare, ma dopo un attimo ringhiò di nuovo e balzò verso Dixon a zanne spianate.

Caddero al suolo, rotolando e lottando per imporre il proprio dominio l'uno sull'altro. Un silenzio tombale appesantiva l'aria, mentre tutti li fissavamo immobili. Gli unici suoni che riecheggiavano nella piazza erano i rantoli e i ringhi dei due alfa. Kaden diede un morso a Dixon, ma il lupo più anziano se lo scrollò di dosso e continuò a combattere. Poi si avventò sulla sua gamba, facendolo sobbalzare, e lo scaraventò contro un albero in una dimostrazione di forza. Io scalpitai, mugolando sommessamente, preoccupata per l'unico uomo che si era fatto strada nel mio cuore. Volevo disperatamente correre da lui e aiutarlo, ma sapevo che quella non era la mia battaglia.

Andò avanti per quella che sembrò un'eternità, in una confusione di pelo, artigli e zanne che sovente era difficile seguire. Vidi Kaden assestare altri morsi a Dixon. Il Leone sembrava indebolirsi, ma si difendeva con tutto se stesso, con il muso ricoperto del sangue di Kaden. Alla fine riuscì a farlo cadere a terra, ergendosi su di lui, e per un attimo non riuscii più a respirare. Temetti il peggio, ma Kaden lo rovesciò, facendolo cadere a pancia all'aria e affondando le zanne nel suo collo. L'alfa del Leone si contorse per qualche secondo, poi giacque immobile.

Kaden sollevò la testa intrisa di sangue e ululò, dichiarando vittoria. Il suo verso rimbombò per tutta la foresta, e sapevo che ogni mutaforma, amico e nemico, l'aveva sentito.

Mi guardai intorno, cercando di capire cosa avrebbe fatto il branco del Leone senza il suo capo. Alcuni mutaforma vicini a me emisero un ringhio, per poi voltarsi e darsela a gambe. Li inseguii, come fecero altri membri del mio branco, e vidi molti di loro crollare al suolo per le ferite subite.

Lasciateli scappare, ci disse Kaden. Al suono della sua voce nella mia testa, lasciai andare un enorme sospiro di sollievo. *Non sono che codardi. La vittoria è nostra.*

Qualcosa non quadrava, però. Non avevo visto Jordan durante il combattimento. Chiusi gli occhi e mi concentrai sul legame d'accoppiamento, che non voleva altro che condurmi da lui. L'inquietudine mi fece rivoltare lo stomaco quando mi resi conto della direzione in cui si trovava, la stessa in cui era andata Stella con i cuccioli. Corsi verso il bosco senza neanche pensare a cosa avrebbe fatto Kaden, lasciando che il legame mi portasse da Jordan, come aveva cercato di fare da quando ci avevano accoppiati.

Jordan se ne stava appoggiato a un SUV nero. Era stato raggiunto da alcuni dei Leoni che erano riusciti a fuggire, e non sembrava affatto sorpreso di vedermi piombare lì, attraverso la vegetazione. Fui momentaneamente stordita da un'ondata di desiderio, e dovetti trattenermi con la forza dal saltargli addosso – per baciarlo o per ucciderlo, questo ancora non l'avevo capito.

"Sono così contento che ti sia unita a noi," disse con un

sorriso sinistro sul volto. "Adesso sali in macchina e vieni con me."

Tornai nella mia forma umana, senza neanche preoccuparmi della totale nudità. "Te lo scordi. È questo il mio branco, adesso, e il tuo alfa è morto. Sparisci dalle nostre terre e dalla mia vita."

"Non posso farlo." Mi scrutò da capo a piedi con aria possessiva, e sentii un brivido di desiderio misto a odio scuotermi nel profondo. "Non me ne andrò senza di te, ma ti propongo un accordo: le streghe del Sole hanno circondato i bambini e i più deboli del vostro branco. Al mio comando, li bruceranno tutti vivi. A meno che tu non venga con me."

"Non ti credo."

Tirò un telefono fuori dalla tasca e lo girò verso di me. Sullo schermo, vidi le streghe del Sole in piedi intorno a una botola aperta, nel bel mezzo della foresta. Con orrore, guardai mentre trascinavano fuori uno dei cuccioli di lupo. Poi la telecamera inquadrò Stella e Clayton: erano stati catturati entrambi, e stavano lottando con tutte le loro forze per fuggire. Fiamme altissime li circondavano. Le lingue di fuoco lambivano minacciosamente le loro code. Solo la magia delle streghe del Sole impediva che l'incendio si diffondesse in tutta la foresta.

"Sei un mostro," gridai a denti stretti. Guardai il mio compagno, un uomo che odiavo così tanto da sentire il sangue ribollirmi nelle vene. Mi tremavano le mani. Volevo saltargli addosso e sgozzarlo, ma quel maledetto legame me lo impediva.

Jordan abbassò lo sguardo sul suo telefono, poi lo spostò su di me, sollevando le sopracciglia. "A te la scelta. Vieni con me... o guardali bruciare vivi."

Non mi restava più nulla da fare. Non potevo combattere contro Jordan e, anche se fossi riuscita a chiedere aiuto a Kaden, le streghe del Sole avrebbero potuto ardere al suolo le terre del nostro branco in una manciata di secondi. Non avrei lasciato che dei cuccioli innocenti, o gli altri del mio branco, morissero per me.

Accettai la sconfitta e chinai il capo. Non avevo altra via d'uscita: dovevo andare con lui.

Feci un passo verso Jordan, guardandolo dritto negli occhi. "Verrò con te solo se le streghe del Sole, insieme agli altri Leoni e ai tuoi alleati, se ne andranno senza fare del male a nessuno del mio branco. Giuralo sul nostro legame, e sarò tua."

"Ti sei proprio affezionata a loro, eh?" Inclinò la testa e mi rivolse un sorriso raccapricciante. Probabilmente aveva pianificato tutto da tempo. "E va bene, lo giuro sul nostro legame."

Pensai che stesse ancora mentendo, ma poi latrò ordini nel microfono del suo telefono, e pochi istanti dopo mi mostrò che le streghe del Sole stavano andando via. Sembravano sparite, svanite in un'esplosione di luce solare, ma almeno se n'erano andate. Vidi i lupi dell'Ofiuco correre tra le foglie, diretti verso le terre del branco. Chiusi gli occhi, grata che fosse finita.

Jordan mi porse una mano. "Come desideravi. Adesso vieni con me."

Avrei voluto scacciarla con uno schiaffo, dirgli d'infilarsela su per le chiappe, ma mi morsi la lingua e l'accettai. Nell'istante in cui ci toccammo, il legame d'accoppiamento mi urlò una sfilza di sonori *sì, sì, sì*. Ero combattuta, non sapevo se piangere o esultare. La presenza di Jordan mi riempì la mente, così centralizzante da bloccare ogni altro suono e vista. C'era solo lui: era il mio mondo. Il mio tutto. Il mio compagno.

NO, gridò la voce nella mia testa. È Kaden quello giusto, non lui.

Mi aggrappai saldamente a quel piccolo residuo di sanità mentale, mentre Jordan mi aiutava a salire sul sedile posteriore del furgone, senza mai lasciarmi andare. Si sedette accanto a me e mi offrì una coperta. Lo fissai, avvolgendomela intorno alle spalle.

Mentre ci allontanavamo, vidi Kaden. Era in piedi tra gli alberi, su un crinale sopra di noi. Doveva aver visto tutto, compreso il momento in cui ero salita sul SUV con Jordan di mia spontanea volontà. Una furia oscura gli increspava il volto, ma c'era qualcos'altro. Sembrava che gli si fosse spezzato il cuore.

Sapevo esattamente cosa stava pensando: che non ero stata in grado di resistere al legame d'accoppiamento e che, alla fine, avevo deciso di stare con Jordan. Proprio come aveva preannunciato lui. Allungai una mano verso di lui, appoggiandola sul finestrino. Volevo urlare il suo nome e dirgli che dovevo farlo per salvare il branco, ma eravamo già partiti. Persi di vista il mio alfa tra gli alberi, mentre l'auto si allontanava in una direzione a me sconosciuta.

"Il viaggio verso il territorio del branco del Leone sarà lungo," disse Jordan, accarezzandomi il dorso della mano con il pollice. Quel contatto non faceva che accendere in me la voglia di toccarlo, persino mentre maledicevo la sua esistenza. "Devo assicurarmi che non scappi di nuovo. Sei sorprendentemente abile nella fuga."

"Non scapperò," dissi, mentendo spudoratamente. Dovevo solo aspettare il calar della sera, e poi sarei fuggita dalle sue grinfie. Sarei tornata correndo da Kaden e gli avrei spiegato tutto. Purché fossi riuscita a far smettere Jordan di toccarmi.

"No, non lo farai." Aprì una scatola di piccole dimensioni e tirò fuori una siringa. Poi la sua mano si chiuse attorno al mio braccio, saldamente. "Me ne assicurerò personalmente."

"No!" Mi strinsi contro la portiera dell'auto, cercando di allontanarmi il più possibile dall'ago, ma Jordan mi bloccò, incombendo su di me. Cercai di sottrarmi a lui, ma la sua presa era forte e il suo tocco m'indeboliva.

L'espressione fredda e arrogante di Jordan non cambiò mentre l'ago perforava la mia pelle. Mi voltai di scatto, incapace di sopportare la sua vista e senza fiato per il pizzico acuto della siringa. Mi aggrappai alla maniglia dello sportello, cercando di aprirlo, ma qualsiasi cosa Jordan mi avesse iniettato stava agendo rapidamente: i miei arti smisero di funzionare in un batter d'occhio. *No*, cercai di urlare, ma persi i sensi prima ancora di riuscire a pronunciare una sola parola.

CAPITOLO TRENTADUE

Mi svegliai circondata da sbarre di ferro. *Maledizione, sta diventando una brutta abitudine*, pensai.

Chiusi gli occhi e feci un respiro profondo. Magari stavo sognando e, una volta riaperti, mi sarei ritrovata nella mia stanza.

Non funzionò. Quando spalancai le palpebre, mi ritrovai di nuovo all'interno della strana cella. Mi chiesi se tutti i branchi avessero delle prigioni, o se fosse stata una prerogativa dei due che mi avevano rapita. Per quanto ne sapessi, il branco del Cancro non ne aveva, grazie al cielo. Mio padre mi ci avrebbe rinchiusa almeno una volta, altrimenti, ne ero certa.

Cominciai a studiare lo spazio intorno a me, quando sentii di colpo lo strattone del legame. *Dannazione*. Sapevo esattamente chi stava per arrivare.

Jordan entrò nella stanza sfoggiando un sorriso compiaciuto. "Sono contento che ti sia svegliata."

"Lo trovo difficile da credere." Incrociai le braccia al petto. "Dove sono?"

"Sei nelle terre del branco del Leone. Benvenuta a casa."

"Casa?" Gli scoccai un'occhiata fulminante. "Hai forse dimenticato di avermi rifiutata alla Convergenza? E che il tuo branco ha ucciso la mia famiglia? E che sembravi piuttosto intenzionato a uccidermi con le tue mani?"

"Tante cose sono cambiate, Ayla." Jordan spalancò le braccia e, contro ogni mia volontà, quel gesto mi fece scuotere da un brivido di desiderio. "Grazie a te, adesso sono l'alfa del branco del Leone. Con l'aiuto delle streghe del Sole, presto tutti gli altri branchi si piegheranno al mio dominio. E tu regnerai al mio fianco, sarai la mia regina alfa."

Scoppiai a ridere – non riuscii proprio a trattenermi – quell'idea era talmente ridicola. "Io non starò *mai* con te. Preferirei morire."

Sul bel viso di Jordan apparve un cipiglio inquietante. "Il modo in cui mi guardi dice il contrario."

"Perché non mi hai semplicemente fatta uccidere?" Domandai, concentrandomi sulla rabbia che divampava dentro di me, aiutandomi a distrarmi dal bisogno di gettarmi ai suoi piedi. "Perché non hai chiesto alle streghe del Sole di spezzare il legame, così da poter essere libero? Libero da me, la *meticcia semi umana*. È così che mi hai chiamata, no? Quando hai detto di volermi vedere soffrire. O hai capito che la peggiore punizione che potresti infliggermi è quella di costringermi a stare con te?"

Fiamme illeggibili si accesero nei suoi occhi, e per un attimo pensai che mi avrebbe attaccata come aveva fatto alla Convergenza. "Tu mi appartieni, Ayla. E come ho detto, tante cose sono cambiate. Ho grandi piani per te."

"Oh, fantastico," risposi. "Non vedo l'ora di sentirli."

L'espressione di Jordan divenne ancora più sinistra, ma si limitò a voltarsi e andar via. Non mi offrì né cibo né acqua.

La porta si chiuse con un colpo secco dietro di lui, e io rimasi di nuovo sola.

Mi lasciai cadere sulla branda. La rabbia si spense, sostituita dalla disperazione. Ero tenuta prigioniera dai miei peggiori nemici e nessuno mi avrebbe salvata. Kaden non sarebbe venuto a cercarmi. Non dopo quello che aveva visto. Ero davvero da sola.

Kaden, ripetei il suo nome con ritrovata determinazione, alzandomi in piedi. Avrei trovato un modo per fuggire da quella prigione. *Ti dimostrerò che ti sbagliavi. Combatterò e riuscirò a tornare da te. In qualche modo ce la farò.*

L'unico vantaggio che avevo era che Jordan mi sottovalutava. Non sapeva che avevo trascorso il mio tempo con il branco dell'Ofiuco ad allenarmi a combattere. Non sapeva che ero toccata dalla Luna.

Accarezzai il simbolo sul mio braccio, trovando conforto nel vederlo ancora lì. Non ero più la stessa lupa spaventata e indifesa che Jordan aveva torturato alla Convergenza. Ero una guerriera.

Ero un membro del branco perduto.

NOTA DELL'AUTORE

Qualunque sia il tuo segno zodiacale, la mia descrizione non vuole essere offensiva! Io stessa sono una cuspide Cancro-Leone (nata il 23 luglio) e, pur avendo alcuni tratti di ciascun segno, non mi sono mai sentita perfettamente in sintonia con nessuno dei due. Per questo ho scelto di scrivere di un'eroina divisa tra questi due branchi e, anche se la mia rappresentazione non sarà sempre positiva, ricorda le parole di Ayla: "C'era qualcosa che non andava nei lupi dello Zodiaco..."
 Qualcosa che un'eroina forte come lei riuscirà a portare alla luce, forse? Lo scopriremo nei prossimi tre libri!

L'AUTORE

Elizabeth Briggs è un'autrice di bestseller del New York Times e della Top 5 di Amazon, autrice di romanzi paranormali e fantasy caratterizzati da trame tortuose, molto pepe e un lieto fine garantito. È una sopravvissuta al cancro che ha lavorato con adolescenti in affidamento e ha fatto volontariato con organizzazioni di soccorso per animali. Vive a Los Angeles con il marito, la figlia e un branco di soffici cani.

Made in the USA
Monee, IL
23 December 2023